KB097131

그 남자의
레시피

# 그 남자의
# 레시피

정의란 장편소설

고즈넉이엔티

# 그 남자의 레시피

**초판 1쇄 발행** 2018년 4월 15일

**지은이** 정의란
**펴낸이** 배선아
**펴낸곳** (주)고즈넉이엔티

**출판등록** 2017년 3월 13일 제2017-000022호
**주소** 서울시 강서구 공항대로 649 제성빌딩 303호
**대표전화** 02-6269-8166 **팩스** 02-6166-9199
**이메일** gozknock@naver.com

ⓒ 정의란, 2018
ISBN 979-11-88504-90-9   03810

잘못된 책은 구입하신 서점에서 교환해 드립니다.
이 책은 저작권법에 따라 보호받는 저작물이므로 무단 전재와 복제를 금합니다.
이 책의 전부 또는 일부 내용을 재사용하려면 사전에 저작권자와 본사의
서면 동의를 받아야 합니다.

# 차례

# 앙트레 (Entree – 전채요리)

사랑과 음식의 공통점 하나,
식으면 초라하다.

# 지독한 악몽

"죽으려고요. 다음 해가 뜨기 전에…."

연우의 꼬부라진 혀가 연신 무슨 말인가를 쏟아냈다.

분노와 슬픔을 넘어선 그녀의 감정들은 이제 자기연민으로 빠져들고 있었다.

곁에 있던 남자의 시선이 그런 연우를 응시했다.

"남은 시간 열두 시간. 뭘 할까 생각해봤어요."

한껏 찡그린 눈으로 손목시계를 확인하던 연우가 남자를 향해 의미심장한 미소를 흘렸다.

취한 연우의 몸이 균형을 잃고 남자 앞으로 고꾸라졌다. 남자의 손이 재빨리 연우를 잡아 세웠다.

"궁금하지 않아요?"

연우의 질문에 남자는 대답 대신 와인 잔을 입으로 가져갔다.

차고 건조한 남자의 시선, 그러나 슬픈 눈.

"말해줄까요, 말까요?"

테이블 위, 바닥을 드러낸 채 뒹구는 빈 소주병들보다 더 헝클어진 모습으로 연우가 재차 질문했다. 내일이면 사라질 인생. 아무래도 상관없었다.

"그래, 뭘 할 거지?"

재촉하는 연우의 눈빛에 남자가 마지못해 질문했다.

"당신과 자려고요."

남자의 눈이 어이없다는 듯 연우를 쏘아붙였다. 그 순간, 연우의 입술이 남자를 덮쳤다.

남자의 입술에 묻어 있던 깊고 짙은 와인향이 연우의 혀끝을 따라 흘러들었다. 놀란 남자의 손이 연우를 떼어냈다.

"당신과 자고 싶어요. 오늘, 내 마지막 날에….."

떼를 쓰듯 남자를 바라보는 연우의 눈에서 기어이 눈물이 떨어졌다.

"너, 후회할 짓은 안 하는 게 좋아."

"후회할 시간 같은 거 없어요, 나."

굳은 남자의 시선이, 아주 잠깐 흔들렸다.

그 순간 뜨거운 연우 숨결이 또 다시 남자의 혀끝을 파고들었다. 쓰고 아픈 맛! 혀를 타고 들어온 연우의 통증들이 가라앉아 있던 남자의 상처를 할퀴고 지나갔다. 남자의 온몸으로 찌릿한 고통이 퍼져갔다.

***

"그래서 잤어?"

"잤어!"

살균한 포크, 나이프에 광을 내던 서진이 소파 위로 쓰러졌다.

간밤 숙취가 덜 깬 얼굴을 한 연우가 그런 서진을 흘겼다.

"좋았어?"

"그만하지! 나 지금 충분히 쪽팔리거든."

"제발, 말해줘?"

서진의 동그란 얼굴이 연우 턱밑으로 들어왔다. 선한 눈이 호기
심으로 반짝였다.

"알고 싶어?"

"너무!"

연우의 오른쪽 검지가 서진의 머리를 밀어냈다.

"기억 안 나! 꽐라가 돼 있었거든."

"어우, 야! 잘생겼어?"

"그랬던 것도 같고, 아닌 것도 같고….."

귀찮은 듯 연우가 식기 바구니를 들고 주방으로 향했다.

서진이 재빨리 연우의 뒤를 따랐다.

"그럼 남자친구는? 들키면 어쩌려고?"

아침 내내 씩씩하던 연우가 툭, 걸음을 멈췄다. 장난기 가득하
던 눈빛이 방향을 잡지 못하고 흔들렸다.

"결혼했어, 어제!"

그랬다. 수년을 연인으로 지낸 남자친구 박동하, 그가 어제 결혼했다. 연우 자신이 보는 눈앞에서, 다른 여자와.

동하의 결혼 소식은 어제 아침, 레스토랑 라벨르로 막 출근한 연우의 휴대폰을 통해 전해졌다.

오래된 친구의 문자 메시지 속, 결혼을 축하한다는 뜻밖의 내용이 들어 있었다.

결혼식에 참석할 수 없어 미안하다며 오래된 친구는 축의금을 보낼 통장 번호를 물었다. 실수거나 누군가의 장난이라고만 생각했다.

전화를 걸었다. 그러나 휴대폰 속 친구의 목소리는 진지했다. 오후 2시, 남산의 한 호텔. 동하의 결혼식장이라고 했다.

연우의 눈앞이 아득해졌다. 믿기지 않았다. 아니 믿을 수 없었다.

동하는 전화를 받지 않았다. 일주일 전, 사소한 말다툼으로 헤어진 두 사람 사이엔 그간 어떤 연락도 오가지 않았다.

'전화하라'는 문자를 누르는 연우의 손끝이 떨렸다. 싸움의 이유가 도통 생각나지 않았다. 오래된 연인들이 그러하듯 두 사람도 싸우고 화해하고를 반복했다. 그럼에도 함께했던 오랜 시간이, 그 안에 쌓인 추억들이 사소한 말다툼보다 몇 배나 강하고 더 단단할 거라고. 그래서 며칠씩 연락을 하지 않아도 그것은 헤어짐의 전조가 될 수 없다고. 연우는 그렇게 생각했다. 이미 오래전 시작되었을지도 모르는 불행의 징후들을 모조리 외면한 채….

로스쿨을 졸업하고 막 변호사 시험에 합격한 동하는 하루를 이틀처럼 생활했다. 언제나 바빴고 언제나 피곤했다. 주말과 휴일에도 연우를 위해 할애할 시간은 없었다.

그의 밝은 미래를 위해 연우는 기꺼이 연인을 양보했다. 동하가 자리를 잡는 대로 결혼도 하고 그를 닮은 아이도 낳을 꿈을 꾸었다. 동하의 가슴에 달린 변호사 배지가 자신의 미래를, 행복을 담보할 것만 같았다.

그 견고한 믿음은 청천벽력 같은 동하의 결혼 소식에도 쉽사리 허물어지지 않았다. 곧 있으면 몰려들 점심 식사 손님들을 위해 새우를 손질하고 파스타를 삶으면서도 연우는 고개를 저었다.

동하의 결혼, 그건 말이 되지 않는다고.

그러나 동화는 계속해서 전화를 받지 않았다. 문자에도 답을 하지 않았다. 예약 손님들이 하나 둘 자리를 차지하고, 그릴 위에서 고기가 익어가고, 버터를 두른 팬에서 연어 구이가 완성될 때까지도 연우의 전화기는 울리지 않았다.

공중을 떠도는 연기가 자꾸만 연우의 시야를 가렸다. 목이 따끔거렸다.

머릿속이 표백제에 들어갔다 나온 행주처럼 창백하게 변해갔다. 숨이 막혔다. 더 이상 견딜 수 없었다. 눈으로 확인해야 했다. 이 바보 같은 상황이, 어처구니없는 의심들이 모두 거짓임을 증명해야만 했다.

오래된 친구가 말한 결혼식장은 서울에 있는 가장 큰 호텔 지하에 있었다.

온통 꽃으로 장식된 중앙 홀과 식장, 계단까지 잘 차려 입은 하객들로 바글댔다.

어느새 식장 안에선 축가가 흘러나오고 있었다. 계단을 내려오는 연우의 손에 땀이 고였다.

'그럼 그렇지. 그럴 리가 없잖아. 천하의 자린고비 박동하가 초호화 결혼식을…'

자꾸만 허둥대는 두 발을 헛딛지 않으려고 안간힘을 쓰며 연우는 의미 없는 말들을 중얼댔다. 그때 누군가 연우의 어깨를 치고 지나갔다.

그러나 돌아볼 여유가 없었다. 한눈을 팔면, 고개를 돌리면… 애써 쌓아올린 믿음들이 한순간 무너져 내릴 것만 같았다.

연우는 두 눈을 부릅뜬 채 앞을 가로막은 사람들을 비집고 식장 안으로 들어갔다. 멀리 새하얀 신부의 모습이 보였다. 5월의 신부, 연우가 항상 꿈꿔왔던 신부의 모습이었다.

베일 속 신부의 미소가 머리 위에서 반짝이는 티아라보다 눈부셨다. 그녀의 손에 들린 부케가 눈물이 날만큼 아름다웠다.

"키스해! 키스해!"

축가가 끝나자 식장을 가득 메운 사람들이 두 사람을 향해 소리쳤다.

연우에게 등을 보인 신랑이 신부의 베일을 들어 올렸다. 베일에 가려져 있던 신부의 얼굴이 드러나자 사람들이 탄성을 쏟아냈다.

하객들을 향해 돌아선 신랑이 신부의 허리를 부드럽게 끌어당겼다.

"박동하!"

새신랑과 새신부의 키스를 기다리던 식장에 비명과도 같은 연우의 목소리가 울려 퍼졌다.

놀란 사람들 시선이 일제히 연우를 향해 쏟아졌다. 아찔한 현기증이 연우를 집어삼켰다.

"야, 박동하!"

텅 빈 머릿속, 악다구니가 솟구쳤다. 가슴 밑바닥, 뜨거운 것들이 치밀어 올라 눈물로 쏟아졌다. 분노한 연우의 몸이 균형을 잃고 휘청였다.

검은색 앞치마, 슬리퍼 차림으로 난입한 연우의 등장에 식장 안은 찬물을 끼얹은 듯 숨을 죽였다.

"박동하! 너 거기서 뭐해? 이리 안 와?"

일주일전까지만 해도 자신의 남자였던 사람. 그런데 왜? 도대체 무슨 일이 있었던 거야?

"장난치지 마, 박동하! 빨리 와! 빨리 오라고!"

연우가 악을 썼다. 꿈이 아니라면 장난이 분명했다. 장난이 아니고서야 자신의 남자가 빛보다 밝은 턱시도를 걸치고 낯선 여자 곁에서 행복한 미소를 짓고 있을 이유가 없었다.

그러나 하객들을 밀어내고 다가오는 연우를 발견한 동하는 신부를 감싸 안았다.

화난 연우의 손이 여자를 감싼 동하의 팔을 떼어냈다.

"나와!"

"한연우!"

동하가 연우의 손을 뿌리쳤다.

"정신 안 차려! 여기가 어디라고 깽판이야?"

"여기가 어딘데?"

"내 결혼식!"

"네 결혼식? 나 없는 네 결혼식? 그게 어떻게 가능한데?"

스물여덟, 빛나는 청춘을 함께 해온 남자 친구. 남은 인생을 함께 할 거라고 믿었던 단 한 명의 연인.

"우리 헤어졌어, 한연우!"

연우의 손이 동하의 뺨을 후려쳤다.

놀란 사람들이 연우에게 달려들었다.

"헤어져? 우리가? 언제, 어떻게?"

"일주일 전. 난 너에게 헤어지자고 했고 넌 그러겠다고 했어. 기억 안 나?

"너 미친 거야?"

"확인이 필요해?"

연우 눈앞에서 동하가 휴대폰을 흔들고 있었다.

화난 눈. 그 눈을 보는 순간 연우는 깨달았다. 마지막까지 믿고 싶지 않았던 진실. 이 모든 상황이 이미 자신 앞에 닥친 현실이란 사실을.

심장을 짓누르는 통증에 숨이 막혔다.

이를 악물고 주먹을 다잡아도 힘이 들어가지 않았다. 중력을 잃은 듯 연우의 몸이 제멋대로 흔들렸다. 온몸의 감각들이 바람이 되어 날아갔다.

그 순간 연우의 몸이 바닥으로 쓰러졌다. 샹들리에의 밝은 빛이 연우의 두 눈을 찔렀다.

'죽을 수 있을까?'

멀어지는 의식 저편, 연우는 죽고 싶었다. 아니 죽어야겠다고 결심했다.


프렌치 레스토랑인 라벨르의 브레이크 타임은 오후 3시 30분부터 5시. 전쟁 같은 점심시간을 보낸 라벨르 식구들에게 주어진 황금 같은 시간이었다.

물론 주방 막내 조리사인 연우와 서진이 다른 사람들처럼 그 시간을 모두 누릴 수 있는 건 아니었다. 두 사람에게 브레이크 타임이란 저녁식사를 위한 준비의 시간. 짧은 휴식과 또 다른 일거리가 언제나 기다리고 있었다.

그러나 오늘 연우는 평소와 좀 달랐다. 점심도 거른 채 비품실 소파에 제일 먼저 누워버렸다.

오전 내내 따라다니던 숙취가 좀 전 손님 테이블에 남아 있던 와인을 비우면서 더 심해졌다. 이제 겨우 만 하루가 지난 실연, 그 아픔을 온전히 맨 정신으로 감당할 용기가 없었다.

동하의 결혼 얘기 이후 서진은 안쓰러울 정도로 연우의 눈치를 살폈다. 웃음을 만들고 태연을 가장해도 하루 사이 파리해진 연우의 안색에 라벨르 모든 식구들은 안부를 챙겼다.

그러거나 말거나, 그들의 수고로움을 살필 여력이 연우에겐 남아 있지 않았다. 오늘 하루쯤은 그렇게 살고 싶었다. 마음 가는 대로, 내키는 대로.

눈을 떴을 땐 이미 오후 해가 깊숙이 내려앉아 있었다.

평소 비품실 구석구석 시체처럼 잠들어 있던 사람들 모습은 보이지 않았다. 그때 비품실 밖에서 분주하게 움직이는 발소리가 들렸다.

낮은 속삭임과 딸깍이는 그릇 소리.

아직 저녁 손님들이 들기엔 이른 시간이었다. 연우가 풀어놓은 앞치마를 다시 두르고 잰 걸음으로 비품실 문을 열었다. 홀에 직원들이 모두 모여 있었다.

"연우야!"

서진이 손짓을 했다. 연우가 서진 곁으로 다가섰다. 때마침 셰프가 환영 케이크를 들고 주방에서 나왔다.

"뭐야?"

"새 대표님 오셨거든."

"새 대표님?"

그제야 며칠 전 '새로운 대표가 오게 될 거라'던 셰프의 말이 떠올랐다. 외식업계 불황으로 라벨르의 매출이 계속해서 떨어지고 있다고도 했다.

프렌치 셰프가 되겠다는 일념으로 주방 보조를 전전한 지 수년, 겨우 마음에 드는 레스토랑에 취직했다고 생각했는데… 그 자리마저 위태로워질지 모른다는 생각에 마음 한구석이 무거웠다.

"누가 대표님 좀 모셔올래."

"제가 갈게요."

연우가 나섰다. 자신이 잠들어 있는 동안 분주하게 새 대표의 환영식을 준비했을 라벨르 주방 식구들에게 미안했다.

"어서 모셔와!"

셰프의 재촉에 연우가 3층으로 뛰어 올라갔다.

유럽식 목조 주택을 개조해 만든 라벨르는 1, 2층은 식당으로 3층은 사무실로 이용되고 있었다. 사람들이 오르내릴 때마다 나무 계단들은 삐걱대며 아픈 비명을 질러대고 지하 와인 창고에선 가끔씩 빗물이 새어 들기도 했다.

그러나 연우는 이 건물이 마음에 들었다. 빗물이 섞인 축축한 나무 냄새도 좋았고 정원의 흙냄새도 좋았다. 바람이 불때마다 파도 소리를 내는 건물 뒤편의 대나무 숲도 좋았고, 그 위로 떨어지는 오후의 햇살도 정겨웠다.

연우의 노크 소리에도 대표실 안은 고요했다.

듣지 못한 것일까? 연우가 다시 한 번 문을 두드렸다.

역시 아무 대답도 나오지 않았다. 하는 수 없이 대표실 문 안으로 들어갔다.

방은 텅 비어 있었다.

'어디 갔지?'

연우의 두 눈이 대표실을 두리번거렸다. 그때 붕대가 감겨져 있는 연우의 한쪽 발목을 무엇인가 훑고 지나갔다. 부드럽고 촉촉한, 살아있는 것의 감촉.

"아앗!"

놀란 연우가 소파로 몸을 날렸다. 연우의 비명에 놀란 페르시안 고양이 한 마리가 재빨리 어디론가 사라졌다.

"너를 싫어하는 거야!"

생소한 목소리에 놀란 연우가 후다닥 소파에서 일어났다. 새하얀 고양이를 가슴에 안은 재휘가 연우를 내려다보고 있었다.

"누… 누구?"

"무슨 일이지?"

심장을 파고드는 목소리, 무심한 시선, 서늘한 콧날…. 어딘지 익숙했다.

"대, 대표님을 모시러…."

"곧 내려간다고 전해."

새 대표? 마른침을 삼키는 연우의 등줄기로 식은땀이 흘러내렸다.

"지, 지금… 다들 기다리고 있거든요. 케이크를…."

귀찮은 듯 연우를 보는 재휘 시선이 따가웠다.

"아, 알겠습니다."

연우가 재빨리 몸을 돌렸다. 이유를 알 수 없는 긴장, 숨이 막혔다.

"너?"

그때 재휘가 연우를 불러 세웠다. 연우의 두 발이 그 자리에 붙박였다.

"아직 살아 있었네?"

연우가 재휘를 향해 돌아섰다.

"다… 당신은?"

알코올이 지우고 간 기억들, 그 사이로 떠오르는 얼굴 하나.

지금 자신을 바라보고 있는 남자는, 지난밤을 함께 보낸 바로 그 남자였다.

***

여느 아침과는 달랐다.

낯선 공기, 낯선 햇살… 창밖 어딘가에서 들려오는 새 소리조차 생경했다.

'어디지?'

연우의 눈꺼풀이 깜빡였다. 깨어나는 의식들. 시작되는 통증들. 왼쪽 머리끝이 칼로 베인 듯 아릿했다.

날카로운 바늘에라도 찔린 듯 입안이 따끔댔다. 숙취가 만들어 낸 온몸의 통증들이 먼 곳을 헤매던 연우의 의식들을 소환하고 있었다. 그때 뭔가 느껴졌다. 낮고 고른 숨소리, 연우 자신의 것이 아닌 타인의 온기.

젖은 빨래처럼 늘어져 있던 연우의 몸이 고무공처럼 튕겨져 올랐다. 맞은편 거울 속, 벌거벗은 자신의 모습이 보였다.

"앗!"

연우의 입에서 짧은 비명이 터졌다.

그 순간 균형을 잡지 못한 연우의 벌거벗은 몸이 침대 밑으로 떨어졌다.

악몽이라도 상관없었다. 꿈이기를, 이 모든 상황이 제발 꿈이기를 바랐다. 그러나 자신의 눈앞에… 남자가 있었다. 지난 밤, 술에 취해 함께 자버린 원나잇의 상대!

오래된 친구의 문자. 스물여덟, 빛나는 청춘의 시간을 함께 통과 해온 남자 친구의 결혼식. 휘황한 샹들리에, 5월의 신부….

그 모든 것들이 연우의 영혼에 사망선고를 내리던 순간, 부정당한 존재는 방향을 잃었다.

상처 받았고 받은 만큼 흔들렸다. 타인의 시선도 싸구려 자존심도 챙기고 돌아볼 여력이 없었다. 호텔 밖으로 걸어 나오는 연우의 머리 위로 쏟아지는 태양 빛이 얄미웠다. 처음으로 죽음이란 단어가 떠올랐다.

가능하다면 사라지고 싶었다. 공중을 떠도는 먼지보다 가볍게, 하늘로 솟구쳤다 다시 떨어지고를 반복하는 분수 물주기보다 의미 없게.

애초에 존재하지 않았던 것처럼, 흔적 없이 소리 없이.

그때였다.

연우 앞에 재휘가 나타난 건.

더 이상의 희망은 없을 거라고, 그래서 모든 것을 포기해야겠다고 결심한 순간 재휘가 연우 앞에 서 있었다.


남산 길을 걸어 내려가는 연우의 곁으로 자동차들이 바람을 일으키며 지나갔다.

위태롭게 휘청이는 연우를 피해가던 자동차들이 요란한 경적을 울려댔다.

어디선가 욕지거리가 쏟아졌다. 돌아보지 않았다. 두렵지도 않았다. 온몸의 감각들이 빠져나간 연우의 곁으로 또다시 자동차 한 대가 쌩하니 지나갔다.

균형을 잃은 연우 몸이 바닥으로 푹하니 고꾸라졌다. 멀지 않은 곳, 자동차 한 대가 급정거하는 소리가 들렸다.

"괜찮아요?"

아슬아슬하게 연우 곁을 스쳐 지나갔던 자동차의 주인, 재휘였다.

갓길에 차를 세운 재휘가 연우를 향해 달려왔다. 오후 햇살을 등진 재휘 얼굴이 제대로 보이지 않았다.

"괜찮아요?"

거듭된 재휘의 질문에도 연우의 두 눈은 사라진 슬리퍼만 찾고 있었다.

몇 발짝 떨어진 곳, 깨진 아스팔트 틈에 오른쪽 슬리퍼가 걸려 있었다. 슬리퍼를 빼내기 위해 일어나려던 연우가 짧은 비명과 함께 주저앉았다.

슬리퍼를 잃어버린 오른쪽 발목에서 찌릿한 통증이 올라왔다. 어이없게도 그 순간 툭하니 눈물이 쏟아졌다.

괜찮지 않았다. 아니, 괜찮을 리 없었다. 아팠다. 발목의 통증도, 멍든 심장도….

앞에 있는 재휘 얼굴이 보이지 않을 만큼, 지금 자신이 어디를 걷고 있는지 모를 만큼.

마치 그 모든 것이 재휘 탓인 양 연우는 재휘를 향해 눈물을 쏟아냈다.

***

"그 표정은 뭐지?"

연우의 표정이 불쾌한 듯 재휘가 물었다.

지옥문이라도 발견한 것처럼 연우 얼굴이 빳빳하게 굳어 있었다.

"왜… 왜 여기?"

지난밤을 함께 보낸 남자, 그가 새 대표라는 사실. 믿을 수 없었다.

"대표가 대표실에 있는 게 이상한가?"

"그게 아니라… 왜 여기? 그러니까 라벨르에 왜?"

재휘 품에 안긴 고양이가 한심하다는 듯 연우를 보고 있었다.

재휘가 위협적으로 연우 앞으로 다가섰다.

움찔 연우의 몸이 한 발 뒤로 물러났다.

연우 앞으로 바짝 다가선 재휘가 허리를 굽혔다. 놀란 연우가 몸을 빼내려는 순간, 재휘 손이 연우의 발목을 먼저 낚아챘다.

"괜찮은 거야?"

붕대가 감겨 있는 연우의 발목을 재휘의 시선이 꼼꼼히 살폈다.

연우의 두 눈이 질끈 감겼다. 술이 깨면서 살아난 발목 통증이 제법 묵직했다.

"병원 가지 않겠다고 고집 부린 건 너니까 날 원망할 생각은 하지 마."

인정머리 없는 재휘의 말에 연우가 신경질적으로 발목을 빼냈다.

"걱정할 거 없잖아요."

"걱정하는 걸로 들렸나? 파렴치한 교통사고 가해자가 되고 싶지 않았을 뿐인데."

"왜 자꾸 내 앞에 나타나는 거예요?"

아주 잠깐, 정적이 흘렀다. 잘못이라도 저지른 아이처럼 연우가
몸을 움츠렸다.

자리에서 일어난 재휘의 눈이 이해할 수 없다는 듯 가늘어졌다.

"네가 내 눈앞을 알짱대는 거라는 생각은 안 해봤어?"

"…?"

분명 억지였다. 연우를 스치고 지나간 자동차의 주인도 재휘였
고, 대책 없이 눈물을 쏟아내는 연우를 덥석 안아 올려 자동차에
태운 사람도 재휘였다.

병원에 가지 않겠다고 고집부리는 연우를 버려두고 사라졌던
이도, 결국 다시 돌아왔던 사람도… 모두 재휘였다. 그렇다고 따
질 수도 없었다. 끝내 재휘를 잡은 건 연우, 자신이었다.

젠장! 연우의 고개가 바닥으로 떨어졌다.

그 순간, 연우를 괴롭힌 건 떠나간 동하의 존재도, 아픈 발목도
아니었다. 자신을 내려다보고 있는 재휘의 냉랭한 눈빛, 꼬질꼬질
한 앞치마를 두른 자신의 초라한 모습.

도망치고 싶었다. 아프게 입술을 깨물었다. 그때 재휘의 긴 손가
락이 연우의 머리를 한쪽으로 밀어냈다.

"비켜!"

화석처럼 굳어 있던 연우의 몸이 한쪽으로 밀려났다. 문밖으로
나서는 재휘의 어깨가 쌀쌀했다.

"어젠…."

연우가 재휘를 향해 돌아섰다.

입안에 마른침이 고였다. 어제의 일, 설명하고 싶었다. 아니 설명해야 했다. 절망이 무모한 용기를 만들었다고. 자신에게 허락한 하룻밤, 하필 재휘가 그곳에 있었다고.

계단을 내려가려던 재휘가 연우를 향해 돌아섰다. 그의 손이 고양이 등을 부드럽게 쓰다듬고 있었다.

"어젠?"

연우를 내려다보며 재휘가 재미있다는 듯 다음 말을 재촉했다.

"그러니까 그게… 설명하자면 좀 복잡한데, 사정이 좀… 그… 그래서 제가 그쪽을…."

멍청하긴! 간밤 마신 술에 머리가 어떻게 된 게 분명했다. 하얗게 변해버린 뇌가 제 기능을 잃은 채 횡설수설을 쏟아내고 있었다.

재휘 눈이 아주 잠깐 흔들렸던가?

연우는 좀처럼 감정을 드러내지 않던 그의 눈에서 미세한 균열을 감지했다.

재휘가 고양이를 내려다보며 알 수 없는 미소를 지었다 다시 고개를 들었다. 연우를 보는 눈은 본래의 그것처럼 차고 고요해져 있었다.

"너, 너무 무리하는 거 아냐?"

"…?"

"자신의 사정을 설명하고, 이해를 구하고…. 그럴 필요 같은 거, 없어. 내가 그걸 들어야 할 이유는 더더욱 없겠지."

얄팍한 죄의식, 재휘는 연우 자신조차 모르고 있던 감정의 실체를 이미 간파하고 있었다.

"교통사고 같은 거라고 생각해! 딱히 마음이 불편하다면 말이야."

연우를 남겨둔 채 계단을 내려가는 재휘의 뒷모습이 서늘했다.


라벨르 직원들이 모두 모인 자리. 재휘가 직원들을 향해 가볍게 고개를 숙였다.

쏟아지는 박수와 환호, 직원들의 눈이 기대와 호기심으로 반짝였다.

"환영합니다, 대표님. 잘 돌아오셨어요."

주방에서 직접 만든 케이크를 든 셰프가 재휘 앞으로 나갔다.

한때 자신의 스승이기도 했던 셰프. 그를 보는 재휘 얼굴에 다정한 미소가 번졌다.

"강재휘! 이름까지 느낌 있어. 우리 대표 멋있지, 연우야?"

두 눈에 하트를 매단 서진이 연우를 향해 중얼댔다.

"딱 내 스타일! 어때?"

잘생긴 손님을 발견했을 때마다 나타나는 서진의 표정. 연우 얼굴이 찌그러진 냄비처럼 일그러졌다.

"뭐가?"

"어울리는 거 같아?"

"누구랑?"

"대표랑 나랑?"

'안 돼, 서진아!'

절망에 빠진 연우 머리가 쿵 소리를 내며 테이블 위로 떨어졌다.

일생 동안 벼락 맞을 확률은 180만분의 1, 로또에 1등으로 당첨될 확률은 814만분의 1. 그렇다면 하룻밤 실수로 만난 남자가 자신의 직장 대표로 나타날 확률은 얼마나 될까?

5천만 인구 중 절반, 그 중에서도 성인, 성인 중에서도 젊은 남자… 아무리 줄이고 줄여도 천만 이상. 그렇다면 지금 자신의 눈앞에서 직원들의 환호를 받으며 웃고 있는 저 남자는 천만분의 1의 사나이!

'이게 말이 돼?'

악몽 중에서도 최악! 실연의 아픔조차도 마비시키는 쪽팔림과 막막함! 거기다 라벨르 유일의 동기이자 친구인 서진은 그 남자에게 홀딱 빠져들고 있었다.

"본사에서 라벨르 매각설이 돈다던데… 사실입니까?"

그때 사람들 사이에서 날선 질문 하나가 튀어 나왔다. 라벨르의 매각설, 혹은 사업 축소. 오랫동안 직원들 사이에서 떠돌던 불안한 소문들이었다.

"그런 일은 없을 겁니다."

재휘 입가에서 부드러운 미소가 사라졌다.

"제가 있는 한 라벨르를 매각하거나 사업을 축소하는 일은 없을 겁니다."

"본사 압박이 상당하다고 들었는데요?"

"여러분께서 도와주신다면 라벨르의 위기, 기회로 만들어보겠습니다."

확신에 찬 목소리였다. 또 상대를 주눅 들게 할 만큼 냉정하게 빛나는 눈빛이었다.

연우가 재휘를 향해 고개를 들었다.

"여름 시즌 선보일 새 레시피 공모를 진행할 생각입니다. 컨셉은 저렴한 가격, 그러면서도 품위를 잃지 않는 프랑스 요리. 누구나 도전할 수 있고 어떤 요리라도 상관없습니다."

수입산이 아닌 우리 전통의 식재료. 까다로움을 벗어던진 파격적 조리법. 주머니가 가벼운 젊은층까지 끌어들일 수 있는 합리적 가격.

재휘는 라벨르가 쌓아올린 오랜 역사 위에서 새로운 길을 찾고 있었다. 누구도 가보지 않은 길 그래서 위험하고 두려운. 그러나 매혹적인.

"수상자에겐 어떤 혜택이 주어집니까?"

가장 궁금한 질문을 던진 이는 역시 수셰프였다. 주방에서 누구보다 감각적인 요리를 선보이는 에이스였다. 호시탐탐 라벨르 셰프 자리를 넘보는 야심가!

"상금과 함께 프랑스 연수 기회가 주어질 겁니다."

직원들 사이에서 탄성이 터졌다. 기분 좋은 웅성거림, 기대에 찬 눈빛들.

"연우야, 나 사랑에 빠져도 되니?"

이미 사랑에 빠진 얼굴로 서진이 침을 흘렸다.

'미친!'

그때 재휘가 연우와 서진이 있는 쪽으로 시선을 돌렸다. 연우가 재빨리 고개를 숙였다.

낯선 침대, 숙취를 끌어안고 눈을 떴을 때 곁에서 곤한 숨을 내쉬던 남자. 그의 흐트러진 머릿결이, 흘러내린 이불 밖으로 드러나 있던 어깨가, 등줄기를 따라 깊게 새겨져 있던 오래된 상처가, 꿈속을 헤매는 듯 자신을 올려다보던 먹먹한 눈빛이… 그 순간 연우 머릿속에 선명하게 되살아났다.

'아! 제발!'

연우 머리가 다시 한 번 쿵 소리를 내며 테이블 위로 떨어졌다.

"안 돼, 서진아! 하지 마 그거!"

"뭐? 뭘 하지 마?"

재휘만 보면 제멋대로 날뛰는 심장, 그런 자신을 바라보는 서진의 말간 눈.

서진의 질문에 제대로 된 답을 찾지 못한 채 연우의 얼굴이 금방이라도 눈물을 쏟아낼 듯 일그러졌다.


마지막 남은 손님들이 테이블을 비우고, 홀과 주방을 마무리한 직원들마저 집으로 돌아간 시간. 혼자 남겨진 재휘가 대표실로 올라왔다.

오후 늦게 도착한 택배 상자들이 대표실 한쪽에 아무렇게나 쌓여 있었다. 오랜 해외 생활을 정리하며 한국으로 보낸 물건들. 조촐하다 못해 초라하기까지 한 방황의 흔적들.

답답한 듯 재휘가 창문을 밀었다. 순간 5월의 달뜬 밤공기가 어두운 방안으로 훅하니 밀려들어왔다. 비라도 오려는 것인가?

무성하게 우거진 풀숲, 초록의 이파리들이 털어내는 풋내와 야생의 꽃들이 뿜어내는 꽃향기가 유난히 짙었다.

재휘가 길게 숨을 들이마셨다. 익숙하면서도 오랫동안 잊고 살았던 정취! 시원한 밤바람이 재휘의 몸 구석구석 잊고 있던 감각들을 깨워냈다.

"나 이제야 돌아왔어. 당신이 있는 이곳으로…."

재휘가 밤하늘을 향해 낮게 중얼댔다.

짙은 어둠, 낮게 드리워진 구름. 그 너머 어디 쯤, 그녀가 자신을 내려다보고 있기라도 하는 것처럼.

그때 우당탕 소리와 함께 쌓여 있던 박스 하나가 바닥으로 떨어졌다. 하얀 털의 고양이가 재빨리 책상 아래로 몸을 숨겼다.

"화이트, 이리와!"

사고를 치고 달아난 고양이를 부르며 재휘가 다정하게 손을 내밀었다.

혼이라도 난 아이처럼 눈치를 살피던 고양이가 조심스럽게 재휘 품으로 들어왔다. 응석을 부리듯 손등을 핥는 고양이의 배가 홀쭉했다.

"배고팠구나?"

오후 내내 밥을 챙겨주지 못했다는 사실이 그제야 떠올랐다.

"먹을 게 있는지 찾아볼까?"

고양이를 안고 1층 비품실로 내려온 재휘가 선반에 쌓인 통조림들을 훑고 지나갔다. 프렌치 요리에 주로 쓰이는 소스와 채소,

과일, 생선까지 종류도 다양한 통조림들이 자로 잰 듯 가지런히 진열되어 있었다.

"이게 좋겠다."

재휘가 안쪽에 숨어 있던 에스까르고 통조림 하나를 꺼내들었다.

그때 맞은편 선반 사이로 검은 그림자 하나가 획하니 지나갔다. 재빨리 몸을 튼 재휘가 선반 앞을 막아섰다.

"앗!"

단말마와 함께 누군가 재휘 발 앞으로 쿵하니 주저앉았다. 두 팔로 얼굴을 가린 채 웅크린 검은 그림자, 재휘의 두 눈이 가늘어졌다.

"넌?"

"대, 대표님?"

어둠 속, 검은 그림자가 재휘를 향해 엉거주춤 일어났다.

"한연우 씨?"

# 실연 후에 남겨지는 것들

"쓰레기는 내가 버릴게. 먼저 들어가."

주방 청소를 끝낸 연우가 서진을 보고 말했다.

"피곤하다며?"

"좀 더 피곤하려고."

"우리 집에 같이 갈까?"

"아니!"

안쓰럽다는 듯 서진이 연우를 가볍게 끌어안았다.

"너무 늦지는 마."

등을 토닥여주는 서진의 손이 따뜻했다. 누군가의 위로가 필요한 순간, 서진이 있어 다행이었다. 그러나 오늘은, 혼자이고 싶었다.

동하의 결혼식도, 낯선 남자와의 하룻밤도 그리고 오늘 자신 앞에 나타난 그 남자 재휘도….

정리할 시간이 필요했다.


서진을 먼저 보낸 연우가 몸통만한 쓰레기봉투들을 대문 앞에 쌓아두고 다시 주방으로 돌아왔다.

막 청소를 끝내고 물 한 방울, 먼지 하나까지 말끔히 제거된 주방은 청량했다. 불빛 아래 반짝이는 새하얀 식기와 스테인리스 주방 집기들, 하루 종일 불에 달궈지고 사람들 손을 오가며 시달렸을 그들이 잠들 시간.

퉁퉁 부은 연우 다리도 그들처럼 쉬고 싶었다. 그러나 동하의 추억들로 가득한 집으로 돌아갈 자신은 없었다. 먹다 남긴 음식처럼 버려지고 외면 받은 자신의 초라한 모습을 온전히 마주할 용기가 아직은 없었다.

망설이던 연우 손이 하루 종일 꺼져 있던 휴대폰 전원 버튼을 눌렀다.

경쟁하듯 들어와 있는 수십 개의 부재중 번호 그리고 문자들….

자신과 동하와의 관계를 알고 있는 이들의 호기심과 우려, 걱정과 격려. 보지 않아도 알 수 있는 내용들이었다. 연우의 손이 미련 없이 그들의 존재를 지워버렸다.

"너무 낡았어. 내일 바꿔야겠다."

약정 기간도 채 끝나지 않은 동하와의 커플 폰이었다. 어느 날 도둑처럼 찾아온 실연은 더 많은 것들과의 이별을 강요하고 있었다.

연우가 한쪽에 쌓여 있던 샐러드용 양배추와 양파 바구니를 조리대로 옮겼다.

금방이라도 쓰러질 듯 지친 몸이지만 이대로는 잠이 올 것 같지 않았다. 아무 생각 없이 잠에 빠져들 수 있을 때까지 좀 더 자신을 혹사시키고 싶었다.

자정을 훌쩍 넘긴 시간….

수북하던 야채 바구니가 바닥을 드러내고 잘게 채 썬 양배추와 당근, 양파와 피망이 한쪽에 쌓여 갔다. 이미 감각을 잃어버린 손가락들이 뻣뻣하게 굳어 있었다. 등줄기에서 시작된 뻐근한 통증이 목을 타고 올라왔다.

한숨을 내쉬는 연우의 두 눈이 붉게 충혈되어 있었다. 저도 모르게 눈이 감겼다. 그 순간, 날카로운 칼날이 연우의 손가락을 베고 바닥으로 떨어졌다.

모든 통증이 사라진 연우의 왼손 검지에서 붉은 핏방울이 솟구쳤다.

'멍청하긴!'

어둑한 비품실, 까치발을 한 연우가 선반 구석에 틀어박힌 약통을 꺼내려고 바둥댔다. 손가락에선 계속해서 피가 흐르고 있었다. 그때였다. 등 뒤에서 이상한 기운이 느껴졌다.

살아 있는 것의 숨소리. 누군가 자신을 보고 있었다. 선반 사이로 어른대는 검은 그림자, 숨죽인 발소리. 온몸의 솜털들이 곤두섰다.

등줄기를 따라 서늘한 기운이 머리끝으로 뻗쳐 올라갔다.

죽어 있던 감각들이 일제히 깨어난 순간 본능적으로 몸을 낮춘 연우가 출입문을 확인했다.

빼꼼히 열린 비품실 문. 살금살금, 숨소리를 죽인 채 연우 손이 출입문 손잡이를 붙잡았다.

"아악!"

그 순간 검은 그림자가 연우를 먼저 덮쳤다. 바닥으로 나자빠진 연우 앞으로 검은 그림자가 다가왔다.

"한연우 씨?"

고양이를 안고 한손엔 통조림 캔을 든 재휘가 놀란 연우를 내려다보고 있었다.

"대… 대표님?"


조리대 위에 수북이 쌓인 채소들. 이해할 수 없다는 표정으로 재휘가 연우를 향해 돌아섰다.

피가 흐르는 손가락을 앞치마로 감싼 연우 얼굴이 창백하게 굳어 있었다.

하필 이 시간에 재휘가 남아 있을 거라고는 생각하지 못했다.

"이걸 왜… 지금 이 시간에 썰고 있는 거지?"

"새, 샐러드로. 내일 사용하려고…."

"두께도 제각각, 모양도 제멋대로. 이걸 샐러드에 쓰겠다고?"

다시 보니 가관이었다. 하필 재휘한테 들키다니. 젠장, 쪽팔렸다.

"그, 그럼 전 이만."

"잠깐!"

도망치듯 주방을 빠져나가려는 연우를 재휘가 막아섰다.

놀란 연우가 움찔 뒤로 물러났다.

연우 앞으로 다가선 재휘가 앞치마에 쌓인 연우 손가락을 끌어 올렸다. 찌릿한 통증에 연우의 미간이 찌그러졌다.

"손가락으로 요리할 생각이야? 아니면 통증도 느끼지 못하는 건가?"

퉁퉁 부은 손가락, 벌어진 상처에선 아직도 피가 흐르고 있었다. 연우가 입술을 깨물었다. 자신의 손가락에 칼질하는 조리사, 한심했다.

"괜찮아요!"

못난 자격지심에 잡힌 손을 빼내려는 순간 재휘가 연우 팔을 잡아 당겼다. 균형을 잃은 연우 몸이 휘청 재휘 쪽으로 기울었다. 순간 차고 시원한 향기가 연우의 코끝으로 밀려들었다. 기분 좋은 향. 그리고 괜스레 가슴을 설레게 하는 향이었다.

연우가 마른침을 삼켰다.

칼로 베인 상처에 연고를 바르고 밴드를 붙여주는 재휘 눈이 깊게 가라앉아 있었다.

화난 것일까? 그의 침묵이 신경 쓰였다. 또 자신의 상처투성이 손이 부끄러웠다. 그때 재휘가 고개를 들었다.

"너 진짜 괜찮은 거야?"

무슨 말을 묻고 있는 것인가? 또 무슨 말을 듣고 싶은 것인가?

"괘, 괜찮아요."

"뭐가?"

"네?"

"손 말고 마음. 진짜 괜찮은 거냐고?"

의미 없는 눈길, 사소한 마음 한 조각. 스치듯 지나치면 그만인 것들. 그러나 상처받은 심장은, 지친 영혼은 염치도 부끄러움도 없이 그곳을 기웃댔다.

"자신을 너무 괴롭히지는 마!"

"…?"

"요리는 행복한 사람이 만드는 거야."

무심한 말 한마디에 기대고 위로받고. 구차했다. 연우가 후다닥 몸을 일으켰다.

"먼저 가보겠습니다."

가방을 챙겨 든 연우가 재휘를 남겨둔 채 주방을 나섰다.

"한연우 씨?"

그런 연우를 재휘가 불러 세웠다. 엉거주춤 연우가 재휘를 향해 돌아섰다.

"다시 만나서 다행이야."

"…?"

죽지 않아서, 살아있어서 다행이라는 듯 재휘 입가에 엷은 미소가 번졌다.

흐릿한 주방 조명이 만들어낸 깊은 음영.

재휘의 얼굴에 나타났다 사라진 어떤 슬픔.

연우 심장이 또다시 방향을 잃고 쿵쾅대기 시작했다.

\*\*\*

새 대표에 대한 소문은 무성했다. 누군가는 그를 두고 재벌가의 버려진 후손이라 했고 누군가는 자수성가한 사업가, 또 누군가는 천재 셰프였다는 말까지 했다.

이혼을 했다거나 처음부터 싱글이었다거나, 그의 사생활을 놓고도 갑론을박이 벌어졌다.

여자관계가 복잡하다는 사람도 있었고 여성혐오주의자라는 사람도 있었다. 고집불통, 결벽증, 괴팍하다며 성격을 타박하는 이도 있었다. 물론 그 중 무엇이 진실이고 무엇이 거짓인지 아는 이는 아무도 없었다.

바람처럼 떠돌다 제풀에 지쳐 스러질 말들. 시작점도 끝점도 없는 공허! 그의 주변을 떠도는 말들은 어쩌면, 그를 가장 많이 닮아 있었다.

"나 결심했어, 연우야!"

"뭘?"

팔이 빠져라 생크림 소스를 휘젓던 연우가 비장한 표정의 서진을 힐끔 돌아봤다.

"꼬시려고."

"누굴?"

"누구긴? 대표지!"

순간 연우 손아귀에서 빠져 나간 거품기가 바닥으로 떨어졌다. 거품기에 붙어 있던 크림 덩어리들이 사방으로 흩어졌다.

"그렇게 충격적이야?"

얼빠진 연우 표정에 서진의 동그란 눈이 가늘어졌다.

"아, 아니!"

연우가 고개를 저었다. 그래, 그랬다. 새로울 것도 없었다. 재휘의 출현으로 집단 관음증을 앓고 있던 라벨르 직원들 중 가장 중증 환자는 단연 서진이었다.

채소를 다듬고 생선을 손질하면서도 때론 산처럼 쌓인 설거지를 하면서도 서진은 사춘기 여고생처럼 얼굴을 붉히며 재휘를 향한 팬심을 드러냈다. 그는 자신도 모르는 사이 일거수일투족을 감시당했고 패션과 취미, 심지어 식성까지도 서진의 주요 관심 대상이 돼야 했다.

재휘 겉모습에 홀딱 넘어갔던 대다수 여직원들이 무뚝뚝한 그의 성격에 실망할 때도 서진만은 재휘를 향한 의리를 저버리지 않았다. 그러나 연우는 그런 서진의 팬심도, 두 사람 대화에 불쑥 불쑥 끼어드는 그의 존재도 불편했다.

"왔다, 왔어!"

주방을 통해 보이는 라벨르 중앙홀.

저녁 식사 중인 테이블을 돌던 재휘가 시야에 들어오자 서진이 연우의 귀에 대고 호들갑을 떨었다. 붉게 상기된 서진을 보며 연우가 두 눈을 찡그렸다.

"그런데 연우야, 넌 왜 대표 싫어해?"

듬성듬성 빈 테이블이 생기고, 남은 손님들이 접시를 비워갈 때, 마지막 손님상에 오를 샐러드에 드레싱을 뿌리던 연우가 서진을 향해 고개를 들었다.

"내가?"

그랬나? 누군가의 눈에 자신의 모습이 그렇게 비칠 거라고는 생각하지 못했다. 그날의 기억, 재휘를 볼 때마다 떠오르는 동하의 얼굴 그리고 재휘 앞에만 서면 제멋대로 날뛰는 자신의 심장.

그 모든 것들을 털어내기 위해, 감추기 위해 최선을 다하고 있었을 뿐.

"싫은 건 아니고. 좀 불편해."

"뭐가?"

이해할 수 없다는 듯 서진이 말간 눈을 반짝였다.

난감했다. 아무리 머리를 굴려도 설명할 방법이 없는 존재, 연우에게 재휘는 그런 사람이었다.

천진한 눈빛의 서진 앞에서 그와 자버렸다고. 동하의 결혼식 날, 원나잇의 상대가 하필 그 남자였다고. 그래서 지금 최선을 다해 그를 피해 다니고 있노라고. 그 불온한 진실을 말할 용기가 아직은 없었다.

그때 홀 서빙을 하던 매니저가 주방으로 들어왔다.

"연우 씨 손님이 찾아요."

"손님?"

누구지? 주방 막내를 찾을 손님은 없었다. 그렇다고 자신을 찾아오기로 한 지인도 없었다. 본능적으로 불길함이 감지됐다.

사고를 친 것은 아닌지, 주방 식구들 역시 의심의 눈초리를 보냈다. 구겨지고 더러워진 조리복을 털어내며 중앙홀로 나가는 연우의 뒤통수가 따가웠다. 출입문 앞 구석 테이블, 젊은 여자의 뒷모습이 보였다.

"나 기억나죠?"

뜻밖에도 홀에서 연우를 기다린 건 동하의 와이프였다.

하루 종일 뜨거운 불앞에서 땀을 쏟으며 종종거린 연우의 지친 몸이 전기에라도 감전된 듯 번쩍 깨어났다.

"기억 안 나요?"

물론 기억났다. 결혼식장에서 처음 본 순간부터 지금까지 단 한 번도 잊은 적이 없을 만큼 선명하게 기억했다.

"누구시죠?"

그러나 순순히 인정하고 싶지 않았다.

"머리가 나쁘시네."

"본인이 기억할 만한 가치가 없다는 생각은 안 해보셨죠?"

동하가 다니는 로펌, 사주의 딸이라고 했던가? 첫눈에 반한 것도, 청혼을 먼저 한 것도 그녀라고 했다. 동기들 사이에선 이미 파다하게 퍼져 있던 소문들. 불행히도 당사자인 연우에게 가장 늦게 도착했다.

"알고 있었구나?"

"용건이 뭐예요?"

"박동하, 내 남편이에요."

몇 주 전까지 자신의 남자 친구였다. 수년을 함께 했고 남은 생을 함께 할 거라 믿었었다. 어리석게도.

"그런데요?"

연우의 목소리에 날이 섰다.

"어떤 사람인지 궁금했는데… 이런 곳에서 일하다니, 좀 충격적이네…."

돈도 명예도 모두 가진 집안의 영애. 듣던 대로 무례하고 예상만큼 건방졌다.

"충격? 나만할까?"

연우 입가에 조소가 어렸다.

"뭐요?"

"용건이나 말해요."

어이없다는 듯, 주문한 음식에 손도 대지 않은 채 여자가 자리에서 일어났다.

"미리 경고하러 왔어요."

"…?"

주방 식구들은 물론 서빙을 하던 매니저들까지 자신을 지켜보고 있다는 사실을 잊은 채 연우의 분노가 임계점을 넘고 있었다.

"앞으로 질척대지 말라고. 결혼식장 깽판, 한 번은 봐줬는데…. 두 번은 안 돼."

은밀히 속삭이는 여자의 붉은 입술이 연우를 비웃고 있었다. 여자에게서 풍기는 짙은 향기가 연우의 이성을 마비시켰다.

"자신이 없나 보지?"

나가려는 여자를 향해 연우가 소리쳤다.

"동하의 첫사랑, 동하의 첫키스, 동하의 첫경험…. 한때 동하의 모든 것이었던 사람, 나야."

"뭐?"

"숨소리만 들어도, 눈빛만으로도… 서로가 원하는 게 뭔지 알 수 있을 만큼 오래된 관계. 당신이 상상할 수 없을 만큼 많은 추억, 많은 기억… 우리 사이에 켜켜이 쌓여 있어."

"무, 무슨 말을 하고 싶은 거야, 너?"

"당신이 동하와 사는 동안 매 순간, 매 상황 내 그림자를 보게 될 거란 얘기야. 끔찍하겠지."

여자의 눈에 분노가 고였다. 연우의 입술이 한쪽으로 비틀려 올라갔다.

"불안할 거야, 두렵겠지. 그래도 걱정하지 마. 동하가 선택한 건 당신이니까. 당신이 가진 배경. 그게 변하지 않는 이상, 동하는 당신 곁을 떠나지 않을 거야."

유치했다. 그러나 상처주고 싶었다. 자신이 받은 만큼, 갚아주고 싶었다. 연우가 여자를 밀치고 주방으로 향했다.

"서!"

여자의 앙칼진 목소리가 연우를 불러 세웠다. 천천히, 위협적으로 온몸의 에너지를 모아 연우가 여자를 향해 돌아섰다.

순간 여자의 손에 들려 있던 와인 잔이 연우를 향해 날아왔다. 연우가 살짝 몸을 비틀었다.

'앗!'

어디선가 비명이 먼저 터졌다. 그리고 연우를 비켜간 붉은 와인 방울들이 막 손님을 보내고 홀로 들어서던 재휘를 향해 날아갔다.

가지런히 빗어 넘긴 머리와 조금은 창백해 보이는 얼굴과 빳빳하게 다려진 셔츠와 이태리 장인의 손길이 느껴지는 고급 슈트와 반질반질 윤이 나는 구두 위로… 보르도의 햇살과 바람으로 성장한 포도 알갱이들이 만들어낸 달콤 짭조름한 와인 방울들이 알알이 매달렸다.

'오 마이 갓!'

연우의 두 눈이 질끈 감겼다.

라벨르에 있던 모든 이들의 눈과 귀가 연우와 동하의 와이프 그리고 재휘를 향해 활짝 열려 있었다.

\*\*\*

대표실 앞, 크게 숨을 들이마시는 연우 손에 수프 그릇이 들려 있었다. 셰프가 직접 만든 감자크림수프였다.

얼굴 가득 부드러운 주름을 만들며 셰프는 괜찮을 거라고 했다. 재휘에게 갖다 주라고. 그리고 사과하라고. 그러나 연우는 하나도 괜찮지 않았다. 와인을 뒤집어쓴 재휘를 상상하자 빽빽하게 굳은 온몸의 관절들이 걸을 때마다 삐걱대며 외마디 비명을 질러댔다.

몇 번의 노크에도 재휘는 대답이 없었다.

하는 수 없이 대표실 문을 열고 안으로 들어갔다. 텅 빈 방, 재휘 모습은 보이지 않았다. 그때 어디선가 물소리가 들렸다. 화장실. 샤워기 소리였다.

뭔지 모를 안도! 발소리를 죽인 연우가 소파 테이블에 수프 그릇을 내려놓고 살금 돌아섰다. 마주치고 싶지 않았다. 가능하다면, 영원히!

그때 소파 구석 잠들어 있던 고양이가 반짝 고개를 들었다.

"쉿! 말하지 마!"

손가락으로 자신의 입을 막으며 연우가 고양이에게 두 눈을 부라렸다. 관심 없다는 듯 고양이가 쌩하니 외면했다.

"싸가지!"

"뭐하는 거야?"

재휘였다. 놀란 연우가 재빨리 몸을 돌렸다. 얼굴과 머리카락에 청량한 물방울들을 매단 재휘가 연우 뒤에 버티고 서 있었다.

"셰… 셰프님께서 수프를."

연우가 옆으로 비켜났다. 수건으로 물기를 닦아내던 재휘 눈이 테이블 위 수프 그릇으로 향했다.

"오후 내내 아무것도 안 드셨다고…"

"못 먹은 거야."

"예?"

"내가 좀 바빴거든. 너처럼 사고치는 직원 뒤치다꺼리하느라…"

동화 와이프가 뿌린 와인, 재휘 셔츠에 생긴 얼룩들. 미안했다. 사과하고 싶었다. 그러나 빈정대는 재휘 말투에 그 모든 감정들이 말끔히 사라졌다.

"표정 관리 좀 하지 그래. 지금 네가 그런 표정 지을 형편은 아닌 거 같은데…"

밉살스런 지적! 그래도 틀린 말은 아니었다. 이런 몰골로 라벨르에서 쫓겨나고 싶지도 않았다. 재휘를 쏘아보던 연우가 눈빛을 거두고 머리를 숙였다.

가슴 밑바닥, 스멀스멀 기어오르는 못된 오기를 억누르고 목소리를 가다듬었다.

"아깐… 죄송했습니다."

"그래?"

의외라는 듯 재휘가 잠깐 고민에 빠졌다.

"사과는 받아주지. 단, 앞으로 화이트 밥을 좀 챙겨줘야겠어."

"네에?"

제 발끝만 쳐다보고 있던 연우가 화들짝 놀라 고개를 들었다.

'엄마야!'

순간 연우 눈이 경련을 일으켰다. 팔을 뻗으면 닿을 거리, 재휘 손이 와인으로 얼룩진 셔츠 단추를 풀어헤치고 있었다.

신경질적인 그의 손가락들을 따라 풀려 나간 단추들 사이로 탄탄한 가슴팍이 드러났다.

'아, 안 돼!'

"싫어?"

"아, 아뇨!"

연우가 고개를 저었다. 질끈 감긴 두 눈이 재휘의 시선을 피했다. 그제야 알겠다는 듯 재휘가 연우 앞으로 한 발 다가섰다.

"그렇게 놀랄 것도 없을 것 같은데. 처음 보는 것도 아니잖아."

놀란 연우의 두 발이 저도 모르게 뒷걸음질 쳤다.

"뭐… 뭐하는 거예요?"

그 순간 테이블 모서리에 걸린 연우 몸이 소파 위로 벌렁 나자빠졌다.

동시에 재휘 몸이 연우 앞으로 쏟아졌다.

앗! 짧은 비명과 함께 연우의 두 팔이 본능적으로 자신의 얼굴을 감쌌다.

"너야말로 뭐하는 거야?"

연우의 엉덩이 밑에서 뭔가가 쑥 빠져나갔다.

괴한이라도 만난 듯 웅크리고 있던 연우가 빼꼼 얼굴을 내밀었다. 재휘가 한심하다는 듯 그런 연우를 노려보고 있었다.

"그, 그게 왜?"

자신의 엉덩이가 뭉개버린 새 셔츠가 구겨진 채 재휘 손에 들려 있었다. 미친!

"죄, 죄송합니다."

"고작 그런 여자 때문이었나?"

"…?"

"죽으려고 했던 이유가?"

쿵쾅대던 연우 심장이 일순 고요해졌다. 차갑게 굳은 두 눈이 재휘의 시선과 부딪쳤다.

"죽을 생각 같은 거, 없었어요."

재휘의 말은 반은 맞고 반은 틀렸다. 고작 그런 여자 때문이 아니다. 그녀를 선택한 남자 때문이었다. 이유가 무엇이든 재휘에게 그걸 설명할 의무는 없었다.

"뭐?"

"그날 당신, 나한테 낚였다고요. 내가 당신 이용했고 가지고 놀았다고."

드러난 치부, 바닥을 친 자존심!

주먹에 힘을 주고, 어깨를 꼿꼿이 세우고. 될 대로 되라는 듯. 통제선을 벗어난 연우의 입이 아무 말이나 내뱉고 있었다.

그런 연우를 보는 재휘 입에서 피식, 웃음이 삐져나왔다.

"훨씬 낫네, 지금 이 모습이. 그럼 이것도 부탁해!"

재휘가 와인으로 얼룩진 셔츠를 연우에게 휙 던졌다. 반사적으로 재휘 셔츠를 받아든 연우의 눈이 일그러졌다.

'뭐 저런!'

"가해자가 피해자한테 그 정도는 해줄 수 있잖아? 안 그래?"

연우 턱밑으로 들어온 재휘 눈이 짓궂게 반짝였다. 그런 재휘를 보는 연우 몸의 모든 솜털들이 파릇하게 곤두섰다.


공모전 일정이 공지된 이후 라벨르 직원들은 한껏 분주해졌다. 주방뿐 아니라 홀에서 일하는 매니저들까지 레시피 개발에 열을 올렸다.

파티셰를 꿈꾸는 서진도 자신만의 타르트를 선보이겠다며 벼르고 있었다.

"메뉴 정했어?"

아침마다 배달되는 식재료들을 주방으로 나르며 서진이 연우에게 물었다.

"아직!"

며칠 전 잃어버린 노트 때문에 연우는 울상이 되어 있었다. 요리를 시작하면서부터 일기처럼 써온 레시피 노트였다. 항상 지니고 다니던 것이 언제, 어디서, 어떻게 사라졌는지 도무지 기억나지 않았다.

"노트 못 찾았어?"

"응."

"공모전 일주일도 안 남았는데?"

"포기할까 봐."

전국에 있는 라벨르 매장만도 수십 개. 직원으로 치면 수천 명. 쟁쟁한 경쟁을 뚫고 자신의 레시피가 공모전에서 뽑힐 확률은 사실상 제로에 가까웠다.

"포기한다고?"

서진이 외치듯 물었다.

연우가 그런 서진을 향해 코를 훌쩍였다. 어쩌면 레시피 공모전을 포기하려는 진짜 이유는 잃어버린 노트 때문도, 피 튀기는 경쟁률 때문도 아닌지 몰랐다. 자신의 허접한 레시피를 재휘가 보게되는 것. 그것에 대한 두려움.

재휘와 마주치지 않기 위해 비상한 신경을 쓰고 있는 연우로서는 어떤 식으로든 재휘 눈에 띄고 싶지 않았다.

"이거 받아라!"

트럭 안에서 상자를 꺼내주던 수셰프가 굴이 담긴 스티로폼 상자 하나를 공중으로 던졌다. 서진이 먼저 손을 뻗었다. 그러나 서진의 손을 비켜간 상자가 연우를 향해 날아왔다.

놀란 연우가 상자를 잡기 위해 두 손을 치켜 올린 채 몸을 젖혔다. 아슬아슬, 간당간당 연우의 손안으로 스티로폼 상자가 떨어졌다.

'잡았다!'

그러나 다음 순간, 활처럼 휘어진 연우의 몸이 균형을 잡지 못하고 뒤로 넘어갔다.

"연우야?"

놀란 서진이 연우의 이름을 불렀다. 동시에 뒤로 넘어가던 연우의 몸이 공중에서 정지했다. 바쁘게 움직이던 사람들이 일제히 숨을 죽였다.

모든 것이 정지된 순간, 어디선가 익숙한 향기가 밀려들었다. 서늘하고 시원한. 이건? 연우가 번쩍 눈을 떴다.

"대…대표님?"

하늘을 향하고 있는 자신의 몸, 자신의 허리를 받치고 있는 재휘의 손.

'제기랄!'

"잠깐 나 좀 보지 한연우 씨?"

"…?"

닿을 듯 말 듯. 날카로운 재휘 두 눈이 바들바들 떨고 있는 연우를 찌를 듯 쏘아붙이고 있었다.


도살장에 끌려온 송아지처럼 불안한 눈을 한 연우가 대표실로 들어섰다.

재킷을 벗어 옷걸이에 걸던 재휘가 연우를 향해 돌아섰다. 가볍게 타이를 푸는 재휘의 손놀림을 지켜보던 연우가 입술을 비틀었다.

"지난번 일 사과할 생각 없습니다."

"사과 받을 생각, 없었는데…."

부어터진 얼굴을 한 연우를 힐끔 보던 재휘가 관심 없다는 듯 서랍을 뒤적였다.

"셔츠는 드라이클리닝해서 갔다 놨구요, 고양이 밥도 꼬박꼬박 챙기고 있습니다."

"그거!"

재휘가 턱으로 책상을 가리켰다. 연우가 재휘 책상으로 다가갔다.

"한연우 씨 거 맞지?"

그렇게 찾아도 보이지 않던 레시피 노트였다. 이게 왜? 연우가 재빨리 노트를 끌어안았다.

"이… 이게 왜 여기 있어요?"

"지난번 네가 주방에 떨어뜨린 거야."

아직도 밴드가 붙어 있는 연우 손가락을 가리키며 재휘가 시큰
둥하게 말했다.

그날 밤, 재휘를 피해 허둥지둥 주방을 빠져나가며 떨어뜨린 모
양이었다.

"가봐!"

볼일 끝났다는 듯 서류철을 펼치는 재휘를 뒤로 하고 연우가 씩
씩대며 돌아섰다.

하필 재휘 앞에 노트를 떨어뜨린 자신에게도, 며칠씩이나 남의
노트를 돌려주지 않은 재휘에게도 화가 났다. 그때 연우의 두 발
이 출입문 앞에서 툭 멎었다.

떨리는 손끝이 천천히 노트를 넘겼다. 페이지마다 붙어 있는 메
모지. 붉은 펜으로 휘갈겨 쓴 글씨들…. 범인은 분명 재휘였다.

연우가 재휘를 향해 천천히 돌아섰다.

"이거 뭐예요?"

"좋은 질문이야."

책상 너머 재휘가 연우를 보고 빙긋 웃었다.

"네 레시피에 부족한 2%의 어떤 것."

"저기요, 주방 막내라지만 저도 요리사거든요? 제가 아무리 대
표님보다…"

그러나 그 순간 연우의 두 눈이 흔들렸다. 연우 자신, 부족하다
고 느꼈던 지점. 그러나 답을 찾지 못해 답답했던 그곳. 재휘는 정
확히 그곳을 파고들고 있었다.

"솔루션까진 아니고 도움이 될까 해서…"

부르르 떨리는 손. 연우가 탁 소리를 내며 노트를 덮었다.

"모든 레시피가 완벽하진 않아요. 부족한 부분을 채우는 게 요리사가 할 일이라고 생각합니다."

"네가 그걸 채울 수 있다고 말하는 거야?"

재휘의 두 눈에 조소가 담겼다.

"당연히, 제가 채워요. 전 요리사니까."

"좀 더 정확히는 보조, 라고 하지 않나?"

연우가 어금니를 깨물었다.

"진짜 요리사가 되고 싶어? 그럼 이번 공모전에서 너의 실력 시험해보는 건 어때?"

"…?"

"만약 네가 상을 받게 된다면 인정해줄 수 있을 것도 같은데. 부족한 레시피의 2%를 채울 네 손맛!"

"한 가지 더…."

"…?"

연우의 눈이 재휘를 향해 찌를 듯 곤두섰다.

뭐냐는 듯 재휘 고개가 한쪽으로 갸웃 기울었다.

"사과하세요, 오늘 일. 절 무시한 거."

어째서 그 순간, 재휘 눈앞에 한 여인의 모습이 떠오른 것일까?

-강재휘, 완벽한 레시피는 없어. 레시피가 다 담지 못한 빈틈을 채우는 게 요리사가 할 일이야. 그게 손맛이라고.

그러나 재휘는 완벽한 레시피를 만들고 싶었다. 레시피만 보면 누구나 최고의 요리를 만들 수 있는….

-지금부터 내가 너한테 수수께끼를 낼 거야. 내 레시피에 빠진 2%를 찾아내는 거야. 할 수 있겠어?

-내가?

-네가 그걸 찾아내면, 넌 네가 원하는 완벽한 레시피를 갖게 될 거야. 물론 그런 일은 일어나지 않을 거라고 믿지만….

완이가 웃었다. 화사하게. 그녀의 숨결, 그녀의 향기, 그녀의 체온. 재휘의 심장이 조여왔다. 그녀가 있던 이곳, 그녀의 웃음이 퍼져 있는 공기. 그녀의 모든 것이었던 라벨르.

그런데 지금 자신 앞엔 완이가 아닌 연우가 서 있었다. 성난 얼굴을 하고 따지듯 두 눈을 부라리고.

"그래, 그러지. 원한다면…."

재휘가 낮게 중얼댔다.

*** 

"영영 돌아오지 않을까 봐… 걱정했다."

오후 햇살이 길게 들어오는 대표실, 재휘를 보는 셰프의 얼굴이 따뜻했다.

그런 셰프를 보는 재휘 마음이 미안하고 또 쓸쓸했다.

"제가 너무 늦었죠?"

재휘에게 셰프는 고향 같은 사람이었다. 요리를 시작하게 해준 스승이었고 외로운 시절 곁을 지켜준 친구였고 때론 아버지 같은 존재였다.

셰프의 얼굴에 깊이 패인 주름을 보며 재휘는 시간을 가늠했다. 얼마나 오랜 시간이 흐른 것인가? 또 자신은 얼마나 많은 시간을 방황한 것인가?

"네가 요리하는 모습 다시 보고 싶다."

한때 재휘가 가장 사랑했던 일. 그러나 다시 주방에 들어가는 일은 없을 것이다. 누군가를 위해 요리를 하는 일도, 요리 때문에 가슴 설레는 일도 없을 것이다.

"완이도 바랄 거야!"

열린 창문 틈으로 불어온 바람이 재휘의 눈을 찔렀다. 찌릿한 통증과 함께 그녀의 얼굴이 떠올랐다 사라졌다.

이완!

이름만으로도 가슴 한쪽이 뻐근하게 저려오는 사람. 한때 재휘가 가장 사랑했던 여인.

"그 사람도 이해할 거예요. 요리 그만둔 거."

"…?"

다시는 돌아오지 못할 거라고 생각했다. 그러나 시간은, 망각은 다시 재휘를 이 자리로 끌어들였다.

그때 티포트와 쿠키 접시가 담긴 쟁반을 든 연우가 대표실로 들어왔다.

"이쪽으로 와."

셰프가 연우를 향해 손짓했다.

두 사람 사이에 들고 온 차와 쿠키 접시를 내려놓는 연우의 손끝이 떨렸다. 몹쓸 바이러스에라도 감염된 듯 재휘 앞에만 서면 제멋대로 날뛰는 심장.

"브라우니? 호두가 아니네?"

"밤과 잣을 이용했습니다."

"누구 생각이야?"

"제가…."

연우가 수줍게 웃었다.

셰프의 작은 눈이 흥미롭다는 듯 쿠키 접시를 살폈다. 라벨르 브레이크 타임, 주방 막내들이 준비하는 간식. 연우와 서진, 두 사람에게 부여된 잡무인 동시에 각각의 파트장들에게 돌아가며 요리를 배울 수 있는 기회.

오늘 선택한 요리는 호두 대신 밤과 잣을 넣은 초코 브라우니였다.

"막내들 솜씨, 강 대표가 한번 평가해보지?"

셰프의 통통한 손이 접시를 재휘에게 밀었다.

좀 전의 웃음기를 거둔 재휘 눈이 브라우니 접시를 훑고 지나갔다. 연우가 긴장했다.

"크랙이 너무 조밀한데요."

"반죽이 묽었다는 얘기지."

"들었지? 쫄깃한 브라우니를 만들고 싶다면 반죽에 좀 더 신경 써야겠는데 한연우 씨."

놀리듯 지껄여대는 재휘의 얄미운 입. 연우의 눈꼬리가 치켜 올라갔다.

"좀 더 노력하겠습니다. 그럼 전 이만…."

재휘에게 고개를 숙여 보이며 연우가 쌀쌀하게 돌아섰다.

"한 가지 더!"

'저 인간이 진짜….'

"초코 브라우니에 단맛이 강한 밤과 기름진 잣이 어울린다고 생각하나?"

"…?"

"아무거나 섞는다고 새로운 요리가 되진 않아, 한연우 씨."

쿠키엔 손도 대지 않은 채 괜한 트집을 잡고 있었다.

"먹어보지도 않으셨잖아요?"

비상한 인내심으로 치밀어 오르는 화를 누르며 연우가 항의했다.

그런 연우 태도가 재미있다는 듯 재휘가 소파 등받이에 몸을 기댔다.

"윤기라곤 찾아볼 수 없는 표면, 쿠키의 고소한 향까지 잡아먹어버린 초콜릿 향, 쫄깃하지도 촉촉하지도 않은 찜찜한 촉감, 부서질 때 나는 질퍽한 소리. 음식 맛이 꼭 혀끝으로만 느껴진다고 생각하나?"

"…?"

화덕에라도 들어갔다 나온 사람처럼 연우의 몸이 붉으락푸르락 달아올랐다. 그러거나 말거나 연우를 몰아붙이는 재휘 눈이 집요했다.

"진짜 요리는 오감을 동시에 만족시키지. 누구나 요리를 할 수 있지만 누구나 진짜 요리사가 될 수 있는 건 아냐!"

심장으로 와서 콕콕 박히는 말의 파편들. 독처럼 퍼지는 모멸감. 없던 반항심을 부르고 승부욕을 키우는 저 놀라운 능력. 재휘를 노려보는 연우의 눈꼬리에 스멀스멀 독기가 피어올랐다.

# 스캔들

요란한 휴대폰 소리에 늘어져 있던 연우 몸이 꿈틀댔다. 침대 모서리에 빠져버린 휴대폰이 저 혼자 발악하듯 울려댔다. 더 이상 참지 못한 연우가 몸을 일으켰다.

"한연우, 너 뭐하고 있는 거야?"

통화 버튼을 밀어내자 서진의 목소리가 휴대폰 밖으로 튀어 나왔다. 놀란 연우의 눈이 번쩍 뜨였다. 그 순간 싸한 불길함이 연우를 덮쳤다.

"몇 시야?"

"열 시!"

'아앗!'

연우의 몸이 끊어진 스프링처럼 튕겨져 올랐다 바닥으로 떨어졌다. 며칠 동안 공모전에 제출할 레시피를 개발한다며 늦게 퇴근한 게 화근이었다. 결국 늦잠을 자고 말았다. 좀 있으면 점심 손님들이 들이닥칠 시간.

"연우야?"

휴대폰 속, 서진의 목소리가 다급했다.

"연우야, 냉장고 전원이 나갔어."

"뭐?"

욕실로 뛰어 들어가려던 연우의 몸이 문 앞에서 툭, 정지했다. 서진의 목소리가 훌쩍이고 있었다.

"무, 무서워서… 네가 그랬다고. 네가 실수한 거라고 해버렸어."

"서진아?"

"미안, 미안해 연우야."

무슨 말을 하고 있는 것인가? 자신도 모르는 사이 지금 무슨 일이 벌어지고 있단 말인가?


"미친 거야!"

셰프가 자리를 비운 사이, 연우 앞으로 쟁반이 날아왔다.

쨍그렁, 소리와 함께 주방 바닥으로 나뒹구는 랍스터와 송어에서 비릿한 냄새가 진동했다. 셰프가 직접 손질해 놓은 오늘의 스페셜 재료들.

"한연우, 네가 요즘 정신이 들어왔다 나갔다 하지?"

"죄… 죄송합니다."

"하루라도 사고 안 치고 지나가면 심심하냐?"

수셰프가 연우를 구석으로 밀어붙였다. 뒷걸음질 치는 연우의 등줄기로 식은땀이 흘러내렸다. 숨죽인 주방 식구들 시선이 따가웠다.

냉장고 옆 구석진 곳, 서진이 눈치를 살피고 있었다. 금방이라도 울 것 같은 얼굴 앞에서 연우는 따지지 못했다. 내 잘못이 아니라고. 진실을 밝히라고.

지난 밤, 늦게까지 서진과 주방을 사용했다. 연우가 쓰레기를 버리는 사이 주방을 정리한 사람은 서진이었다. 주방 벽에 붙어 있는 수십 개의 전원 스위치들. 연우 자신도 착각을 하곤 했다.

"오늘 예약 손님들 다 어쩔 거야? 이게 돈이 얼만 줄이나 알아? 니 몇 달치 월급이야!"

적은 월급이 자신의 잘못은 아니었다. 조롱당할 일도 아니었다. 그러나 입술을 깨물 뿐 연우는 항의하지 못했다. 흔들리는 서진의 눈, 그녀의 떨리는 손!

"공모전이네 뭐네 바람만 잔뜩 들어가지고는. 네 레시피가 공모전에 당선될 거라고 생각해? 주방보조 주제에, 주제 파악이 그렇게 안 돼?"

메인요리에 사용될 랍스터와 송어만이 문제가 아니었다. 아침부터 저녁까지 10시간 이상을 끓이고 식힌 육수 표면에도 누런 기름막이 띠를 두르고 있었다. 샐러드용 소스는 식초와 오일이 분리된 채 시큼한 냄새를 풍기고 전원이 끊긴 냉장고에서 밤을 지새운 과일, 채소는 기력을 잃은 채 비실댔다.

그렇다고 해도 누구에게나 열려 있는 공모전인데, 주방보조는 도전하면 안 되는 것인가? 그것이 비난받을 일이던가? 연우의 두 눈에 오기가 돋았다.

"넌 태도부터 불량이야! 뭘 잘했다고 이렇게 뻣뻣해?"

"일부러 그런 건 아닙니다."

온몸으로 퍼지는 분노를 삭이며 연우가 수셰프의 눈을 똑바로 응시했다.

자신과 서진의 실질적 사수. 그러나 매순간, 사사건건 자신을 갈구고 못살게 구는 최악의 직장 상사.

"그래서? 잘했다는 거야? 어따 대고 또박또박 말대답이야!"

수셰프의 억센 손가락이 연우의 이마를 쿡쿡 찍어 눌렀다. 연우의 몸이 비틀댔다.

"잘못했습니다."

"뭐?"

"잘못했다구요."

"다시!"

"잘못했습니다."

원한다면, 원하는 만큼 잘못을 시인해 줄 수 있었다. 지금 수셰프가 원하는 건 사과가 아니었다. 자신의 힘을 과시할 상대의 항복. 연우가 더 깊이 고개를 숙였다. 그런 연우의 입가에 조소가 번졌다.

"웃어? 너 지금 웃었냐?"

"지금 뭐하시는 겁니까?"

주방에 들어온 재휘가 연우를 찍어 누르는 수셰프의 손목을 잡아 세웠다.

놀란 연우의 눈이 재휘와 마주쳤다. 하필, 이때! 연우가 고개를 돌렸다.

"상관마시죠, 대표님. 주방 일입니다."

화가 채 가시지 않은 수셰프가 재휘에게 잡힌 손을 뿌리쳤다.

"주방 일? 그건 라벨르에서 일어나는 일 아닙니까? 이곳에서 발생하는 모든 일은 내 책임 하에 있습니다."

"…!"

"이럴 시간 없을 것 같은데. 오늘 영업 안 할 겁니까?"

재휘 기세에 주방 식구들이 재빨리 자신의 자리를 찾아 흩어졌다.

주방을 엿보던 홀 식구들도 소리 없이 사라졌다. 구석에서 떨고 있던 서진이 달려와 바닥에 떨어진 랍스터와 송어를 주워 담기 시작했다.

그때였다. 잔뜩 약이 오른 수셰프가 들고 있던 롤링 핀을 벽으로 집어던진 것은. 재휘가 막 주방을 나가려던 순간이었고 연우가 랍스터 하나를 집어 들던 순간이었다.

수셰프의 손아귀에서 벗어난 롤링 핀이 공중을 날아와 연우 머리 위에 있는 조명을 때리고 벽을 향해 날아갔다.

'10의 마이너스 18승.'

흔히 말하는 찰나의 순간. 딱 그만큼의 시간, 연우 머리 위 조명이 산산이 조각났다. 부서진 파편이 불꽃이 되어 떨어져 내렸다.

"연우야!"

서진이 연우의 이름을 불렀다. 주방 식구들의 비명이 이어졌다.

그러나 놀란 연우의 입에선 비명조차 나오지 않았다. 두 눈을 질 끈 감고 머리를 숙였다.

그 순간 누군가 연우의 몸을 감쌌다. 조각난 유리 파편들이 바닥으로 쏟아졌다. 유리 파편 속으로 붉은 핏방울들이 흩어졌다. 연우가 고개를 들었다.

"대… 대표님?"

재휘였다. 연우를 감싼 재휘의 이마에서, 손등에서 붉은 핏방울들이 솟구치고 있었다.

\*\*\*

엉망으로 시작한 하루가 끝나가고 있었다.

마지막 손님이 테이블을 떠나고 라벨르에도 정적이 찾아왔다.

주방과 홀, 정리하는 사람들의 손이 바쁘게 움직였다. 일과 사람에 치여 지친 이들. 깊은 침묵만이 그들의 고단한 하루를 말해주고 있었다.

주방에서의 사고 이후 재휘는 하루 종일 보이지 않았다. 병원엔 간 것일까? 연우의 마음이 무거웠다. 혹 무슨 일이라도 생긴 것은 아닌지 하루 종일 초조했다.

정리를 마친 셰프가 제일먼저 주방을 떠났다. 이어 수셰프와 다른 주방 식구들이 차례로 퇴근했다. 연우와 서진, 둘만 남았다.

하루 종일 주방 식구들의 따가운 눈초리를 받느라 연우의 온몸이 욱신댔다. 점심도 거른 탓에 뱃속이 요동쳤다. 뭐라도 먹지 않으면 금방이라도 쓰러질 듯 눈앞이 어찔했다.

"한잔할까?"

두 사람 사이에 흐르는 어색한 침묵. 연우가 먼저 입을 열었다. 배고팠다. 그리고 침묵이 싫었다.

"응!"

하루 종일 연우의 눈치만 살피던 서진의 표정이 처음으로 밝아졌다.

주방 조리대 아래, 숨겨둔 와인 병들을 꺼냈다. 손님상에서 남은 와인을 챙겨둔 것을 알면 수셰프는 또 잔소리를 해댈 것이다. 그러나 오늘은 아무 생각 없이 취하고 싶었다.

"기다려봐!"

서진이 주방 구석구석을 뒤지기 시작했다. 치즈며 육포며 견과들이 금세 한 접시 채워졌다.

"뭐 좀 만들까?"

"아니."

서진과 자신의 잔에 와인을 따르며 연우가 고개를 저었다. 이것이면 족했다. 하루 종일 동동거린 마음도, 지친 몸도, 허기진 배도 와인의 뜨거운 열기가 채워지면 어디론가 사라질 통증들. 언제 그랬냐는 듯. 마술처럼.

"오랜만이다. 이런 시간…"

라벨르 입사 직후, 서진을 만났다.

유일한 입사 동기. 나이가 같다는 이유로 두 사람은 금방 친구가 됐다. 매사 뾰족뾰족한 자신과 달리 둥글둥글한 성격을 지닌 서진이 연우는 좋았다. 붙임성 있고 친절한 성격, 라벨르 식구들 누구나 그런 서진을 좋아했다.

"하루 종일 후회했어."

"…?"

"수셰프가 방방 뜨는데… 차마 내 실수였다는 말 못하겠더라. 미안해, 연우야!"

유난히 술이 약한 서진의 얼굴이 벌써 벌겋게 달아올라 있었다.

얼어 있던 연우의 몸도, 마음도 노곤노곤 녹아내렸다. 꼬륵대던 배도 어느새 조용해져 있었다.

두 사람은 말없이 와인 잔을 비웠다. 어쩌면 지금, 진짜 미안한 사람은 연우 자신인지도 몰랐다. 하루 종일 억울했고, 억울한 만큼 서진이 미웠다.

"내가 치사했어!"

연우가 혼자 중얼댔다.

"응?"

서진이 천진한 눈으로 연우를 보고 배시시 웃었다.

"아냐, 아무것도."

"미안해, 연우야!"

취한 서진이 연우의 볼을 끌어당기며 다시 한 번 사과했다. 해롱대며 들이대는 서진의 모습이 귀여웠다.

"내가 더 미안해, 서진아."

"뭐가?"

연우의 어깨에 머리를 기댄 채 서진이 물었다. 잠에 빠져 드는 서진의 고른 숨소리가 평화로웠다.

"나 그 사람 만났어…."

취기가 오른 탓일까? 가슴속 숨겨져 있던 이야기가 불쑥 튀어나왔다.

"동하 결혼식 날… 함께 잔 남자. 누군지 궁금하댔지?"

그러나 이미 잠에 빠져버린 서진은 대답이 없었다.

"서진아, 하필 그 사람… 라벨르 대표다. 네가 좋아하는 강재휘."

잔을 비우며 연우가 피식, 웃었다. 이렇게라도 실토하고 싶었는지 모른다.

얼굴을 붉히며 재휘 얘기를 하는 서진을 볼 때마다 마음 한구석이 무거웠다. 그녀를 속이는 것 같아 죄스러웠다. 서진 앞에서 자꾸만 거짓말을 하고 있는 자신이 한심스러웠다.

"속이려고 한 건 아닌데, 더 일찍 말하려고 했는데… 그렇게 됐어!"

넋두리 같은 고백에 홀가분해졌다. 그러나 빈속에 들이부은 와인은 기어이 탈을 일으켰다. 화장실에서 먹은 것들을 게워낸 연우가 다시 주방으로 돌아왔다. 그러나 서진의 모습이 보이지 않았다. 빈 와인병들도 깨끗이 치워져 있었다.

휘청이는 다리로 비품실과 홀을 오가며 서진을 찾았다. 집에라도 간 것일까?

서진은 술에 취하면 혼자서 집에 가는 버릇이 있었다. 그때 라벨르 정원으로 밝은 빛이 쏟아져 들어왔다. 술에 취해 흐릿해진 눈으로 연우가 밖으로 나갔다. 자동차 한 대가 들어오고 있었다.

서진인가? 연우가 자동차를 향해 걸어갔다.

자동차의 밝은 헤드라이트 불빛이 휘청이는 연우의 두 눈을 찔렀다.

귀를 찢는 브레이크 소리와 함께 자동차가 연우의 코앞에서 멈췄다. 차에서 누군가 내렸다. 서진이 아니었다. 연우가 눈을 깜빡였다.

"누구?"

온몸으로 퍼지는 취기! 아찔한 현기증! 연우 머리가 핑 돌았다. 그 순간 시원한 향기가 코끝으로 스며들었다. 익숙하고 편안한 향기. 그대로 잠들고 싶어지는 그런 향기!


얼마나 시간이 지났을까?

아침 햇살이 감긴 눈을 비집고 들어왔다. 연우의 눈꺼풀이 깜빡였다.

폭신한 침대, 부드러운 시트. 청량한 공기까지. 깨고 싶지 않았다. 가능하다면 더 오랫동안 게으름을 피우며 침대 속에 머물고 싶었다.

매끄러운 촉감이 발가락을 간질였다. 기분 좋은 감촉, 찌릿한 자극. 연우가 한껏 몸을 비틀었다. 그때 발아래 뭔가 꿈틀댔다. 으앗! 기겁을 한 연우 몸이 침대 아래로 굴러 떨어졌다.

"너너너, 여기 왜 있어?"

낯선 공기, 낯선 햇살, 낯선 방. 그곳에 익숙한 고양이 한 마리가 있었다. 재휘가 화이트라고 부르는 바로 그 고양이.

"여… 여기 어디야?"

그때 연우 머릿속에 뭔가 떠올랐다. 여긴? 분명 그곳이었다. 재휘와 하룻밤을 보낸 바로 그곳!

"아앗! 내… 내가 왜?"

연우가 제 몸을 더듬었다. 멀쩡했다. 어제 입었던 옷도 땀에 절어 있던 몸도. 모두 그대로! 변한 것이 있다면 지워진 기억!

분명 서진과 술을 마셨다. 서진이 먼저 취했고 자신도 취했다. 어느 순간 사라진 서진을 찾고 있었고 밝은 빛을 발견했다. 그 빛이 외계인이 아니라면, 그래서 지금 자신이 외계인에게 납치된 것이 아니라면….

재휘 또 재휘였다.

집안은 고요했다. 어떤 소리도, 어떤 살아있는 것의 움직임도 느껴지지 않았다. 불안했다. 살금살금 방문 앞으로 다가갔다.

어디선가 딸각이는 소리가 들렸다. 연우의 눈이 번쩍 뜨였다. 분명 사람의 소리. 소리 나는 곳으로 조심조심 다가갔다. 팬스레 심장이 쿵쾅댔다. 재휘라면, 무슨 말을 해야 할지 막막했다.

"재휘니?"

그때 주방에서 찻잔을 꺼내던 여자가 연우를 향해 돌아섰다.

그녀의 긴 머리가 물결치듯 흔들렸다. 새하얀 얼굴에 붉은 입술, 꽃 같은 미소를 지닌 여자. 아름다웠다. 라벨르 담장, 한껏 뽐을 내며 피어오른 붉은 장미 같았다. 연우의 심장이 쿵 소리를 내며 떨어졌다.

"누구… 세요?"

놀란 건 그녀도 마찬가지였다. 연우를 발견한 여자의 눈이 휘둥
그레졌다.

연우가 뒷걸음질 쳤다.

누구? 난 누구지?

그녀의 질문에 대답을 해주고 싶었다. 그러나 답을 알지 못했
다. 여자가 연우를 향해 다가왔다.

"장세영!"

갑작스런 재휘 목소리에 놀란 연우가 탁자에 걸려 바닥으로 넘
어졌다.

현관 앞, 운동복 차림의 재휘가 서 있었다. 이마 상처에 붙어 있
는 밴드. 어제 일들이 꿈은 아니었다.

"강재휘?"

무슨 상황이냐는 듯 여자가 재휘를 불렀다.

놀란 재휘의 눈이 그런 여자와 바닥에 널브러진 연우를 번갈아
보고 있었다.

\*\*\*

정량의 공기, 정량의 빛으로 채워져 있을 것만 같은 공간. 그곳
의 공기는 차고 시원했다.

한쪽 벽을 가득 채운 커다란 통유리에선 밝은 햇살이 쏟아져 들

어왔다. 유해한 세균들을 모두 살균하고도 남을 것만 같은 자연의 빛! 어디선가 새가 울고 있었다. 곰팡이 냄새가 섞인 텁텁한 공기, 먼지 날리는 햇살, 도시의 시끄러운 소음, 그 모든 것들이 혼재되어 있는 자신의 옥탑방과는 완벽하게 다른 세계. 그곳이었다. 재휘를 처음 만났던 날, 잠에서 깨어났던 장소.

깨달음의 순간, 연우의 모든 감각들이 경련을 일으켰다.

침대 끝 발치, 재휘의 고양이가 한심하다는 듯 연우를 올려다보고 있었다. 지워진 기억들, 그 사이로 스멀스멀 되살아나는 재휘의 얼굴.

한낱 바람 같은 것이라고 생각했다. 낯선 남자와의 하룻밤, 스쳐 지나가 버리면 그만이라고. 돌아볼 일도, 되새길 이유도 없었다. 그러나 어리석었다. 모든 태풍은 그 사소한 바람으로부터 시작된다는 것을. 정처 없이 떠돌던 바람 한줄기가 매서운 태풍이 되어 지금 자신을 향해 날아오고 있다는 사실을.

그때까지도 연우는 알지 못했다.

"괜찮아요?"

여자가 물었다. 거실 바닥에 널브러져 있던 연우가 후다닥 일어났다. 넘어지면서 테이블에 부딪친 정강이가 욱신댔다.

"내가 방해가 됐나?"

현관문 앞, 들어오지도 나가지도 못한 채 자신을 바라보고 있는 재휘를 향해 여자가 물었다.

"저… 제가, 저는 그만…."

재휘 대신 연우가 먼저 말꼬리를 잡았다.

방해꾼은 여자가 아니라 자신이었다. 이 낯선 공간, 있어야 할 이유가 단 하나도 없는 존재.

이정표라도 숨어 있을 것만 같은 크고 넓은 집, 거실을 가로질러 현관으로 종종걸음 치는 연우의 등줄기로 식은땀이 흘러내렸다. 여자의 시선이 그런 연우를 집요하게 따라왔다.

"함께 식사해요."

꼬질꼬질 때가 묻은 운동화에 막 발을 끼워 넣으려는 순간 여자의 목소리가 연우를 붙잡았다. 순간 균형을 잃은 연우의 몸이 휘청였다.

재휘가 재빨리 연우의 팔을 잡아 세웠다. 아침 운동을 마치고 돌아온 재휘의 몸에서 옅은 땀 냄새가 풍겼다. 그의 손끝을 통해 채 식지 않은 몸의 열기가 전해졌다. 연우가 감전이라도 된 듯 움찔 몸을 뺐다.

"아침 먹고 가라잖아."

"아, 아뇨. 제가 바빠서…."

바쁘지 않았다. 그러나 이런 말도 안 되는 상황, 태연한 척 여자와 재휘 틈에 끼어 아침 식사를 즐길 만큼 미치지도 않았다. 그렇다면 바쁜 게 옳았다.

"들어와."

"싫어요!"

'아차' 하는 순간 생각보다 먼저 말이 튀어나갔다.

'싫다'는 표현은 얼마나 공격적이고 감정적인가? 사양의 의미라기보다는 유감의 표시였다.

불쾌한 듯 재휘의 미간에 주름이 잡혔다. 연우가 두 눈을 치켜
떴다. 물러고 싶지 않았다.

"그러던가, 그럼!"

연우를 현관문 앞에 남겨둔 채 재휘가 집 안으로 들어갔다. 연
우도 쌩하니 돌아섰다.

"잠깐!"

그런 연우를 여자가 기어이 불러 세웠다.


"라벨르 직원? 요리사?"

추레한 몰골, 겁먹은 눈빛. 결국 연우는 여자 앞에 앉고 말았다.

어딘가 모자라거나 의지가 박약하거나. 입술을 물어뜯으며 자책
하는 연우 앞으로 에스프레소 찻잔을 밀어놓으며 여자가 물었다.

그녀의 가늘고 긴 손가락들이 수천 도의 온도를 견디고 탄생한
유럽 왕실의 도자기 보다 더 희고 더 매끄러워 보였다. 연우의 상
처투성이 양 손이 슬쩍 식탁 밑으로 내려갔다.

"아직은… 막내예요, 보조."

쑥스러운 듯 고개를 떨어뜨리는 연우의 눈을, 코를, 입술을, 어깨
를, 몸 구석구석을 훑고 지나가는 여자의 눈에 호기심이 가득했다.

여자의 눈이 지나갈 때마다 날카로운 바늘에라도 찔린 듯 연우
의 몸이 움찔움찔 쪼그라들었다.

"모든 요리엔 요리사의 감정이 각인된다."

"…?"

"더 이상 요리를 하지 않는 천재 셰프 한 명을 알고 있거든요, 내가. 그가 했던 말이에요. 행복한 사람이 행복한 요리를 만든다고."

연우에게도 그런 말을 한 사람이 있었다. 요리는 행복한 사람이 만들어야 한다고. 그래야 누군가를 행복하게 만들어줄 수 있다고. 재휘였다.

"연우 씨는 행복한 사람인가?"

"네?"

갑작스런 질문에 당황한 연우를 보며 여자가 웃었다.

붉은 입술 사이로 드러나는 하얀 치아, 매혹적인 미소. 재휘는 그녀를 세영이라고 불렀다. 장세영. 주변의 모든 것들을 초라하게 만들어버릴 만큼 아름다운 외모를 가진 사람. 그 정반대편에 연우, 자신이 있었다.

땀과 술에 취해 잠들어 버린 밤, 씻지 못한 몸에선 시궁창에서 막 빠져나온 생쥐처럼 퀴퀴한 냄새가 났다. 헝클어진 머리는 수세미처럼 엉겨 붙어 있었다. 다크 서클이 점령한 얼굴 어디에도 생기라곤 찾아볼 수 없었다.

행복? 이런 꼬락서니로 행복할 수 있는 사람이 몇이나 되겠는가?

그럼에도 연우는 고개를 끄덕였다. 빤한 거짓말! 한심했다.

"직원을 다 데려오고…. 강재휘 많이 변했네."

금방 구워진 따끈따끈한 와플 위에 올라가 있는 하얀 생크림을 손가락으로 찍어 먹으며 여자가 혼잣말처럼 중얼댔다.

"직원 회식이 있었거든요. 제가 너무 취해서…."

"…?"

"그, 그러니까 다른 사람들도 있었는데…."

시키지도 않은 변명을 늘어놓는 연우의 목소리가 떨렸다.

"연락도 없이 무슨 일이야?"

그때 막 샤워를 마친 재휘가 욕실에서 나왔다.

"반가운 표정 좀 해주지? 아침까지 준비했는데…."

"목적 없이, 용건 없이 여기까지 올 사람 아니잖아. 장세영?"

연우와 세영 사이, 식탁 의자에 앉으며 재휘가 심드렁하게 되받았다. 세영이 살짝 눈을 흘겼다.

"그렇긴 하지."

"뭔데?"

진지한 재휘 질문에 세영의 눈에서 웃음기가 사라졌다.

"약혼날짜 잡자고 하셔!"

순간 찻잔을 들어 올리던 재휘 손이, 도망갈 타이밍을 엿보던 연우 눈이 약속이라도 한 듯 동시에 정지했다.

연우가 마른침을 삼켰다. 곁에 있던 재휘가 자리에서 일어났다.

"거절한다고 전해!"

"강재휘?"

세영의 목소리가 거칠어졌다.

"버티면 너만 힘들어져. 그때처럼."

"아니, 다를 거야. 그땐 잃을 게 있었지만 지금은 없거든."

스스럼없이 서로의 이름을 부르고 이른 새벽 식사를 함께 하자며 집으로 찾아올 수 있는 사이. 여자를 처음 본 순간 알아버렸다. 재휘와 세영, 두 사람의 관계.

그럼에도 왜, 직접 눈으로 확인하고 싶었던 것일까? 연우는 자신을 잡는 여자의 청을 끝내 뿌리치지 않았다. 못 이기는 척 여자 앞에 앉아 차를 마시고 자신을 관찰하는 여자를 관찰하고. 재휘와 여자의 감정을 염탐하고.

그 순간 깨달았다.

가슴속 어디쯤, 정처 없이 떠돌던 바람 한줄기가 기어이 매서운 태풍으로 변해 가고 있다는 사실을. 그러나 인정할 수 없었다. 인정해버리면, 원래 있던 자리로 돌아갈 수 없을지도 모른다.

멈춰야 했다. 미풍으로 시작된 재휘와의 관계, 미풍으로 끝내야 했다. 연우가 자리에서 일어났다.

태풍이 몰아치기 전, 자신이 있던 곳으로 돌아가고 싶었다.

\*\*\*

나른한 오후, 금방이라도 감길 듯 두 눈을 가늘게 뜬 고양이가 소파에 늘어져 있었다.

열린 창문으로 바람이 불어올 때마다 고양이 등에 난 새하얀 털들이 은빛 물결을 만들었다. 어디선가 발소리가 들렸다. 계단을 올라오는 소리.

고양이 두 귀가 쫑긋 곤두섰다. 언제 그랬냐는 듯 감기려던 두 눈이 반짝 빛을 발했다. 그때 문이 열렸다.

통조림 하나를 챙겨 든 연우가 대표실로 들어왔다. 고개를 치켜들고 주인을 기다리던 고양이가 실망한 듯 연우를 외면했다.

"이리와!"

맞은편 소파에 털썩 주저앉으며 연우가 고양이를 불렀다.

고양이가 미동도 없이 연우 말을 씹어 삼켰다. 고양이 주제에, 꽤씸했다. 그렇다고 고양이와 싸우고 싶지도 않았다. 오전 내내 동동대며 주방과 홀을 오간 연우의 두 다리가 퉁퉁 불어 있었다.

가져온 통조림을 고양이 밥그릇에 덜어주고 얼른 두 다리를 소파 위에 길게 뻗었다. 찌릿찌릿한 통증들이 발가락 끝에서부터 온 몸을 타고 올라왔다. 그 사이 소리 없이 다가온 고양이가 통조림을 먹었다.

두 볼 가득 음식을 집어넣고 오물대는 고양이를 보며 연우가 입맛을 다셨다.

"넌 좋겠다."

연우의 뱃속에서 꼬르륵 소리가 들렸다. 배고팠다. 1층 주방에선 지금 한창 점심 식사 중이었다. 그러나 사라진 연우를 챙기는 사람은 아무도 없었다.

출근부터 지금까지 누구도 먼저 말을 걸지 않았고, 연우가 물으면 최소한의 답변만 돌아왔다. 서진조차도 사람들의 눈치를 살피며 연우 곁에 오지 않았다. 어제의 사고는 한순간 연우를 왕따로 만들었다. 서럽고 배고픈 하루.

눈을 감았다.

깜빡 잠이 들었던 연우가 눈을 떴을 땐 브레이크타임이 끝나가고 있었다.

주방 식구들은 벌써 움직이고 있을 시간.

헐레벌떡 주방으로 내려가는 연우의 머리끝이 쭈뼛쭈뼛 곤두 섰다. 또 다시 쏟아질 수셰프의 폭언과 막말들을 상상하자 살갗을 뚫고 소름이 올라왔다.

"죄송합니다. 깜빡 잠이…."

주방으로 뛰어든 연우의 눈에 수셰프를 둘러싼 한 무리의 사람 들이 보였다.

귓속말을 주고받는 그들의 표정이 불만으로 가득했다. 연우를 발견한 누군가가 수셰프의 어깨를 툭툭 쳤다. 수셰프가 연우를 향 해 돌아섰다.

"잠이 들어서 그만…."

연우가 재빨리 주방 구석에 쌓인 채소 바구니를 들어 올렸다. 오후 타임에 사용하기 위해선 벌써 손질이 끝났어야 할 식재료들 이 그대로 쌓여 있었다.

"한연우, 숨은 재주가 있었네?"

뒷마당으로 나가려는 연우를 수셰프의 비아냥이 가로 막았다. 어제부터 이어진 공격과는 사뭇 결이 달랐다.

"재주요?"

연우가 수셰프를 향해 돌아섰다. 수셰프의 입술이 바르르 떨렸 다. 분노였다. 제 분을 이기지 못할 때마다 드러내는 흔한 증상. 불 길했다. 그러나 무엇이, 수셰프의 분노를 자극했는지 가늠되지 않 았다.

설거지를 하고 있던 서진이 재빨리 연우의 눈을 피했다. 서진은 뭔가 알고 있었다.

"어제부터 이상하다 했다, 내가!"

"…?"

"답정너였던 거지. 노력은 개돼지나 하는 거고."

신경질적으로 앞치마를 벗어 던진 수셰프가 주방을 나갔다.

남은 사람들이 수셰프의 뒤를 따라 나갔다. 다시 연우와 서진만
이 주방에 남겨졌다.

"무슨 일이야?"

"공모전 때문에…."

"공모전? 결과 나왔어?"

"아직. 그런데 이상한 소문이…."

"소문?"

"수상자 명단에… 연우 네 이름이…."

셰프를 제외하고 주방 식구들 모두가 참여한 공모전이었다.

연우도 기를 쓰고 레시피 하나를 출품했다. 재휘가 망가뜨린 자
존심. 회복하고 싶었다. 큰소리 뺑뺑 치고 허세를 부리고, 당선되
면 사과하라며 재휘를 몰아붙였지만, 안 될 거라는 걸, 연우 자신
이 누구보다 잘 알고 있었다.

"내가?"

서진이 고개를 끄덕였다. 오전, 본사에 들어갔다 나온 수석 매니
저가 소문 하나를 들고 돌아왔다고 했다. 아직 발표도 되지 않은
공모전 결과. 그곳에 연우의 이름이 있었다고.

수셰프의 이름도 파트장들의 이름도 없는 곳에 하필, 사고뭉치
주방 막내의 이름이.

근거도 없고 말의 주인도 찾을 수 없는 한낱 소문. 그러나 사람들의 기대는, 이어진 실망은 사소한 소문을 부풀려 분노로 만들었다.

분명 오해일 것이다. 공모전 결과가 발표되면 흔적 없이 사라질.

주방 구석, 식품 박스 위에 걸터앉으며 연우가 허탈하게 웃었다.

"사람들이 화난 진짜 이유… 그게 다는 아닐 거야."

"진짜 이유?"

낮게 중얼대는 서진의 말뜻이 쉽게 이해되지 않았다.

"무슨 뜻이야? 그게 뭔데?"

평소와 달랐다. 출근하면서부터 지금까지 연우를 대하는 서진의 눈빛. 그제야 깨달았다. 어젯밤, 사라졌던 서진이 어떻게 집으로 돌아갔는지 묻지도 못했다는 사실.

"서진아, 너?"

연우의 목소리가 떨렸다.

"말했어."

"뭘?"

"어젯밤, 네가 한 말."

"내가 한 말?"

"대표와 너, 두 사람 관계. 내가 말했다고."

재휘와의 하룻밤, 그날에 대한 고백. 서진은 깨어 있었다. 그리고 자신의 고백을 모두 기억하고 있었다.

"공모전 얘기 나오면서 사람들이 수군댔어. 너랑 대표… 이상하다고."

"…?"

"네가 미웠어. 질투 났거든. 그래서 말해버렸어."

서진은 결국 자신이 알게 된 사실을 말했을 뿐이다. 침묵할 이유도 비밀을 지켜줄 의무도 그녀에겐 없었다. 술에 취해 아무 말이나 지껄인 사람은 연우, 자신. 그녀를 원망할 자격도, 비난할 명분도 없었다.

그럼에도 질투라니?

온당치 않았다. 재휘와의 하룻밤, 그건 사고였다. 연우 자신도 어찌할 수 없었던. 갈증이 일었다. 온몸이 타들어갈 듯 열이 올랐다. 연우가 식품 박스 위에서 일어났다.

홀을 지나는 연우의 뒤통수로 사람들의 시선이 따라왔다.

수군대고 있었다. 도망쳐야 했다. 도망치지 않으면 사람들의 시선에 자신의 온몸이 불타오를 것만 같았다. 그러나 출입문을 밀어내는 연우 손에 망설임 하나가 매달렸다.

이곳을 나가면 다시 돌아올 수 있을까?

두렵고 슬펐다. 제멋대로 흘러내린 눈물이 시야를 가렸다. 그때였다. 출입문을 빠져 나온 연우의 몸이 누군가와 부딪쳤다.

바닥으로 뜨거운 커피잔이 떨어졌다. 짧은 비명을 내지르는 연우의 눈앞에 본사 이사와 함께 재휘가 서 있었다. 떨어지며 쏟아진 커피가 하필 이사의 반짝이는 구두를 적시고 베이지색 바짓가랑이까지 얼룩을 만들었다.

"죄… 죄송합니다."

반사적으로 앞치마를 끌어당긴 연우가 이사의 구두에 난 커피 자국을 닦아냈다.

주책없이 눈물이 떨어졌다. 바닥으로, 반짝이는 구두코로.

보다 못한 재휘가 재킷에 꽂혀 있던 포켓치프를 뽑아 이사에게 내밀었다.

"직접 닦으세요."

당황한 이사가 포켓치프를 받아들었다. 재휘가 한심한 듯 연우의 팔을 잡아 일으켰다.

"무슨 일이야?"

"…?"

"얼굴이 왜 그 모양이냐고?"

연우가 재휘 팔을 뿌리쳤다. 화가 났다. 이 모든 상황이. 그리고 재휘의 존재가. 벗어나고 싶었다. 그러나 벗어날 방법은 하나밖에 없었다. 이곳, 라벨르를 떠나는 것.

# 사랑의 맛?

"하고 싶은 말이 뭐야?"

창을 등진 책상 의자에 앉으며 재휘가 연우에게 물었다.

창틀에 걸터앉아 졸고 있던 고양이가 재휘 무릎 위로 풀쩍 뛰어올랐다. 부드럽게 고양이 등을 훑는 재휘를 지켜보며 연우가 마른침을 삼켰다.

애써 태연을 가장하고 아무렇지 않은 척 애를 써도 재휘 앞에만 서면 돌덩이처럼 굳어버리는 자신에게 화가 났다.

"무슨 말을 할지 기대되는데? 그토록 비장한 표정을 하고서 말이야?"

재휘 눈이 장난스럽게 빛났다.

책상 하나를 사이에 둔 연우 입술이 바짝 타들어갔다. 마치 교무실에 불려온 어린 아이처럼 쩔쩔매는 자신의 꼴이 한심스러웠다. 재휘 손길에 기분 좋은 듯 눈을 가늘게 뜬 고양이가 그런 연우를 보고 있었다.

"당신이 자꾸 신경 쓰여요."

연우의 입에서 뜻밖의 말이 튀어나왔다. 고양이털 사이로 파고들던 재휘 손가락들이 일제히 움직임을 멈췄다. 재휘의 고개가 한쪽으로 기울었다.

"그래서?"

연우 자신이 묻고 싶은 말이었다. 그래서 어쩌잔 말인가?

"고작 하고 싶다는 말이 그거였나?"

말라비틀어진 몸과 휑한 눈. 재휘가 등진 창문에 한 여자가 서 있었다. 작고 초라한, 연우 자신.

재휘는 그런 자신을 자꾸만 더 볼품없게 만들었다. 그럼에도 왜? 감정은 그에게로 흐르는가?

사람들의 시선은 또 소문은, 연우보다 더 정확히 진실을 간파하고 있었다.

"라벨르를 그만두려고요."

제멋대로 흐르는 감정을 끊을 수 있는 최후의 수단이었다. 자신에게 쏠린 사람들의 시선에서 벗어날 수 있는 유일한 방법이었다.

좀처럼 자세를 흐트리지 않던 재휘의 두 눈이 가늘어졌다.

"나 때문이라는 건가? 이곳을 그만두려는 이유가?"

연우가 고개를 저었다.

"당신 때문이든 나 때문이든 어차피 상관없잖아요."

재휘가 라벨르 대표란 사실을 알았을 때, 이미 이 모든 상황은 예견된 것인지도 몰랐다. 연우가 재휘를 남겨둔 채 돌아섰다.

"후회하지 않을 자신 있는 거야?"

후회하지 않을 자신 같은 거 없었다. 그러나 재휘와 함께 있는 공간, 그날의 기억, 또 자신을 보는 사람들의 시선. 숨이 막혔다. 그때 재휘의 손이 책상 서랍에서 뭔가를 꺼냈다.

"네가 뽑혔어!"

연우가 천천히 돌아섰다. '설마?' 연우의 눈이 흔들렸다.

"여름 레시피 공모전. 네가 낸 레시피가 뽑혔다고."

"…?"

"본사 주최로 열리는 제주도 행사, 네가 가게 될 거야."

초대장과 비행기 티켓을 든 재휘가 연우 앞으로 다가왔다. 한 뼘 아니 두 뼘쯤 높은 곳, 재휘 눈이 연우를 내려다보고 있었다.

"그 표정은 또 뭐야?"

"왜… 왜 나예요?"

따지듯 묻는 연우 질문에 재휘의 표정이 굳었다.

"겸손을 떠는 건가? 아니면 갑자기 자신의 실력에 의문이 생긴 거야?"

"왜 나인 거냐고, 묻잖아요?"

연우가 또박또박 되물었다. 진실을 알고 싶었다.

"너 설마, 내가 너에게 특혜라도 베풀었다고 생각하는 거야?"

재휘도 알고 있었다. 직원들 사이에 떠도는 소문.

"아니에요?"

"한낱 주방 보조, 고양이 시터. 그런 하찮은 존재에게까지 특혜를 베풀 만큼 내가 한가해 보였나? 아니면 내가 그렇게 배려심 많게 보여?"

오해였길 바랐다. 누구보다 간절하게.

툭툭 내뱉는 재휘의 독설들이 평소와 달리 시원했다.

"자신의 레시피가 자격이 없다고 생각한다면… 어쩔 수 없지. 이 상은 차점자한테 가게 될 거야!"

"잠깐만요!"

심술궂게 초대장과 티켓을 흔드는 재휘의 팔에 연우가 매달렸다.

"고… 고려해 볼게요."

"뭘?"

"퇴… 퇴직!"

연우의 두 눈이 간절해졌다.

"그래?"

그런 연우를 보는 재휘의 고개가 갸웃, 한쪽으로 기울었다.


주중 제주도행 비행기 안은 한산했다.

2박3일의 짧은 출장. 몸통만한 캐리어를 끌고 들어온 연우가 자리를 찾아 앉았다.

'한 번 올래?'

좀 전 도착한 아빠의 문자를 보며 연우의 눈빛이 흐려졌다.

이모에게 들은 것이리라. 아빠는 연우의 제주도 출장 소식에 보고 싶다며 한 번 올 수 있냐고 물었다. 망설임 가득한 문자였다. 연우는 대답하지 못했다. 거듭된 질문에도 적절한 답이 떠오르지 않았다.

엄마가 세상을 떠난 이후 떠나온 고향. 10년 가까운 세월 동안 연우는 제주에 발을 딛지 않았다. 엄마의 부재를 새삼 확인하는 일이, 이미 다른 여자의 남편이 되어버린 아빠를 마주하는 것이 두렵고 싫었다. 모질고 못난 딸.

창밖으로 드넓게 펼쳐진 활주로가 시원했다. 그 한가운데 하늘을 향해 누워 있는 자신을 상상하며 길게 숨을 들이마셨다. 아빠에 대한 상념도 최근 자신을 송두리째 뒤흔들었던 실연의 아픔도 점차 무뎌져 갔다. 그러나 끝내 떨쳐 낼 수 없는 한 가지. 재휘와의 스캔들, 그로 인한 라벨르 직원들과의 갈등!

연우 입에서 긴 한숨이 쏟아졌다.

라벨르에 입사한 지 수년. 자신이 개발한 레시피가 공모전에 뽑히고 본사가 매년 개최하는 문화 행사까지 초청받았다는 사실에 가슴이 벅찼다.

자랑하고 싶고 칭찬받고 싶었다. 그러나 공모전 수상은 연우를 점점 더 고립시켰다. 수셰프를 비롯한 주방 식구들은 축하 인사 대신 반감을 노골화 했고, 홀 직원들은 전염병 환자라도 발견한 듯 연우를 피해 다녔다. 서진 역시 더 이상 연우 곁에 오지 않았다. 라벨르의 외딴 섬, 완벽한 외톨이.

"거기 내 자린데?"

괜한 설움에 잠겨 있던 연우의 귓속으로 익숙한 목소리가 파고들었다. 놀란 연우가 고개를 돌렸다. 순간 그녀의 입에서 짧은 비명이 터졌다.

"대표님?"

"귀신이라도 본 것 같은 네 눈빛, 마음에 들지 않아."

예고도 없이 나타난 재휘가 해치백에 짐을 올리며 투덜댔다.

"말씀도 없이 여긴 왜?"

"언제부터 회사 대표가 직원 허락을 받고 출장을 갔지?"

그랬다. 라벨르의 대표, 그가 본사 행사에 참석하는 건 어쩌면 당연했다. 처음 있는 출장에 들떠 상황 파악 못한 건 연우 자신이었다.

"안 비킬 거야?"

자신의 자리를 내놓으라는 듯 재휘가 고개를 들이밀었다. 연우가 얼른 옆 자리로 옮겨 앉았다.

연우의 앞을 스쳐 창가로 들어가는 재휘에게서 바다를 닮은 시원한 향기가 풍겼다. 기분 좋은 싱그러움. 그러나 재휘를 보는 연우 얼굴은 불안했다. 2박 3일의 자유가 희망사항에 그칠지도 모른다는 불길함.

태블릿으로 뭔가에 열중하던 재휘가 종잇장처럼 구겨진 연우를 향해 고개를 돌렸다. 연우가 재빨리 시선을 피했다.

재휘 앞에만 서면 하얗게 질려버리는 머리, 고장 난 기계처럼 말을 듣지 않는 몸. 지워지지 않는 그날의 기억이, 자꾸만 재휘에게로 흐르는 마음이 또다시 울렁증을 만들었다.

"해초를 곁들인 마늘 가지 구이 에피타이저, 나쁘지 않았어."

재휘가 혼잣말처럼 중얼거렸다. 연우의 여름 레시피에 대한 얘기였다.

"익숙한 재료들을 조합해내는 솜씨. 좋았다고."

처음이었다. 레시피에 대한 칭찬은. 연우의 표정이 멍해졌다.

"독창성이라는 게 본래 없던 것을 만드는 것만은 아니거든."

"...?"

"익숙한 것들을 새롭게 느끼도록 만드는 게 중요해. 요리에서는 특히."

재휘는 평소와 조금 달라 보였다. 슈트 대신 헐렁한 피케 티셔츠에 스니커즈를 신은 모습 때문만은 아니었다. 요리를 말하는 그의 표정은 부드럽고 한결 평온해 보였다. 라벨르에 떠돌던 무수한 소문들. 누군가 그를 천재 셰프라 했던가?

주방의 공기까지도 정량을 요구할 것 같은 깐깐함으로 주방을 지배하는 그의 모습들을 상상하며 연우가 피식, 웃음을 흘렸다. 그럴 리가 없지 않은가!

칼로 베인 자국 하나, 불에 데인 흉터 하나 없이 깨끗한 재휘의 손을 보며 연우는 고개를 저었다.


잠깐 잠이 들었던 재휘가 눈을 떴다. 아직 비행기는 구름 위를 날고 있었다.

시간을 확인했다. 착륙 시간까지 10분.

한쪽 어깨가 묵직했다. 곤한 숨을 토하는 연우의 머리가 떨어질 듯 자신의 어깨에 걸려 있었다.

재휘의 긴 손가락들이 연우 이마를 살짝 들어올렸다. 연우의 상처투성이 손과 부르튼 입술이 눈에 들어왔다. 고단한 삶. 누구라도 잡아주지 않으면 금방이라도 무너져 내릴 것처럼 위태롭고 불안한. 그래서 외면할 수 없게 만드는 성가신 존재. 재휘에게 연우는 그런 사람이었다.

'널 그냥, 모른 척 하는 게 옳았을까?'

귀국 첫날, 서 회장을 만나고 돌아가는 길이었다. 남산 자락, 그의 차가 막 커브를 트는 순간 한 여자가 길옆으로 쓰러졌다. 연우였다.

연우는 퉁퉁 부은 한쪽 발목의 통증도 잊은 채 눈물을 쏟아내고 있었다. 사랑하는 사람을 잃어본 사람만이 알 수 있는 고통. 재휘는 상처 받은 연우 눈에서 과거의 자신을 보고 말았다.

제멋대로 휘청이는 그녀를 버려두지 못한 건, 하룻밤을 함께 하자며 떼쓰는 연우를 끝내 떼어내지 못한 건 그래서였다. 그러나 지금 연우는, 자신으로 인해 또 다른 상처를 받고 있었다.

\*\*\*

호텔과 백화점을 계열사로 두고 있는 본사에선 해마다 대규모 한류 문화 축제를 개최하고 있었다. 연우가 참가할 요리 박람회는 축제 첫날 호텔에서 진행되는 메인 행사 중 하나였다.

세계 3대 요리 대회에서 상을 받은 셰프들의 요리 경연과 함께 여름 레시피 공모전 수상자들에 대한 시상식도 치러질 예정이었다. 호텔로 들어서는 연우의 심장이 다시 쿵쾅댔다.

공항에 도착하자 재휘는 어디론가 사라졌다. 공항 밖, 자신을 기다리고 있던 시커먼 세단에 오르며 호텔에서 보자는 말만 남겼다. 올 때도 갈 때도 제멋대로, 언제나 그런 식이었다. 덕분에 한쪽 바퀴를 잃고 뒤뚱이는 캐리어를 끌고 연우는 혼자서 호텔에 도착했다.

본사에서 마련해준 그녀의 방은 로열층이었다. 한눈에 바다가 내려다보이는 방안으로 들어서자 연우의 입에서 저절로 환호가 터졌다. 열린 테라스를 통해 들어온 바닷바람이 방안 가득 넘실댔다.

스물여덟, 단 한 번도 주인공으로 살아보지 못한 그녀의 초라한 인생에 처음으로 찾아온 호사. 오늘만은 자신도 주인공이고 싶었다.

행사 시작까지는 제법 시간이 남아 있었다. 샤워를 마친 연우가 거울 앞에 앉았다.

화장을 해볼 요량으로 닥치는 대로 준비해온 화장품들. 그러나 무엇부터 손을 대야 할지 막막했다.

주방에선 그 흔한 스킨, 로션조차 금기. 일체의 향기도, 불순물도 허락되지 않았다. 요리를 시작하겠다고 결심한 순간 화장을 하고 자신을 꾸미고… 또래의 여성들이 누리는 삶은 포기해야 했다.

떠나기 몇 주일 전, 동하는 연우의 몸에서 나는 냄새를 더 이상 견딜 수 없다고 했다. 하루 종일 고기 육수를 내고 채소를 다듬고 해산물을 손질하고. 누렇게 물이 든 손으로 고기를 굽고, 고기 타는 연기에 땀을 말렸다.

그 냄새들이 싫다는 동하의 절규를 외면했다. 어린 투정, 오래된 연인의 권태로 일축했다. 안일했고 어리석었다. 어느새 익숙해진 사랑, 그 변화를 알아채지 못했다.

요리를 선택한 자신이 포기해야 하는 것들 중에 동하가 있을 거라고는… 그 때의 연우는 상상조차 하지 못했다.

화장을 마친 연우의 얼굴이 거울 속에서 웃고 있었다.

뽀얗게 분을 칠하고 입술을 붉게 물들이고. 어딘지 생경했다. 그래도 오늘은, 그런 자신이 좋았다. 몇 년 만에 새로 산 원피스를 입고 향수도 뿌렸다.

오늘만은 고기 냄새도, 매캐한 연기 냄새도 아닌 향기로움으로 기억되고 싶었다.

시간에 맞춰 행사장으로 내려갔다.

'여름 요리 레시피 공모전 수여식'이라는 커다란 행사 알림 막 아래 사람들이 바글댔다.

안내 데스크에 신분증을 내밀자 대상이라는 배지가 따라왔다.

대상자에 대한 부러운 시선들, 연우의 어깨가 저절로 올라갔다.

"자리 안내해드릴게요."

친절한 여직원을 따라 자리를 찾아가는 연우의 입안이 바짝바짝 말라붙었다.

미리 챙겨온 청심환을 먹고 태연을 가장하고 어색한 미소를 지어 보여도 등에서 흐르는 식은땀을, 가슴 밑바닥 요동치는 울렁증을 제어할 수는 없었다. 그때 미리 도착해 있던 본사 직원들이 일제히 일어났다.

자리를 안내하던 여직원이 연우를 살짝 안쪽으로 끌어당겼다.

그제야 막 행사장으로 들어오는 회장 일행이 연우 눈에 들어왔다.


서태권 회장, 재계 서열 탑 쓰리 안에 드는 재벌가 2세. TV에서만 보던 얼굴이 연우의 곁을 스쳐 지나갔다.

그의 뒤를 장성한 아들과 아들의 부인이 따랐다. 그리고 또 한 커플, 재휘와 세영이 회장 곁에 서있었다.

세영과 함께 회장 뒤를 따라 들어오던 재휘 시선이 짧은 순간 연우와 마주쳤다.

서회장의 숨겨진 아들이 모습을 드러냈다며 사람들이 수군댔다. 어디선가 곧 그의 약혼 발표가 있을 거라고도 했다.

그때 회장이 걸음을 멈췄다. 뒤따르던 사람들이 차례로 따라 멈췄다.

웅성이던 사람들이 일순 숨을 죽였다.

걸음을 멈춘 회장이 연우를 향해 돌아섰다.

"그 아인가?"

회장이 재휘를 향해 물었다. 사람들의 시선이 연우에게 쏟아졌다.

"예."

재휘의 대답은 짧고 건조했다.

회장의 눈이 연우의 가슴에 매달려 있던 이름표를 훑고 지나갔다.

"한연우 씨, 축하해요."

회장이 연우에게 손을 내밀었다. 엉거주춤 회장의 손을 잡은 연우가 재휘의 눈치를 살폈다.

"최고 셰프가 돼서 우리 강 대표 좀 많이 도와주세요."

'우리?'

그 한 마디에 재휘의 얼굴이 굳었다. 곁에 있던 세영이 가만히 재휘의 손을 잡았다. 달래듯 재휘를 보는 세영의 눈이 다정했다.

그때 세영의 시선이 연우를 향했다. 연우가 재빨리 고개를 숙였다. 보지 말아야 할 것을 보다 들킨 사람처럼 연우의 심장이 콩닥댔다.

***

눈과 코를 거쳐 머릿속 가득 퍼지는 향취, 혀끝에 말려드는 풍미, 위장을 채우는 포만감.

음식은 가장 짧은 순간 인간의 모든 감각들을 깨워낸다. 외로움을 달래고 지친 삶을 토닥인다.

때론 사랑의 상처를, 실패의 아픔을 치유하고 매 순간 우리가 살아 있음을 자각케 한다.

오랜 지병으로 피폐해져 가던 엄마가 세상을 떠났을 때, 연우는 무작정 비행기를 탔다. 예견된 이별, 그럼에도 슬픔은 연우를 흔들었다.

아빠와 아빠의 새 여자, 두 사람의 시선에서 벗어나고 싶었다. 자신이 딛고 선 땅, 머리에 인 하늘, 들이마시는 공기까지도 숨이 막혔다. 엄마가 남긴 통장에 들어 있던 대학 등록금으로 망설임

없이 프랑스행 비행기 표를 끊었다.

닥쳐올 미래 따위, 그때 가서 고민해도 늦지 않으리라.

이른 새벽 집을 나서는 연우를 아빠와 그의 여자는 묵묵히 지켜보고 있었다.

'언제 돌아올 거냐'고 물었던가?

자신이 어떤 대답을 했는지는 기억나지 않았다. 가능하다면 돌아오고 싶지 않은 곳. 한국은, 아빠는 그런 곳이었다. 어렸고 그래서 더 상처받았다.

그렇게 계획 없이, 대책 없이 떠난 여행.

니스의 골목을 돌고 돌아 들어간 곳, 낡은 간판을 매단 허름한 식당의 야채 스튜 한 그릇을 만나기 전까지. 그 따뜻한 온기를 맛보기 전까지.

세상에서 가장 슬픈 얼굴을 하고, 온몸으로 자신의 상처를 표현하던 열여덟 연우에게, 삶이란 무한 반복되는 악몽, 희망이란 애초부터 존재하지 않는 허상 같은 것이었다.

라타투이, 채소와 허브를 올리브유에 볶아 만든 프랑스의 전통 스튜라고 했다.

추웠고 외로웠던가? 요란하지도 화려하지도 않은 스튜 한 그릇에 연우는 툭하니 눈물을 쏟았다.

엄마를 떠나보내고도 흐르지 않던 눈물. 먼 이국 땅, 낯선 음식 앞에서 주책없이 터져 버린 눈물이 스튜가 바닥을 드러낼 때까지 그치지 않았다.

그곳 어디에도 아는 이 없다는 사실에 안도하며, 눈물 섞인 스튜 그릇을 비우며 연우는 음식을 만들어도 좋겠다고 생각했다.

자신이 위로 받았듯 자신의 요리가 누군가를 위로해줄 수 있다면. 처음으로 미래의 자신을 상상했다. 도둑처럼 찾아온 희망. 연우의 요리는 지중해, 그 감미로운 햇살과 바닷바람 속에서 막 싹을 틔울 준비를 하고 있었다.


시상식 이후 수상자들의 레시피 시현 자리가 마련됐다.

행사장 한쪽, 미리 준비된 조리대에 늘어선 수상자들이 능숙한 솜씨로 재료 손질에 들어갔다.

메인요리부터 애피타이저, 디저트까지 메뉴는 다양했다. 국내의 내로라하는 셰프들, 그들 사이에 끼어 있다는 사실만으로도 연우의 가슴이 터질 듯 부풀어 올랐다.

기자들, 카메라까지 지켜보고 있었다. 행사장 모니터를 통해 참석자들도 보고 있을 것이다. 재휘도, 오늘에서야 공개된 그의 가족들도. 그리고 곧 재휘와 약혼하게 될 거라는 세영도.

괜한 경쟁심에 등줄기로 식은땀이 흘렀다. 곁눈질로 다른 수상자들의 요리를 훔쳐보며 덩달아 연우의 손도 바빠졌다.

해초를 곁들인 가지 구이 오르되브르, 해초의 시원함과 구워진 가지의 담백함이 어우러진 여름철 애피타이저.

요리의 성패는 해초에 산뜻함을 더할 레몬 소스 그리고 가지의 담백함을 살릴 간장 소스의 배합에 있었다.

요리를 하는 연우의 입안으로 침이 고였다.

비릿한 바다 냄새가, 시원한 파도소리가 재료를 버무리는 연우의 손끝을 따라 온몸으로 퍼져갔다. 제주 바다를 닮은 맛! 그리고 엄마를 떠올리게 하는 맛!

'익숙한 재료를 조합해 내는 솜씨가 좋았다'던 재휘의 칭찬은 절반은 엄마의 몫이었다. 흔한 재료를 투박하지만 감칠맛 나게 만들어내던 엄마의 요리에 모양을 내고 새로운 소스를 뿌리고.

연우 요리의 시작은 언제나 엄마였고 엄마가 뿌리 내리고 있던 제주도 바다, 그곳이었다.

완성된 요리가 접시 위에 담겼다.

마지막 소스를 뿌리는 연우의 손에 긴장과 설렘이 묻어났다.

곧 자신의 요리를 시식할 사람들의 표정을 상상하며 크게 숨을 들이마셨다. 진짜 경쟁은 지금부터였다. 요리의 결과는 조리과정에 있지 않았다. 맛보는 이의 혀끝, 결국 그것이 요리의 모든 것을 결정했다.

완성된 요리들이 행사에 참석한 VIP석과 미리 선정된 시식단이 있는 자리로 이동하는 사이, 요리를 마친 수상자들에게 기자들의 질문이 쏟아졌다.

레시피를 설명하고 어설픈 포즈로 사진을 찍고.

연우는 빨리 그 자리를 벗어나고 싶었다. 아침부터 지금까지 제대로 된 식사를 하지 못한 뱃속에서 마지막 발악이 일어나고 있었다.

남의 배를 채우기 위해 요리하는 동안 정작 텅 비어버린 자신의 배. 긴장과 초조에 밀려나 있던 허기가 순식간에 연우를 덮쳤다.

"강 대표, 더 이상 요리 안 하죠?"

조리대에 남아 있던 오이 조각을 입으로 가져가던 연우에게 누군가 말을 걸어왔다. 놀란 연우가 획하니 돌아섰다.

"푸드 매거진 김진영이에요."

기자였다. 짙은 화장, 검은색 단발머리. 큰 키에 하이힐을 신은 여기자의 모습이 여느 기자들과 사뭇 달라보였다.

씹다 만 오이를 삼키는 연우의 목 줄기가 따끔거렸다. 검은색 안경 너머 그녀의 두 눈이 금방이라도 연우의 동공을 뚫고 들어와 속내를 파헤치기라도 할 것처럼 날카로웠다.

"강재휘 대표요?"

연우는 여전히 기자의 말을 이해하지 못하고 있었다.

"한때 기대 받던 셰프였던 거 몰라요?"

몰랐다. 소문으로만 떠돌던 이야기, 그것의 진위 여부 같은 건. 그리고 지금, 자신에게 그것을 묻는 기자의 의도 역시.

"셰프요?"

"몰랐어요? 꽤나 유명했는데…. 물론 요리보단 사생활이 더 인상적이었지만."

숨겨져 있던 재벌가 3세, 성이 다른 아버지와 아들, 거기다 천재 셰프?

옐로 저널, 셀럽들의 가십난에나 오를 것 같은 은밀하고 자극적인 이야기들이었다. 자신이 알던 재휘와 오늘 만난 재휘는 같은 사람일까? 혼란스러웠다.

"몰랐구나?"

요동치던 연우의 뱃속이 어느새 고요해져 있었다. 멍해진 연우 눈빛에 실망한 듯 여기자가 중얼거렸다.

"세월이 얼만데… 이젠 사고 후유증에서 벗어날 때도 되지 않았나?"

더 이상 기대할 게 없다는 듯 돌아서는 여기자의 입에서 알 수 없는 말이 튀어 나왔다.

'사고 후유증?'

순간 연우 머릿속에 재휘의 어깨 깊숙이 남아 있던 흉터가 떠올랐다.

"사고라면?"

연우가 여기자의 말꼬리를 잡아챘다.

여기자가 연우를 향해 돌아섰다. 자신이 모르는 재휘에 대해 그녀는 분명 알고 있었다.

"안녕하세요, 강 대표님?"

그때 여기자가 재휘를 향해 인사말을 건넸다. 놀란 연우가 후다닥 돌아섰다. 재휘의 화난 눈이 연우를 내려다보고 있었다.

"대… 대표님?"

"끝났으면 좀 볼까요, 한연우 씨?"

재휘 목소리가 까칠했다. 언제부터 보고 있었던 것일까?

험담이라도 하다 들킨 사람처럼 연우의 눈이 허둥댔다.

"한연우 씨 요리에 대해 궁금해 하는 분들이 있어요."

음식을 먹을 때 요리사를 찾는 사람들이 있다.

음식의 재료부터 조리 과정, 음식에 담긴 특별한 히스토리를 들음으로써 음식의 맛을 더 깊이 탐닉할 수 있다고 믿는 자들. 혹은 지금 자신이 얼마나 비싼 요리를 먹고 있는지를 과시하고 싶은 자들.

"저쪽으로."

재휘가 여기자의 인사 따위 관심 없다는 듯 쌩하니 돌아섰다.

"라벨르를 이끌 뉴 페이스 두 분, 사진 한 장 찍고 가시죠."

여기자가 재휘의 앞을 재빨리 가로막았다.

그녀의 손에 들린 카메라가 재휘를 정조준하고 있었다. 재휘의 낯빛이 신경질적으로 일그러졌다.

"오랜만이죠, 우리?"

'우리?'

애써 감정을 억누르며 재휘가 여기자의 카메라를 한쪽으로 밀어냈다.

"식사하고 가시죠. 저쪽, 만찬 준비돼 있으니까."

굳은 재휘 어깨가 여기자를 스치고 지나갔다.

"또 봐요, 우리!"

장난스런 여기자 목소리가 재휘 뒤통수에 매달렸다.

연우가 재빨리 재휘 뒤를 쫓았다. 잘못이라도 하다 잡힌 아이처럼 연우 심장이 벌렁댔다.

"그렇게 화낼 필요 없잖아요."

잰걸음으로 뒤를 쫓던 연우가 뭔가 억울한 듯 걸음을 멈췄다.

"나 잘못한 거 없는 거 같은데…."

따라 멈춘 재휘가 연우를 향해 돌아섰다.

"기자가 무슨 질문을 하든 나, 대표님에 대해 아는 거 없고, 대답해줄 말도 없고, 뭔가 오해하나 본데…."

"오해 같은 거 안 해!"

싸늘한 재휘 눈이 연우를 쏘아붙였다.

"그럼 더더욱 예민할 필요 없겠네요. 사진 한 번 찍는다고 얼굴 닳는 것도 아니고, 그렇게 비싸게 굴 필요까진 없잖아요. 인정머리 없게."

"그럼?"

트집이라도 잡듯 따지는 연우 코앞으로 재휘가 다가왔다. 저도 모르게 연우의 한쪽 발이 뒤로 물러났다.

"나까지 싸구려 될 필요가 있을까?"

재휘 눈에 경멸이 지나갔다. 가시 돋친 그의 말들이 연우의 심장을 후벼 팠다.

"나… 나한테 하는 말이에요?"

우연히 하룻밤을 함께 보낸 상대, 털어버리고 싶은 기억, 함께 엮이고 싶지 않은 싸구려. 재휘에게 자신은 그런 존재였는지도 모른다.

연우의 머릿속이 차갑게 식었다. 실연이 만든 슬픔에 겨워, 저만의 감정에 취해 보지 못했다. 자신을 향한 재휘의 감정, 자신을 대하는 재휘의 본심.

깨달음은 언제나 그렇게 한 발 늦게 찾아와 후회를 만들었다.

"강 대표?"

그때 세영이 재휘를 불렀다.

서로를 노려보던 연우와 재휘가 동시에 세영을 향해 돌아섰다.

"뭐해요, 두 사람?"

세영이 미소 짓고 있었다. 어서 오라는 듯 화사하게.

\*\*\*

황금색이 도는 샤토 디켐.

요리와 가장 잘 어울릴 것 같은 와인을 골라 달라는 서 회장의 주문에 연우는 2001년 빈티지를 선택했다. 담백하긴 하나 다소 밋밋할 수 있는 자신의 요리에 부족한 2%, 그것을 채워줄 수 있는 달콤함을 지닌 와인. 향기만으로도 입안에 달달한 침이 고이는 보르도산 와인이었다.

재휘와 그의 가족들, 곧 가족이 될 세영까지 앞에 놓인 와인 잔을 채우는 연우를 숨죽인 채 지켜보고 있었다.

혹 실수라도 하지 않을까 연우의 이마에 땀방울이 맺혔다. 좀 전 자신에게 막말을 쏟아낸 재휘의 괘씸함에 아직도 손이 떨렸다.

"한연우 씨는 요리를 왜 시작했어?"

서 회장의 질문에 연우가 와인을 따르던 손을 멈췄다. 요리사를 처음 만났을 때 거의 모든 사람들이 하는 형식적 질문.

"누군가를 행복하게 해주고 싶어서요."

형식적 질문엔 형식적인 대답이면 족했다. 어차피 궁금해서 하는 질문이 아니었다. 어색한 분위기를 참지 못하는 인내심 결여자의 조급증이거나 분위기를 이끌어가야 한다는 과잉 의지자의 미성숙한 자신감, 둘 중 하나였다.

"그럼 한번 시험해볼까? 행복한지 아닌지?"

서 회장이 접시에 놓인 연우의 요리를 한 입에 쓸어 넣었다.

재료를 손질하고 다듬고 해초의 짠물을 빼고 버터를 두른 팬에
가지를 굽고 소스를 만들고. 1시간 넘게 씨름한 자신의 요리가 3
초도 안 되는 짧은 순간 서 회장의 입안에서 뒤섞이고 있었다.

튀어나온 서 회장의 배를 보며 연우는 얼굴을 찡그리지 않으려
고 무진 애를 썼다. 요리에 대한 최소한의 예의, 그것은 요리를 해
준 사람에 대한 예의이기도 했다.

"르 꼬르동 블루?"

그런 연우를 바라보던 재휘의 형이라는 자가 재미있다는 듯 물
었다.

서 회장에게 정신이 팔려 있던 연우가 그의 질문을 제대로 알아
듣지 못했다.

"…네?"

"프랑스에서 공부했냐고요?"

"아, 아뇨."

"그럼 국내파?"

"아 뭐…."

연우가 애매하게 말을 흐렸다.

"무슨 대학?"

"조, 종로. 요리학원에서…."

"요리학원?"

잠깐 머리를 굴리던 재휘의 형이라는 자가 그제야 알겠다는 듯 웃음을 터트렸다.

"그럼 고졸?"

자신이 만든 요리에 졸업장을 찍어내는 것도 아닐 텐데 그자는 연우의 고졸 학력을 조롱하듯 비웃고 있었다.

무례했다. 와인을 든 연우의 낯빛이 파리해졌다. 남편의 실언과 연우의 반응에 당황한 그자의 부인이 서 회장의 눈치를 살폈다. 이상한 가족, 볼수록 불쾌했다.

"행복까진 모르겠고… 먹을 만은 하네. 근데 이게 팔리겠나?"

연우의 학력 따위 관심 없다는 듯 서 회장이 재휘를 향해 물었다.

음식엔 손도 대지 않은 채 와인 잔만 비우던 재휘가 서 회장에게 시선을 던졌다.

"그렇게 해봐야죠."

"먹어봤으니 갈란다."

서 회장이 자리를 박차고 일어났다.

예고되지 않은 서 회장의 행동에 재휘와 그의 형, 형의 부인, 세영까지 줄줄이 자리에서 일어났다. 듣던 대로 서 회장은 괴팍한 구석이 있었다.

나가려던 서 회장이 연우를 향해 돌아섰다.

"저놈이 한연우 씨 요리를 선택했어. 내 입엔 그 맛이 그 맛 같구만."

서 회장이 수행 비서들을 줄줄이 거느리고 행사장을 빠져나갔다.

다시 자리에 앉은 재휘가 마시다 만 와인 잔을 비웠다.

'거짓말쟁이!'

연우 눈이 찌를 듯 재휘에게로 향했다. 공정하게 평가받았다고 생각했다. 특혜는 없었다고. 그러나 아직까지의 믿음은 재휘가 만들어낸 허상. 왈칵 눈물이 치밀어 올랐다. 이를 악물었다.

'사기꾼!'

파리하게 독이 오른 연우의 눈앞으로 현기증이 지나갔다. 다리에 힘이 풀렸다.

"괜찮아요?"

세영이 연우를 붙잡았다. 연우가 세영의 손을 뿌리쳤다. 젠장, 배가 고팠다.

# 네 혀가 필요해!

"약혼 발표 미룬 거, 그 친구 때문이니?"

제주공항으로 막 미끄러져 들어오는 자동차 안.

운전 중인 재휘에게 세영이 물었다. 뜻밖의 질문에 재휘가 선뜻 답을 찾지 못했다.

"무슨 뜻이야?"

"널 보는 그 친구 눈빛, 좀 신경 쓰여서. 네 태도도 좀 달라 보이고."

유학 시절을 함께 했던 친구이자 지금은 약혼 말이 오가는 정략 결혼의 대상. 그런 세영이 너무나 태연한 목소리로 자신의 연적이 혹 연우냐는 질문을 하고 있었다.

재휘가 피식, 웃음을 흘렸다. 그녀다웠다. 당당했고 거칠 것이 없었다.

"늦겠다. 내려!"

"상관없다는 말 해주려고. 난 경쟁에 강하거든."

"그 친구가 너와 경쟁할 일 같은 건, 없어."

출국장 앞에 차를 세우며 세영을 돌아보는 재휘의 표정이 단호
했다.

십 년 지기 친구에게조차 쉽사리 곁을 내어주지 않는 쌀쌀함.
세영은 그런 재휘가 싫지 않았다.

"안 가도 되는데…"

도발적인 세영의 눈이 재휘를 향해 장난스런 추파를 던졌다. 재
휘가 시계를 가리켰다.

"30분도 안 남았어."

"나한테 넘어오지 않은 남자는 네가 처음이야, 강재휘!"

"그 말 안 했으면 넘어갔을지도 몰라."

장난으로 넘기려는 재휘의 턱을 잡아 세영이 제 앞으로 돌려 세
웠다.

"도망가도 소용없어. 이번엔 내가 널 보내지 않을 거거든."

한 번도 상처 받아본 적 없는 눈. 그래서 제 속을 빤히 드러내는
솔직한 눈.

"서 회장 때문에?"

지금 세영은 자신이 아니라 서 회장, 그의 며느리 자리를 탐내
고 있었다.

"버려진 서 회장의 서자, 싸구려 레스토랑에서 설거지를 하고
서빙을 하고. 그때의 강재휘와 지금의 강재휘는 다르니까. 지금

회장님에게는 네가 필요해!"

한 치의 주저함도, 망설임도 없이 자신의 욕망에 충실한 사람들. 세영은 서 회장과 놀랍도록 닮아 있었다.

"서 회장님 애초부터 라벨르 정리할 생각 같은 거 없었어. 널 불러들일 이유가 필요했을 뿐이야. 네 형 서재민, 곧 그룹 대표 자리에서 물러날 거야."

결국 세영의 경쟁 상대는 라벨르 주방 막내가 아니었다. 서 회장의 적자, 서재민. 엄마가 다른 재휘의 형이었다.

"그러니까 내 손 잡아 강재휘! 내가 널 아주 높은 곳으로 데려갈 거야."

처음부터 많은 것을 가지고 태어난 자들의 리그. 가진 것을 지키기 위해, 때론 더 많은 것을 빼앗기 위해 그들은 그들의 성 안에서 치열했고 또 잔인했다.

성 밖의 사람들은 감히 상상할 수 없는 그들만의 세상. 재휘는 그곳에서 어머니와 연인을 잃었다.

"네가 가고 싶은 곳이 어딘지는 알겠는데 장세영, 그곳에 난 없을 거야."

세영을 향해 씽긋 미소를 지어 보인 재휘가 그녀의 안전띠를 풀어냈다.

"후회하게 될 거야!"

"그런 일은 없을 거라고 말했을 텐데."

재휘가 몸을 일으켰다. 그때 세영의 두 팔이 재휘 목을 끌어당겼다.

"정략이 싫으면 이건 어때? 여자와 남자?"

피할 사이도 없이 세영의 입술이 재휘를 덮쳤다.

가난한 유학 시절부터 지금까지, 가장 안전하고 편안한 거리를 유지한 채 함께해온 두 사람이었다. 세영은 지금 그 선을 넘고 있었다. 재휘가 세영의 두 팔을 떼어냈다.

"선을 넘으면 둘 다 위험해져."

"이미 넘었어, 그 선."

"그럼 멈춰!"

언제나 그랬듯 재휘 목소리는 차고 건조했다.

"너와 결혼하려는 이유, 회장님 때문만은 아니야. 너 볼 때마다 나, 설레거든."

"…!"

"하지만 오래 기다리진 않을 거야. 명심해, 강재휘!"

거침없는 고백과 마지막 경고를 남긴 채 세영이 차에서 내렸다.

시야에서 사라지는 세영을 지켜보는 재휘 눈빛이 어둡게 가라앉았다. 멀지 않은 미래, 라벨르를 볼모로 세영의 요구도, 서 회장의 압박도 거세질 게 뻔했다.

라벨르를 포기하지 않는 한 빠져나올 수 없는 늪. 이미 자신은 그들의 세상 깊숙이 들어와 있었다.

\*\*\*

우산도 없이 호텔을 나온 연우 몸이 흠뻑 젖어 있었다.

국수집들이 늘어선 골목길, 간판도 달려 있지 않은 가게 앞에서 걸음을 멈췄다.

문밖으로 퍼지는 구수한 육수 냄새. 유리문 안에선 중년의 사내가 테이블을 정리하고 있었다. 연우가 문을 열고 안으로 들어갔다.

"어서 오세요!"

테이블을 닦던 사내가 연우를 향해 고개를 들었다.

"연우야?"

아빠였다. 엄마가 세상을 떠난 이후 다시는 보지 않겠다고 벼르고 다짐했던. 도망치듯 그의 곁을 떠났고 모질게 인연을 끊었다. 미웠고 여전히 미웠다.

'그런데 왜?'

행주를 쥔 아빠의 손이 떨리는 것을 지켜보며 연우는 자신에게 묻고 있었다.

'왜? 왜 하필 이곳이냐고?'

"누구?"

그때 주방에서 여자가 얼굴을 내밀었다. 여자의 고왔던 얼굴에도 세월이 내려앉아 있었다.

"여, 연우야?"

아픈 엄마를 대신해 가게 일을 돌보던 예쁜 아줌마. 서울에서 왔다 했던가? 새하얀 얼굴로 표준말을 쓰며 국수를 나르고 계산을 하던 여자는 언제부턴가 엄마의 주방에서 육수를 내고 국수를 삶기 시작했다.

그때부터였다. 어린 연우는 불안했고 또 불길했다. 여자 곁에서 행복한 얼굴로 웃는 아빠의 얼굴이, 자신을 향해 내미는 여자의 친절한 손길이.


뽀얀 연기를 뿜어내는 국수를 연우 앞에 내려놓고 여자가 주방으로 사라졌다.

양념간장을 연우 앞으로 밀어주며 마주 앉은 아빠는 말이 없었다. 짜고 달고 매콤해지는 엄마의 양념장! 맑은 국물에 양념장을 풀고 볶은 채소들을 고명으로 얹으며 연우는 어린 시절 엄마가 끓여주던 국수를 떠올렸다.

쫄깃하고 따뜻했던 그리운 맛!

"안 올 줄 알았는데…"

하루 종일 주린 배에 꾸역꾸역 국수를 채워 넣는 연우를 보며 아빠가 혼잣말처럼 중얼거렸다. 안 올 생각이었다. 자신의 자존심을 뭉개고 희망을 모욕한 재휘만 아니었다면, 멸종위기 동물이라도 발견한 듯 신기한 눈으로 자신을 바라보던 재휘 가족들만 아니었다면. 또 눈부시게 아름다운 세영, 곁에 서면 저절로 주눅 들어버리는 그녀만 아니었다면.

자신의 편이 절실하게 필요했던 순간 유일하게 떠오른 얼굴, 아빠였다.

"한 번 찾아갈까 하다가… 괜히 불편할까 싶어서…"

국수 그릇을 비우며 연우가 말끝을 흐리는 아빠를 향해 고개를 들었다. 서먹했다. 두 사람 사이에 쌓인 세월의 무게만큼.

"하나도 안 변했네? 요즘 국수집들, 개성 있고 예쁘던데…."

서먹함을 떨치려는 듯 가게 안을 둘러보고, 괜한 타박을 늘어놓고. 그러나 싫지 않았다. 낡고 촌스러운 엄마의 가게. 어린 연우가 뛰놀던 홀과 식재료가 쌓여 있던 좁은 창고, 종일 엄마를 붙들어 두던 주방….

시간을 비켜간 듯, 마치 누군가를 기다리듯 가게 안은 옛 모습 그대로를 유지하고 있었다. 그곳에서 변한 건 훌쩍 커버린 자신과 늙어버린 아빠 그리고 아빠의 여자.

"이모한테 얘기 들었다. 동하랑 결국… 헤어졌다고?"

"자고 가려고."

아빠의 입에서 동하 얘기가 나오자 연우가 자리에서 일어났다. 오늘은 동하에 대해 생각하고 싶지 않았다. 지쳤고 피곤했다.

"그, 그럴래? 네 방, 그대로 있어."

갑작스런 딸의 귀환, 아빠는 반기면서도 긴장하고 있었다. 무슨 말을 할까 마른 입술을 달싹이고 혹 딸의 마음을 상하게 할까 눈치를 살폈다.

그런 아빠 모습에 연우의 마음이 구겨졌다. 보지 못하는 사이 대나무처럼 휘어버린 등도, 서리라도 맞은 듯 하얗게 변해버린 머리카락도.

목 안쪽으로 뻐근한 통증이 올라왔다. 감기라도 시작되려는 것일까? 자꾸만 콧물이 흘러내렸다.

처음부터 잘못 엮인 인연, 꼬인 매듭은 잘라 내는 게 옳았다. 어리석게도 미련을 두고 희망을 품었다. 아무 일도 없었다는 듯 시치미를 떼고 사람들을 속이고 자신까지도 속였다. 결국 바닥까지 드러난 감정의 찌꺼기들을 마주하고 말았다.

어스름 새벽, 연우를 태운 택시가 호텔 앞에 도착했다.

어제 밤 무작정 행사장을 뛰쳐나오느라 미처 짐을 챙겨오지 못했다. 서울에서 내려오며 가슴 부풀었던 공모전 대상자로서의 자부심도, 제주도 바다를 한눈에 내려다볼 수 있는 특급 호텔에서의 하룻밤도 결국 물거품처럼 날아갔다.

이제 라벨르와는 끝이었다. 지긋지긋한 재휘와도. 무너진 자존심, 너덜너덜해진 자존감. 재휘의 시선에서 벗어나지 않는 한 치유될 것 같지 않은 상처들.

연우가 엘리베이터에서 내렸다.

여행자들이 깨어나기에는 아직 이른 시간, 폭신한 카펫으로 뒤덮인 복도를 따라 안으로 들어가며 연우는 마음을 다잡았다.

'후회하지 말자!'

새로운 것을 채우기 위해선 비우는 작업이 필요했다. 라벨르가 아니라도 레스토랑은 차고 넘쳤다. 프렌치 요리가 아니면 또 어떤가? 요리 종류는 헤아릴 수 없이 많았다.

그때 연우 눈에 뭔가 들어왔다. 어둑한 복도 끝, 누군가 웅크리고 있었다.

술이라도 취한 것인가?

불쌍한 영혼 하나가 자신의 방도 찾지 못한 채 잠들어버린 모양이었다. 도시의 골목골목 주택가 사이사이, 익숙한 풍경. 그러나 이곳은 제주도 특급 호텔 로열층, 하필 연우 자신의 방문 앞.

호텔 직원을 부를까 고민하던 연우가 금세 고개를 저었다. 괜한 소란으로 재휘와 그의 가족들 눈에 띄고 싶지 않았다.

발뒤꿈치를 들고 방문 앞으로 살금살금 다가갔다.

웅크린 취객이 혹시라도 깨어날까 숨을 죽였다. 안으로 열리는 방문, 살짝만 밀고 들어간다면 취객의 단잠을 방해하지는 않을 것 같았다.

그때였다. 취객이 몸을 비틀었다. 떨어져 있던 취객의 고개가 아주 잠깐 들렸다 다시 제자리로 돌아갔다. 순간 연우의 두 발이 툭, 정지했다. 놀란 눈이 빠르게 취객의 행색을 살폈다.

'어째서?'

재휘였다. 이 새벽, 남의 방문 앞에서 잠들어 있는 취객은 분명 라벨르의 대표 강재휘였다.

연우가 재빨리 몸을 돌렸다. 그러나 재휘가 먼저 연우 손목을 낚아챘다.

"그렇게 나가버리면 어쩌자는 거야, 너?"

재휘 목소리는 화가 나 있었다. 연우의 온몸으로 서늘한 냉기가 올라왔다.

있는 힘껏 재휘 손을 뿌리친 연우가 이를 악물고 몸을 틀었다. 복도에서 밤을 보낸 재휘 낯빛이 창백했다.

"도대체 여기서 뭐하는 거예요?"

"너 기다리고 있잖아."

곁에 떨어져 있던 재킷을 집어 들며 재휘가 자리에서 일어났다.

연우 입에서 실소가 터졌다.

"그러니까 왜요?"

"그렇게 나가버려서…."

"사과할 생각이라면 사양할게요. 사과 받는다고 이미 생긴 상처가 낫는 것도 아니고…."

연우 손이 신경질적으로 재휘를 밀어냈다. 주머니에서 카드키를 꺼내는 그녀 손이 단호했다.

"상처 받았나?"

문을 열고 들어가려던 연우를 재휘 목소리가 잡아 세웠다. 낮고 우울한. 그래서 매번 돌아보게 하고 주저하게 만드는 재휘의 목소리. 그러나 이젠 쐐기를 박아야 했다.

"네! 근데 이젠 상관없어요. 이 시간 이후로 대표님 직원 안 할 거거든요."

맺혀 있던 응어리 하나가 툭하니 터져 나왔다. 가슴 밑바닥에서 묘한 쾌감이 올라왔다.

"내려와! 너랑 갈 곳이 있어."

연우의 각오도 쾌감도 무색하게, 제 말만 남긴 채 재휘가 등을 돌렸다.

"얘기 못 들었어요! 지금부터 나 그쪽 직원 아니라구요."

약이 바짝 오른 연우가 엘리베이터로 향하는 재휘를 향해 소리쳤다. 고요한 복도 가득 연우의 날선 목소리가 울려 퍼졌다.

걸음을 멈춘 재휘가 연우를 향해 돌아섰다. 차가운 눈! 어제의 그것과 닮아 있었다.

"그런 차림은 곤란해! 예의를 갖춰줘!"

재휘 눈이 연우 차림새를 훑고 지나갔다.

아빠 집에서 찾아 입은 고등학교 시절의 후드 티와 늘어난 츄리닝 바지 차림. 미키마우스가 후드 티 중앙에서 손을 흔들고 있었다. 스물여덟 여자의 추악한 몰골.

연우 얼굴이 용광로에라도 들어갔다 나온 사람처럼 활활 달아올랐다. 보이고 싶지 않은 모습들, 왜 재휘는 번번이 그 앞에 서서 자신을 비웃고 있는 것인가?

방문 안으로 들어선 연우가 꽝 문을 닫아걸었다.

\*\*\*

제주도에선 유일한 프렌치 레스토랑이라고 했다. 국내에서 보기 드문 아치형 천장과 탁 트인 홀이 이국적이면서도 어딘지 위압적이었다.

입구에 붙어 있는 오너 셰프의 사진 밑으로 줄줄이 새겨진 특급 호텔 이름들 역시 위압감에 힘을 실었다.

"식사 준비할까요?"

얼굴이 훤히 비치는 유리잔에 물을 채운 종업원이 재휘에게 물었다.

재휘가 가볍게 고개를 끄덕였다.

그런 재휘를 연우가 노려보고 있었다. 함께 갈 곳이 있다는 재휘에게 더 이상 직원이 아니라며 큰소리를 뻥뻥 치고 으름장을 놓고. 그러나 또다시 자신은 재휘 앞에 있었다.

불치의 정신병에 걸린 게 아니라면 재휘가 던진 사악한 그물에 말려든 게 분명했다.

"말해요 이제! 이 아침에, 이렇게 넓은 레스토랑을 예약하고. 메뉴를 선택하고. 도대체 무슨 얘기가 하고 싶었던 건지?"

애피타이저를 들고 온 종업원이 두 사람 앞에 차가운 게살 샐러드와 버터에 구운 새우 요리를 내려놓고 사라졌다.

"레몬크림, 새우와 어울릴 거야."

재휘가 직접 소스를 뿌린 자신의 새우 요리 접시를 연우 앞에 내려놨다.

"뭐하는 거예요, 지금?"

"꼬시는 거야."

헉! 입안으로 들어가던 새우 하나가 밖으로 튀어나왔다.

새벽에 갈아입고 나온 연우의 새하얀 셔츠 위로 누런 새우 크림이 번졌다. 얼굴색 하나 변하지 않고 재휘가 냅킨을 연우 앞으로 밀었다.

"놀랐나?"

"뭐요?"

"꼬시면 넘어 올래?"

"이, 이봐요. 무, 무… 무슨 말을 하는 거예요 지금!"

순식간에 고장 난 연우의 뇌가, 마비된 혀가 제 기능을 잃고 버벅거렸다.

***

샤토브리앙.

이름만큼이나 낭만적인 맛을 지닌 프랑스 전통 비프스테이크.

소고기 부위 중 가장 부드럽고 풍부한 육즙을 지녔다는 안심, 그 중에서도 정중앙. 두 사람이 먹을까 말까, 희소가치 역시 최고.

버터와 달걀노른자, 허브로 맛을 낸 베아르네즈 소스 하나면 여타의 장식도 사이드 메뉴도 필요 없을 만큼 풍요로운 맛을 즐길 수 있는 요리.

겉은 바삭하게 속은 부드럽게, 고기의 구워진 정도가 맛을 결정한다.

재휘 손에 들린 나이프가 도톰한 안심의 중앙을 날카롭게 가르고 지나갔다.

금세 노릇한 표면 속에 감춰져 있던 붉은 속살이 드러났다. 먹어보지 않아도 느낄 수 있는 맛! 연우의 입안에 침이 고였다.

과거 오븐이 없던 시절, 고가의 안심을 태우지 않기 위해 싸구려 고기를 양 겉면에 대고 익혔다 했던가? 단순해 보이지만 단순하지 만은 않은, 까다롭고 예민한. 그래서 재휘를 닮은 요리.

"라벨르, 그만두겠다고?"

잘게 썬 고기를 입으로 가져가며 재휘가 물었다. 연우가 고개를 끄덕였다. 가슴 속 묘한 쾌감이 올라왔다.

"그렇게 해! 사표는 받은 걸로 하지."

"...?"

분명 제 스스로 선택한 사직이었다. 다짐을 하고 마음을 다잡고. 보란 듯 큰소리를 치며 허풍을 떨었다. 괜찮을 거라고. 홀가분할 거라고.

그런데 아니었다. 너무 쉽게 자신을 밀어내는 재휘를 보며 가슴 밑바닥 배신감과 상실감이 꼬물꼬물 기어 올라왔다.

"친절하시네요."

금방 들통 날 거짓말로 감정을 누르며 연우가 남은 스테이크를 꾹꾹 씹어 삼켰다.

샤토브리앙, 수년간 라벨르 주방 막내로 일한 마지막 대가였다. 퇴직금으로 퉁치기엔 턱없이 모자랐다.

억울했다. 꽃다운 청춘, 가장 빛나는 시간들을 라벨르 주방 그 칙칙한 불빛과 매캐한 연기를 견디며 설거지를 하고 청소를 하고 재료들을 준비했다. 그곳에서 연우는 기꺼이 여자이길 포기했고 남자 친구마저 잃었다.

그런데 왜? 연우가 앞에 놓인 와인 잔을 한입에 들이켰다.

"말해요 이제. 이곳까지 날 데려온 진짜 이유?"

"열어봐!"

퉁퉁대는 연우 앞에 재휘가 서류봉투 하나를 내밀었다.

"뭔데요?"

"계약서!"

"요즘은 퇴직자한테도 계약서를 받나 보죠?"

"네 혀가 필요해!"

순간 연우 입으로 들어가던 와인이 재휘를 향해 뿜어져 나갔다.

"뭐, 뭐요?"

냅킨으로 얼굴을 닦으며 재휘 눈이 서류를 가리켰다. 버럭 대던 연우 손이 서류를 헤집었다.

"비밀계약서?"

안에서 나온 두툼한 계약서를 읽어 내려가는 연우 눈에 경련이 일어났다.

"이… 이게… 뭐예요?"

"네 혀가 필요하다고 했잖아."

황당해 하는 연우를 보며 재휘가 입안에 든 스테이크를 씹어 삼켰다.

잘 익은 고기에서 풍기는 고소한 향기, 혀에 감기는 도톰하고 부드러운 살결… 그러나 재휘의 혀는 그 어떤 맛도 감지해내지 못했다.

고기를 씹을 때마다 입안 가득 퍼지는 육즙의 달콤함도, 버터의 고소함도, 허브의 향긋함까지도.

사고로 잃은 건 그녀만이 아니었다. 그녀와 함께 혀의 모든 감각들도 사라져버렸다.

"이걸 날더러 하라구요?"

개인 비서, 개인 집사, 개인 운전사, 개인 트레이너, 개인 교사… 그런 것이 아니었다.

"변태예요?"

"개인 요리사라고 해두지."

"개인 요리사?"

이 무슨 신종 갑질, 돈질인가? 거리마다 건물마다 갖가지 음식점 간판들이 넘쳐난다. 전화 한 통이면 태어나서 단 한 번도 가보지 못한 나라, 앞으로도 가볼 일 없는 나라 음식까지 주문 가능한 배달의 나라가 이 나라다. 그런데 이젠 개인 요리사까지?

"내가 왜요?"

"넌 방금 직장을 잃었어. 새로운 직장을 구해야 할 거고. 사례는 충분히 하지. 돈도 벌고, 재능도 살리고. 나쁘지 않은 제안 같은데."

자신의 상황을 조목조목 되짚어주는 밉살스런 재휘의 입. 연우가 무릎에 있던 냅킨을 들어 자신의 입을 싹싹 문질렀다.

"뭔가 착각하시나 본데… 난 드라마, 영화 같은데 나오는 절대 미각, 뭐 그런 거 가진 사람 아니거든요."

발끈하는 연우를 비웃기라도 하듯 재휘 입술이 한쪽으로 비틀려 올라갔다.

"감정적으로 접근할 문제는 아닌 거 같은데?"

"저 지금 굉장히 이성적이고 논리적이거든요."

"만약 그날 일, 아직도 신경 쓰고 있는 거라면 다시 시작하는 것으로 하지. 한연우 씨 그리고 나. 지금 처음 만나는 사람처럼."

연우가 들고 있던 냅킨을 테이블에 탁 소리 나게 올렸다.

"오늘 먹은 샤토브리앙, 제 생애 가장 인상적인 식사였어요. 그럼 전 이만!"

"후회 안할 자신 있나?"

"…?"

"넌 내가 원하는 능력을 지녔고, 난 그걸 사려는 것일 뿐이야."

"안 팔아요. 됐죠?"

연우가 미련 없이 일어섰다.

"돈이 필요하다면 원하는 만큼 주지."

재휘가 다시 연우의 발목을 잡았다.

'돌아보지 마, 한연우!'

캐리어 손잡이를 쥔 연우 손에 힘이 들어갔다.

돌아서면, 다시 재휘 눈을 보게 되면… 떠날 수 없을지도 몰랐다.

등을 꼿꼿이 곧추세운 연우 손이 레스토랑 문을 밀어냈다.

\*\*\*

제주 날씨는 변덕스러웠다.

갑자기 내리기 시작한 비로 연우는 온통 젖어 있었다. 오들오들
한기까지 올라왔다.

택시라곤 코빼기도 보이지 않는 시골길, 버스 정류장마저 나타
나지 않았다.

어디선가 한쪽 바퀴를 잃어버린 캐리어가 삐걱대며 따라왔다.

재휘와 식사를 할 때부터 이미 예견된 불행, 너무나 완벽하게
재수 없는 하루였다.

그때 자동차 한 대가 물을 튕기며 연우 옆을 스쳐 지나갔다.

젖은 옷, 그 위로 튕겨진 흙탕물. 그 위로 다시 비가 내리고 있
었다.

저도 모르게 연우 입에서 거친 욕설이 튀어 나왔다. 순간 끽 소

리를 내며 자동차가 정지했다. 놀란 연우가 주춤, 그 자리에 멈춰
섰다.

"…저건?"

재휘였다. 자동차에서 내린 재휘가 비를 맞으며 연우를 기다리
고 있었다.

'젠장!'

쉼 없이 쏟아지는 빗줄기, 몸속을 파고드는 한기를 원망하며 연
우가 재휘를 향해 걸어갔다.


빗물이 뚝뚝 떨어지는 머리를 마른 수건으로 닦아내는 동안 연
신 재채기가 터졌다. 뜨끈뜨끈 몸에 열이 올라왔다. 어제부터 시
작된 감기가 아무래도 심상치 않았다.

그러는 사이 연우를 태운 재휘의 자동차는 공항을 향해 달려가
고 있었다. 젖은 재휘 옷깃을 보며 연우가 창밖으로 시선을 돌렸다.

깔끔하고 폼 나게 장식하고 싶었던 재휘와의 마지막! 그러나 자
신은 또 가장 처참한 모습으로 구질구질하게 그의 곁에 앉아 있었
다. 애초부터 무엇인가를 기대하고 상상한다는 것 자체가 무리인
관계인가 보다. 연우 입에서 낮은 한숨이 새어나왔다.

"거기…."

한동안 딴 생각에 빠져 있던 재휘가 연우 앞에 있는 글러브 박
스를 가리켰다.

영문도 모른 채 연우가 박스를 열었다. 손때 묻은 오래된 가죽

노트 한 권이 들어 있었다.

"뭐예요?"

"거기 있는 걸 만들 거야."

시간이 녹아 있는 종이 냄새, 누군가의 사연이 담긴 가죽 표지. 연우 손이 노트를 감싼 가죽 끈을 풀어냈다. 깨알 같은 글씨들. 레시피였다. 정교하게 기록된 프랑스 요리들.

"거기 있는 레시피, 앞으로 하나씩 개발할 거야."

"누가요?"

"네가! 물론 네가 허락한다면…."

연우가 소리 나게 노트를 덮었다. 제멋대로 남의 미래를 결정해 버리는 무도함. 불쾌했다.

"직접 하시죠. 꽤 괜찮은 요리사였다고 들었는데."

막 공항으로 들어서던 자동차가 요란한 타이어 마찰음과 함께 갓길에 정지했다.

연우 몸이 앞쪽으로 쏠리며 요동쳤다. 급브레이크를 밟은 재휘가 연우를 향해 고개를 돌렸다.

"누가 그래?"

"기자들이요. 꽤 유명하시던데…."

신경질적인 재휘 반응에 연우의 입 꼬리가 치켜 올라갔다. 행사장에서 만났던 기자는 분명 그렇게 말했다. 한때 기대 받던 셰프였다고. 더 이상 요리를 하지 않는 그를 두고 아쉬워하기도 했다.

"아니에요?"

"…?"

"요리 그만둔 이유, 뭐예요?"

"그게 중요한 것 같진 않은데…."

"알아야겠어요! 당신이 이 요리들을 만들겠다는 이유. 그리고 당신한테 내가 필요한 진짜 이유요."

추궁하듯 파고드는 연우 질문에 재휘 눈빛이 아주 잠깐 흔들렸다.

"계약서에 하나를 더 추가하지. 계약 기간 동안 한연우 씨는 어떤 질문도 하지 않는다."

연우 손에서 가죽노트를 빼낸 재휘가 레스토랑에 두고 나간 계약서를 다시 들이밀었다.

"검토해봐!"

무시하는 태도, 건방진 말투. 화난 연우의 손이 계약서를 낚아챘다. 보란 듯 재휘 눈앞에서 계약서를 갈기갈기 찢어 봉투에 다시 집어넣었다.

"됐죠? 앞으로 내 눈앞에 나타나지 말아요. 제발!"

최악, 정말 지긋지긋했다. 차에서 내린 연우가 뒤도 돌아보지 않고 공항 안으로 사라졌다. 재휘 눈이 그런 연우를 오랫동안 따라갔다.

# 쁠라 (Plat - 본요리)

사랑과 음식의 공통점 둘,
일정기간 숙성이 필요하다.

# 그 남자의 레시피

연락을 주겠다던 레스토랑들에선 며칠째 소식이 없었다.

일천한 경력과 함량 미달의 스펙. 연우 요리에 만족스러운 표정을 짓던 면접관들도 그녀의 초라한 이력서 앞에서 표정을 일그러뜨렸다.

결국 동네 편의점, 알바 자리를 얻었다.

밀린 월세와 마이너스 통장, 며칠 전 등록한 프랑스 어학원 학원비까지…. 팍팍한 일상은 연우의 사정 따위 봐주지 않았다.

"면접은?"

"보고 있어!"

"결과는?"

"보시다시피…."

편의점 알바가 끝날 시간, 연우 앞에 서진이 나타났다.

연우 근황을 묻는 서진의 손엔 라벨르에서 팔다 남은 주전부리 봉투가 들려 있었다.

"라벨르 그만둔 거, 후회되지 않아?"

편의점 앞 도로를 불법으로 점령한 파라솔 의자에 앉으며 서진이 물었다.

"후회? 아니!"

"…?"

"널 대신 얻었잖아."

"한연우, 정신 승리 중인 거냐?"

정신 승리? 그런가? 그렇다고 해도 상관없었다. 모든 선택엔 기회비용이 따른다. 원하는 것을 얻기 위해선 반드시 버려야 하는 것들이 존재한다는 뜻이다.

맥주 캔을 들이키며 연우가 서진을 향해 씨익 웃었다.

라벨르를 그만두겠다고 결심했을 때 유일하게 떠올랐던 얼굴. 라벨르에서 만난 단 한 명의 친구이자 동료. 편의점 앞으로 서진이 처음 찾아온 날, 두 사람은 말없이 맥주만 마셨다. 그리고 다시 친구가 됐다.

"직장은 다시 구할 수 있지만 친구는 마음대로 안 되잖아."

수년간 일한 직장을 잃는 대신 하나뿐인 친구를 되찾았다면… 그 또한 나쁘지 않았다. 그뿐인가! 밉살스런 수셰프, 더 이상 그를 보지 않아도 된다. 그리고 또 한 사람, 강재휘. 마음 한구석 납덩이처럼 매달려 있던 그를 이젠 떼어낼 수 있을지도 모른다.

"그 여자 봤어?"

"…?"

"대표랑 결혼할 거라는?"

서진은 세영에 대해 묻고 있었다. 연우가 고개를 끄덕였다.

"봤어."

"요즘 라벨르 되게 흉흉하거든. 그 여자가 대표 될 거라는 소문도 있고. 아예 매각된다는 소문도 떠돌고…."

"강 대표는?"

"본사로 들어간다는 거지. 회장이 곁에 두고 싶어 하나 봐."

재휘에 대한 소식이 전해지자 연우 얼굴이 어두워졌다.

"아, 네 기사 나왔어."

그런 연우 앞으로 서진이 가져온 잡지를 내밀었다.

"푸드 매거진?"

제주도 행사장에서 만났던 여기자 얼굴이 떠올랐다. 날카로운 눈빛과 짙은 화장, 붉은 입술과 높은 하이힐. 까칠하고 무례했던 행동들. 기사를 써줄 거라고는 생각하지 못했다.

"거기, 안쪽…."

연우가 페이지를 넘겼다. 서진이 표시해둔 곳에 사진이 있었다.

새하얀 토크, 새하얀 가운, 새하얀 앞치마. 어색한 미소. 귀퉁이 박스 안엔 자신이 만든 요리도 친절하게 설명되어 있었다.

"좋냐?"

연우의 마음을 읽은 것일까? 서진이 장난스럽게 물었다.

연우가 멋쩍게 웃었다. 오랜만의 웃음, 서진도 따라 웃었다.

"근데 너, 그거 알고 있었어?"

"…?"

"소울 레시피 저자, 강 대표였다는 거."

연우 손에 들려 있던 맥주 캔이 우두득 소리를 내며 구겨졌다.

"몰랐어?"

"무슨 말이야?"

"소울 레시피… 네 우상, 강 대표였다고."

"…?"

"잡지 안에 강대표 기사도 실렸어."

연우가 잡지책을 후루룩 넘겼다.

책 중간 '이달의 인물'란에 재휘 얼굴이 대문짝만 하게 인쇄되어 있었다.

"소울 레시피 저자, 라벨르 대표로 커밍아웃?"

"대박이지?"

"말도 안 돼!"


살다보면 롤 모델 하나쯤 생기게 마련이다. 또 어느 업종이든, 직종이든 전설 같은 존재 하나쯤 있게 마련이다.

타고난 재능, 각고의 노력으로 최고의 자리에 오른 이들. 그들이 지닌 천재성이, 떨쳐낸 역경이 그들의 의지와 무관하게 누군가의 희망이 되고 삶의 지침이 된다.

연우에게도 있었다. 한 권의 책으로 알게 된 전설 같은 존재.

열여덟, 무작정 떠났던 프랑스 여행. 요리사가 되겠다고 결심한 니스의 허름한 골목길, 작은 서점에서 우연히 발견한 책 한 권.

대형 서점 고정 부스를 점령한 흔하디흔한 요리책들과는 사뭇 달랐다. 프랑스 시골마을을 여행하며 맛본 전통 요리와 현지에서 익힌 조리법을 기술한 요리 지침서. 읽는 것만으로도 입안에 침이 고이고 포만감을 만들어내는 신비로운 책.

점원은 프랑스 요리대회를 휩쓴 천재 요리사가 그 책의 저자라고 설명했다.

그날부터였다. 제대로 칼도 잡아보지 못한 햇병아리 요리 지망생 한연우는 프랑스 요리대회를 휩쓸었다는 천재 요리사를 경쟁 삼아, 때론 스승 삼아 요리사의 꿈을 키웠다.

언젠가는 자신도 성공한 요리사가 될 수 있을 거라는 믿음으로. 같은 꿈을 꾸는 누군가의 이정표가 되고 싶다는 희망으로.

그런데 지금… 그가 자신의 눈앞에 있었다.

"다시는 보고 싶지 않다고 말하지 않았나?"

"그랬었죠."

까마득히 높은 천장, 사방을 가득 채운 책장, 그 안에 빼곡히 꽂혀 있는 오래된 책들. 방 한가운데 묵직하게 자리 잡은 마호가니 책상….

서재를 채운 모든 것들이 연우를 짓누를 듯 위압적으로 다가왔다. 그 중에서도 재휘, 책상 모서리에 한쪽 엉덩이를 비스듬히 기댄 채 연우를 내려다보고 있는 재휘의 시선이 연우의 숨통을 조이고 있었다. 연우가 크게 숨을 들이마셨다.

"그랬는데…."

하얗게 질린 얼굴로 연우가 입술을 달싹였다. 그런 연우를 내려다보는 재휘 눈빛이 가늘어졌다.

"용건이 뭐야, 한연우 씨?"

지루한 듯 재휘가 다그쳤다.

망설이던 연우가 가방을 뒤적였다. 긴장으로 입술이 바삭하게 타들어갔다. 가방을 뒤적이는 손끝이 자꾸만 허둥댔다.

"이거?"

두툼한 양장본 책 한 권을 끄집어내며 연우가 항의하듯 들이밀었다.

의구심 가득한 재휘 눈이 책 표지를 훑고 지나갔다.

"소울 레시피. 아시죠?

"…?"

재휘 고개가 한쪽으로 기울었다. 의기양양해진 연우 눈이 그런 재휘에게 항의하듯 달려들었다.

"왜 말 안 했어요?"

"내가 뭘 말해야 하는 거지?"

"이 책 저자, 대표님이라는 거."

"…?"

연우를 바라보는 재휘 두 눈이 깊은 침묵으로 빠져들었다.

"푸드 매거진 김진영 기자한테 확인했어요. 기억나죠, 제주도에서 만났던 그 여자 기자?"

"그게 너랑, 무슨 상관이라는 거야?"

"그건….'

승기라도 잡은 듯 거드름을 피우며 들이대던 연우 표정이 일그러졌다.

"내가 그걸 한연우 씨한테 밝혀야 할 이유가 뭐냐는 거야?"

"그건…."

"그건?"

"나한텐 아주 중요한 문제니까요."

"중요한 문제? 왜지?"

연우가 마른 침을 삼켰다.

"대표님… 내 우상이었어요."

"우상?"

몇 주 만의 오프. 평화로운 오후에 떨어진 날벼락. 연우의 고백에 재휘의 미간 가득 주름이 잡혔다.

"너 제정신이야?"

"대표님이, 그리고 이 책이… 날 요리사로 만들었어요. 여기까지 오게 했다구요."

붉게 상기된 연우를 내려다보는 재휘 입에서 피식 헛웃음이 터졌다.

"억지 부리지 마. 나와는 상관없는 일이야."

"책임 있어요."

연우가 밖으로 나가려는 재휘를 막아섰다.

"메일 보냈잖아요."

"…?"

"요리를 시작해도 되겠냐고 물었을 때도, 포기하고 싶다고 말했을 때도… 대표님은 언제나 제 편이 돼줬어요."

아주 잠깐, 깊고 짙은 재휘 눈빛이 흔들렸다.

"뭔가 착각하나 본데 한연우 씨, 난 그런 적이 없어."

"거짓말!"

매달리는 연우를 떼어내고 재휘가 서재 문을 열었다.

"멘토가 필요해요."

"…?"

가방 안에서 꼬깃꼬깃 구겨진 전단지 하나를 꺼낸 연우가 서재를 나가려는 재휘 앞으로 들이밀었다. 전단지를 들여다보던 재휘 눈이 가늘어졌다.

"여길? 네가?"

"우리가요."

요리대회였다. 최근 방송을 타면서 꽤나 유명해진 국내 대회. 연말 한 팀을 뽑아 프랑스 유학을 보내주는 특전으로 젊은 요리사들 사이에서 인기가 높았다.

문제는 누구나 참여할 수 있지만 참여를 원하는 사람은 반드시 멘토와 한 팀을 이뤄야 했다.

"미안하지만 한연우 씨, 난 한연우 씨 멘토가 돼줄 수 없어."

"가르쳐주세요. 대표님 요리."

"난 학원 강사가 아냐. 요리는 누가 가르쳐준다고 되는 것도 아니고."

"할게요, 요리사."

"…?"

"대표님 개인 요리사, 대표님이 원하는 맛…. 만들어드릴게요. 내가 한다구요."

재휘가 연우를 향해 천천히 몸을 돌렸다. 놀란 연우 몸이 주춤, 뒷걸음질 쳤다.

"대표님 혀, 대표님 손, 될게요. 대신 내 멘토 해주세요."

"지금 거래를 하자는 거야?"

맹랑한 연우의 요구에 재휘 눈빛이 싸늘해졌다.

"거래든 윈윈이든. 뭐든 해요, 우리."

"거래든 윈윈이든 거절이야, 한연우 씨."

재휘가 연우 등을 떠다 밀었다. 서재 밖으로 밀려나가는 연우가 재휘 팔에 매달렸다.

"대표님, 제발요!"

연우의 애원에도 재휘는 완강했다.

발을 구르며 매달리는 연우를 떼어내고 미련 없이 문을 걸어 잠갔다.

동동대던 연우가 제풀에 지쳐 자리에 주저앉았다. 제주도, 일언 지하에 재휘의 제안을 거절한 자신에게 화가 났다.

"멍청이, 머저리, 바보…."

머리를 쥐어뜯으며 자신을 저주하는 연우를 거실 구석, 꼬리를 말며 장난치던 고양이가 보고 있었다.

한심하다는 듯 두 눈을 가늘게 늘여 뜨고. 털에 묻은 먼지를 톡톡 털어내며. 그 순간 연우는 게으르고 얄미운 고양이가 한없이 부러웠다.

***

어두운 서재, 불도 켜지 않은 채 재휘가 어둠을 노려보고 있었다.

연우가 돌아가고 해가 지고 짙은 어둠이 사위를 채울 때까지 재휘는 그렇게 미동 없이 앉아 있었다.

"당신이었나? 당신이 보낸 거야?"

어디선가 완이 발소리가 들렸다.

종종종, 통통통 주방과 홀을 오가며 내는 바쁜 소리. 싹둑싹둑, 톡톡톡 도마 위에서 나는 경쾌한 소리들. 보글보글, 치지직, 지글지글 프라이팬과 냄비에서 나는 먹음직한 소리들.

라벨르, 작은 간판을 내건 완이의 가게.

입구부터 창틀까지 베고니아 화분이 줄지어 늘어서 있고 하루 두 번 크루아상을 구워 내던 곳.

좁은 골목길을 지나가던 이들이 부담 없이 들어와 차 한 잔을 마시고 따뜻한 수프 한 그릇과 금방 구운 빵 한 조각으로 배를 채우던 곳.

가게와 주인, 주인과 가게, 너무나 닮아 있어서 재휘는 그곳의 모든 것들을 사랑할 수밖에 없었다.

"그 아이가 찾아왔어. 당신이 보낸 이메일을 들고. 당신을, 당신에 대해…. 어떻게 설명해야 할까?"

어둠을 향해 물었다. 그러나 어둠은 어떤 대답도 내놓지 못했다. 그때 폭신한 털 뭉치 하나가 재휘 품으로 뛰어 들어왔다.

"화이트?"

고양이었다. 그녀의 고양이. 닫힌 서재 문 대신 정원을 돌아 서재 테라스로 들어온 고양이 발에 흙먼지가 묻어 있었다.

"넌 알고 있었니? 그 사람이 날 대신해서 답장을 보냈다는 거? 하필 그게 한연우였다는 거?"

우울한 재휘 목소리에 고양이가 고개를 들었다. 어둠과 뒤섞인 재휘 표정이 제대로 보이지 않았다.

-당신을 닮았어.

주방에 있는 재휘를 향해 완이가 소리쳤다.

휘핑크림을 저으며 주방 유리문 밖으로 재휘가 고개를 내밀었다.

-무슨 소리야?

-메일이 또 왔어. 지난번 그 친구… 읽어줄까?

홀 중앙 테이블, 새끼 고양이 한 마리를 안고 노트북으로 이메일을 확인하던 완이가 재휘를 돌아봤다.

-아니!

-허영을 채워주는 요리사가 아니라 배고픈 이들의 허기를 채워주는 요리사가 되고 싶대.

걸쭉하게 끌려 올라오는 크림 농도를 확인하는 재휘 앞으로 노트북을 든 완이가 다가왔다.

-처음 요리 시작했을 때, 당신 모습이랑 닮았어.

-나랑? 전혀!

-응원해주고 싶어.

바쁘게 볼을 휘젓던 재휘가 손을 멈추고 허리를 폈다. 완이 눈빛이 간절했다.

-답장 해주는 게 좋지 않을까?

-남의 인생에 관여하고 싶지 않아.

단호한 재휘 태도에 반짝이던 완이 눈빛이 금방 빛을 잃었다.

미안했다. 완이에게 또 이름 모를 이메일의 주인에게도. 그러나 그때의 재휘는 그랬다. 타인의 삶에 개입하고 싶지 않았다. 불행한 삶을 살아온 자신이, 누군가의 인생에 개입하는 것은 옳지 않다고 생각했다.

볼 안에 들어 있던 휘핑크림을 찍어낸 재휘가 시무룩해진 완이 코에 톡하니 묻혔다. 미안하다는 말을 하고 싶었지만, 사랑받지 못한 사람들이 그러하듯 재휘는 자신의 감정을 표현하는 데 서툴렀다.

재휘 장난에 완이가 달려들었다. 휘핑크림이 든 볼을 빼앗기지 않기 위해 재휘가 두 팔을 높이 쳐들었다.

완이가 까치발을 한 채 두 팔을 휘저었다.

그럴수록 재휘 팔은 더 높이 올라갔다. 약이 오른 완이가 풀쩍 뛰어 올랐다. 그러다 삐끗, 바닥으로 떨어지며 균형을 잃고 흔들렸다. 재휘가 그런 완이 허리를 가볍게 그러안았다.

간지러운 듯 까르르 웃는 완이 코에 묻은 크림을 재휘 혀가 부드럽게 핥아냈다.

달콤하고 부드러운, 완이를 닮은 맛.

휘핑크림이 묻은 재휘의 혀가 완이 입술을 핥고, 입안으로 미끄러져 들어갔다.

완이 허리를 바짝 끌어당기는 그의 팔에 힘이 들어갔다. 그의 혀를 따라 들어온 휘핑크림이 완이 입안 가득 들어찼다. 입맛을 다시며 완이가 더 깊이 재휘의 혀를 빨아들였다.

-맛있다.

-내가?

-아니, 당신이 만든 휘핑크림.

방심한 사이, 이번엔 완이가 재휘 코에 휘핑크림을 묻혔다.

-복수하는 거야?

-아니!

화내는 재휘 코 위에 완이가 키스했다. 그리고 입술에… 더 깊이, 더 부드럽게 그리고 더 달콤하게.

*** 

담장을 따라 만개한 넝쿨 장미가 휘황했다.

정원 한가운데 군락을 이룬 여름 허브들이 산들 바람에 짙은 향기를 쏟아냈다.

담장 밖으로 고개를 내민 미모사 꽃잎이 탐스러웠다.

철문 앞, 재휘의 정원을 엿보던 연우가 다시 한 번 주변을 살폈다. 서울 외곽, 한낮의 주택가는 한가롭고 골목길 어디에도 CCTV는 보이지 않았다.

"가자, 한연우!"

마음만 먹으면 초등학생도 뛰어 넘을 수 있는 낮은 담장이었다. 등에 메고 있던 배낭끈을 단단히 부여잡은 연우가 단숨에 담장을 뛰어 넘었다.

'악!'

그러나 방심했다. 떨어지며 돌부리에 걸린 연우의 몸이 바닥으로 푹 고꾸라졌다.

"젠장!"

시작부터 재수가 없었다. 투덜대며 가슴팍에 묻은 흙을 털어낸 연우가 한껏 몸을 낮추고 발소리를 죽인 채 정원을 가로질렀다.

이미 재휘 집이라면 익숙했다. 술에 취해 들어온 것이 벌써 몇 번째지?

문제는 벌건 대낮! 보이지 않는 곳에서 누군가 자신을 지켜보고 있을 것만 같아 머리끝이 쭈뼛쭈뼛 곤두섰다.

다행히도 현관문은 잠겨 있지 않았다.

경비원도 관리인도 없는 집. 고양이와 재휘는 라벨르에 있을 시간이었다.

숨죽인 연우의 눈이 집 구석구석을 훑고 지나갔다. 살아있는 생명체의 움직임은 어느 곳에서도 감지되지 않았다. 열린 창문 틈으로 바람만이 들고 나고를 반복하며 실내 공기를 바꾸고 있었다.

'휴우!'

비로소 안도의 한숨을 몰아쉰 연우가 등에 메고 있던 가방을 풀었다.

안에서 미리 준비한 요리 재료들이 쏟아져 나왔다. 요리사를 설득하는 방법은 요리 뿐! 재휘를 설득할 방법을 찾던 연우는 결국 요리를 선택했다.

재휘가 가지고 있던 레시피 노트의 첫 번째 요리.

"내 오믈렛 맛에 깜짝 놀랄 거다!"

달걀에 거품을 내고 우유를 섞고. 후추, 소금으로 간을 한 후 노릇하게 구워낸 반달 모양의 달걀 요리. 오믈렛 조리과정은 비교적 간단했다. 그러나 만들기 쉬운 요리는 아니었다. 일체의 장식도 기교도 없이 달걀의 거품이, 우유의 배율이 소금, 후추의 정도가 맛을 결정했다.

단순하고 간단해서 누구나 만들 수 있지만 만든 이의 실력이 고스란히 드러나고 마는. 그래서 너무나 솔직한 요리.

"내가 기본에 좀 강하거든!"

자신감 충만한 몸짓으로 노릇하게 익은 오믈렛을 새하얀 접시에 담아 뚜껑을 씌우고, 노란 포스트잇에 소원을 빌 듯 메모를 남겼다. 딱 거기까지.

우렁각시라도 된 듯 요리만 남겨두고 떠날 생각이었다. 그런데 꾸물꾸물 몰려든 구름이 기어이 비를 뿌리고 있었다.

버스를 타기 위해선 한참을 걸어야 하는 서울 외곽의 부촌. 택시를 부르기엔 너무 많은 비용을 지불해야 했다. 아주 잠깐, 비가 그칠 때 까지만 쉬기로 마음먹었다. 밤늦게까지 알바를 전전한 연우 몸은 지쳐 있었고 재휘의 거실 소파는 너무나도 크고 폭신했다.


아늑한 고요, 포근한 어둠. 시간이 얼마나 흘렀을까? 어디선가 자신을 부르는 목소리가 들렸다. 먼 곳에서 시작된 목소리가 점점 다가오고 있었다.

익숙했다. 연우의 무거운 눈꺼풀이 파르르 떨렸다. 깨고 싶지 않았다. 그러나 목소리의 파동이 더 이상 움직이지 않았다. 자신을 내려다보는 누군가의 시선이 꿈결을 따라 들어왔다.

"한연우 씨?"

재휘였다. 소파에 파묻혀 있던 연우 몸이 고무공처럼 튀어 올랐다.

잠에서 다 깨어나지 못한 연우의 눈이 실내를 훑고, 어두워진 창밖을 지나 까칠한 눈으로 자신을 내려다보는 재휘에게로 옮겨갔다. 꿈이 아니었다.

"대표님?"

"도대체 여기서 뭐하는 거지?"

"가… 가려구요."

꿈에서 깬 현실은 얼마나 참혹한가? 바닥에 떨어져 있던 가방을 챙겨들고 도망가려는 연우를 재휘가 막아섰다.

"여긴 어떻게 들어온 거야?"

"문으로…. 아, 아니, 담으로."

"월담?"

연우가 고개를 끄덕였다.

"그게…."

재휘가 재킷 안주머니에서 휴대폰을 꺼냈다. 휴대폰을 발견한 연우 몸이 재휘에게로 날아갔다.

"제발요. 신고는 안 돼요."

"뭐?"

"아무 짓도 안 했어요. 요리를… 요리를 만들었어요."

재휘의 팔을 부여잡은 연우가 애원하듯 매달렸다.

"강재휘?"

그때 바닥에 떨어진 휴대폰에서 여자 목소리가 들렸다. 동시에 현관문이 열렸다.

"전화 안 받고 뭐하는 거야?"

현관문 안으로 세영이 들어섰다. 순간 균형을 잃은 연우 몸이 휘청 무너졌다. 재휘 손이 쓰러지는 연우를 재빨리 잡아 세웠다.

"나 도착했다고…."

무심코 들어오던 세영이 엉거주춤 재휘 품에 안긴 연우를 발견했다. 아찔한 현기증, 연우의 두 눈이 질끈 감겼다.

"나 좀 있다 들어올까?"

"아니!"

연우를 받치고 있던 재휘 손이 예고 없이 풀려나갔다. 바닥으로 고꾸라지는 연우 입에서 으앗! 비명이 터졌다.


"맛있는데…."

"거품이 부족해."

눈빛을 반짝이며 연우의 오믈렛을 시식하는 세영의 말을 자르며 재휘가 시큰둥한 반응을 보였다.

오믈렛 단면을 잘라 조직을 확인하고, 냄새를 맡고, 새 모이만큼 맛을 보고.

고작 한다는 말이 거품이 부족하다는 것이었다. 연우의 입이 한 발 튀어나왔다.

"부드러운 오믈렛을 원한다면 좀 더 풍부한 거품을 만들어내야 할 거야."

"거품이 많으면 식감이 떨어져요."

"퍽퍽한 맛을 식감이라고 표현하진 않아."

"그건 식어서, 식어서 퍽퍽하게 느껴지는 거예요."

"식은 후에도 일정 맛을 유지하는 게 좋은 요리야."

재휘 손에 들려 있던 오믈렛이 가차 없이 쓰레기통으로 처박혔 다. 연우의 손이 부르르 떨렸다.

"포기해!"

"포기 안 해요."

"이 실력으로 대회 못 나가. 예선도 통과 못 할 거야."

"포기는 배추 셀 때나 쓰는 거라고 배웠거든요, 제가."

"포기하면 편해진다고 말했을 텐데, 내가."

포기하면 편해진다고? 사치스러운 말이다. 살다보면 포기가 되 지 않는 일도 있는 법이다. 연우가 휙 돌아서 가방을 챙겼다. 밖으 로 나가는 연우를 누구도 잡지 않았다.

"불법 주거 침입. 오늘 한번은 눈감아주지. 그러나 또 다시 이런 일 있으면 그땐 널 신고할 거야."

쾅, 문을 닫고 나오는 연우 뒤로 야박한 재휘 목소리가 따라 나 왔다.

못 들은 척 언덕길을 내려가던 연우가 발을 멈추고 고개를 들었다.

깜깜한 밤하늘, 달무리가 지고 있었다. 또 다시 비가 내릴 모양이었다.

# 어떤 사랑, 어떤 이별

서울 도심, 야경이 한눈에 내려다보이는 호텔 스카이라운지.

평소 손님들로 북적이던 레스토랑은 호텔 주인인 서 회장이 차지한 테이블을 제외하곤 텅 비어 있었다.

출입구에 도열한 직원들은 레스토랑을 점령한 채 혼자 식사를 하고 있는 서 회장 눈치를 살피며 시간을 확인했다. 그때 땡 소리와 함께 엘리베이터 문이 열렸다.

회색 스트라이프 슈트를 갖춰 입은 재휘가 엘리베이터 안에서 내렸다. 도열해 있던 직원들이 일제히 허리를 굽혔다. 마지못해 고개를 숙여 보이는 재휘 미간에 불편한 주름이 잡혔다.

"회장님 기다리고 계십니다."

서 회장의 수행비서가 창가를 가리켰다.

스테이크를 썰고 있던 서 회장이 재휘 쪽으로 힐끔 눈을 돌렸다.

재휘가 허리를 숙였다. 불길했다. 레스토랑이 한창 바쁠 시간, 저녁을 함께 하자는 그의 전화를 받았을 때부터 줄곧 신경이 쓰였다.

라벨르 매출은 수개월째 제자리걸음. 정상화까지는 시간이 좀 더 필요했다. 만약 서 회장이 변덕이라도 부리는 날엔 라벨르 운명을 장담할 수 없었다. 탐탁지 않은 식사 제안에도 결국 그를 만나러 온 것은 그래서였다.

"강 대표?"

그때 세영이 재휘 어깨를 쳤다.

"…?"

"회장님 초대. 가자!"

재휘와는 다른 엘리베이터에서 내린 세영이 서 회장이 있는 테이블로 먼저 걸어갔다.

언제나 그렇듯 거침없는 세영의 뒷모습을 지켜보며 재휘는 그제야 서 회장 속내를 알아챘다. 어쩌면 오늘 저녁 만찬에 올라갈 재료는 라벨르 운명이 아니라 바로 자신의 운명이라는 걸.

"약혼식, 다음 달로 정했다."

입 안 가득 고기를 욱여넣으며 서 회장이 통보했다. 맞은편 세영과 나란히 앉아 저녁 식사를 하던 재휘가 고개를 들었다.

버텨봐야 소용없을 거라던 며칠 전 세영의 경고는 결국 이것이었다. 재휘의 입 꼬리가 씁쓸하게 한쪽으로 끌려 올라갔다.

"우리 두 사람, 약혼하니?"

서 회장이 아닌 세영에게 재휘가 물었다. 세영이 고개를 끄덕였다.

"그렇게 됐네!"

"귀띔이라도 해주지 그랬어."

"깜짝 선물!"

잘게 썬 스테이크를 입으로 가져가는 세영의 표정은 자신만만했고 당당했다.

"놀랍긴 하네. 그런데 폭탄이다. 선물 아니고."

"즐겨봐! 견딜 만 할 거야."

싫어하는 음식을 함께 먹고, 지루한 쇼핑에 동행하고, 보고 싶지 않은 영화를 함께 관람하고. 결혼은 그런 것들과는 차원이 달랐다.

누군가와 평생을 함께해야 하는 일. 그런데도 자신의 결혼은 세영과 서 회장의 시간표대로 흘러가고 있었다. 이쯤에서 두 사람의 폭주를 정지시켜야 했다.

"우리가 결혼할 일은 없을 거라고 말했을 텐데?"

"그래서 약혼 먼저 하는 거야."

"억지 부리지 마, 장세영."

"억지 아닌데. 나 내 인생에서 지금이 제일 진지하거든."

재휘와 세영을 지켜보던 서 회장 손에서 포크와 나이프가 신경질적으로 떨어져 나갔다. 날카로운 마찰음에 놀란 직원들이 일제히 그의 눈치를 살폈다.

"이미 끝난 얘기다."

"제 문젭니다."

"시끄럽게 굴지 마라. 한 집안의 혼사다. 너 개인의 문제가 아니야."

"…?"

와인 잔을 쥔 재휘 입술에 조소가 담겼다. 서 회장의 두 눈이 꽤 씀씀하다는 듯 가늘어졌다. 그런 두 사람을 보는 세영의 눈에 긴장이 묻어났다.

"절 감추고 싶어 하셨습니다."

"오래전 일이다."

"세상에 알려질까, 사람들 눈에 띌까 두려워하셨어요."

"그래서? 반항이라도 하겠다는 거냐? 아니면 복수라고 하고 싶은 게야?"

'복수?'

엄마를 버리고 자신을 부정했던 사람, 가능하다면 가장 잔인한 방식으로 복수하고 싶었던 때가 있었다.

"과정이야 어찌됐든 내가 널 거뒀다. 내 돈으로 널 키웠어."

그 말은 곧 서 회장의 자기장이 미치는 곳이라면 어디든, 재휘 마음대로 할 수 있는 일은 아무것도 없다는 뜻이었다.

"라벨르 정상화되는 대로 이곳, 떠날 겁니다."

"누구 마음대로?"

다 부서지지 않은 고기 덩어리가 명치끝에 걸렸다. 그러나 재휘는 또다시 고기 덩어리 하나를 고집스럽게 씹어 삼켰다.

"이번엔 제 뜻대로 하겠습니다."

"미련한 놈! 지 애미를 쏙 빼닮았어."

한심하다는 듯 서 회장이 혀를 찼다. 파리하게 질린 재휘 입술에 경련이 일었다. 와인 잔을 움켜쥔 손등엔 핏줄이 곤두섰다.

"장 장관 한 번 찾아뵈라. 서자를 사위로 받아주겠다는 분 아니냐."

"회장님?"

"감사는 표해야지. 그게 사람 도리다."

세영의 제지에도 서 회장은 기어이 제 말에 종지부를 찍었다.

재휘 손아귀에 쥐어져 있던 와인 잔이 퍽 소리를 내며 부서졌다. 잘게 부서진 유리 파편들이 살갗을 뚫고 재휘 몸속으로 파고들었다. 손바닥과 손가락 사이사이 붉은 핏방울이 매달렸다.

"강 대표?"

놀란 세영이 달려들었다. 재휘가 세영의 손을 뿌리쳤다.

"서자라는 말이 고까우냐?"

"…?"

"어쩌냐, 태생이 그런 것을. 억울하면 바꿔라. 지금 난 너에게 기회를 주고 있는 거다."

차갑게 굳은 재휘의 두 눈이 자신을 향해 한껏 비아냥대는 서 회장의 심장을 뚫고 들어갔다. 그곳 어디 감춰진 진심이라도 있다면 확인하고 싶었다.

자신과 죽은 엄마를 향한 한줌의 연민, 한 톨의 미련.

"네 운명을 스스로 바꿀 수 있는 기회다. 잡고 말고는 네 몫이야."

죽어가는 엄마의 병상을 지키며 어린 재휘는 상상했다. 아버지라는 존재. 자신에게는 처음부터 존재하지 않았던 사람. 그러나 병든 엄마에겐 평생의 기다림. 끝내 오지 않는 그를 원망하며 엄마는 죽어갔다.

-이 아인가?

엄마의 장례식, 재휘 앞에 나타난 서 회장의 눈빛은 의구심으로 가득했다. 엄마의 죽음을 슬퍼하지도, 처음 만난 아들을 끌어안지도 않았다.

멀찍이 떨어져 자신의 비서가 가져온 서류철을 확인하고 재휘 몸 구석구석을 꼼꼼히 훑어 내려갔다.

-이름이 뭐냐?

그리고 물었다. 아들의 이름.

재휘는 대답하지 않았다. 모멸감이 현기증을 만들었다. 버티고 선 두 다리가 후들댔다. 이를 악물었다. 되묻고 싶었다. 당신은 누구냐고? 왜 이곳에 있는 거냐고?

서울 야경이 한눈에 내려다보이는 서 회장의 호텔 스카이라운지. 혼자 남겨진 재휘 손에선 여전히 피가 흐르고 있었다.


불 꺼진 집 안으로 들어서는 재휘 걸음이 납덩이라도 매단 듯 무거웠다.

하루 종일 바닥에 가라앉아 있던 더운 공기들이 그의 등장에 놀라 어둠 속으로 흩어졌다. 닫혀 있던 테라스 문을 열어젖히자 눅진한 밤공기가 온 몸을 휘감았다. 붕대 감긴 손에서 아릿한 통증이 올라왔다. 소파 등받이에 몸을 기댄 재휘가 눈을 감았다.

'쨍그렁'

그때 요란한 소리를 내며 뭔가 떨어져 내렸다. 주방? 그제야 혼자 남겨두고 나갔던 고양이 존재가 떠올랐다.

"화이트?"

재휘가 허둥대며 주방으로 들어갔다. 바닥에 떨어진 접시에서 튀어나온 오믈렛 조각들이 슬리퍼 아래서 뭉개졌다. 사고를 친 고양이는 어디론가 사라지고 보이지 않았다.

"고집하고는….."

수차례 경고에도 연우는 포기하지 않고 있었다. 자신의 출근 시간을 골라 집으로 찾아왔고 한번 퇴짜 놓은 오믈렛을 매번 다른 방식으로 만들어놓고 사라졌다.

그러다 말 거라고 생각했다. 지치면 그만둘 거라고. 그러나 벌써 며칠째 도둑고양이처럼 연우는 자신의 집을 드나들고 있었다.

그때 사라졌던 고양이가 주방으로 돌아왔다.

바닥에 떨어진 오믈렛을 핥아 먹는 고양이를 지켜보던 재휘 뱃속에서 꼬르륵 소리가 들렸다. 서 회장과 세영과의 저녁식사, 명치끝에 걸려 있던 음식물들을 모조리 게워낸 후였다.

빈 위장이 요동치기 시작했다. 배가 고팠다. 그래서였을까? 입맛을 다시는 고양이를 지켜보며 괜한 호기심이 발동했다.

"먹어는 봐야겠지?"

접시에 남은 오믈렛을 식탁으로 가져온 재휘가 부서진 오믈렛 한 조각을 입으로 가져갔다. 노릇하게 익은 표면에서 고소한 향기가 퍼졌다.

전에 비해 한결 부드러워진 달걀 조직은 기분 좋게 혀에 감겨들었다. 잘게 다져 넣은 견과의 씹히는 맛도 제법 그럴듯했다.

남은 오믈렛을 말끔히 비운 재휘가 빈 접시를 바라보며 어이없다는 듯 허탈하게 웃었다.

-죽기 직전, 사람들이 가장 원하는 게 뭔지 알아?

-사랑하는 사람과의 달콤한 키스? 아니면 격정적 섹스?

-틀렸어. 죽기 직전 사람들은 기억 속 깊이 새겨진 자신만의 특별한 맛을 원해.

-특별한 맛?

-응. 음식 맛은 몸이 아니라 우리의 기억에 각인되거든. 모든 감각이 사라져도 기억이 존재하는 한, 한 번 각인된 맛은 사라지지 않아.

거실 소파, 깜빡 잠이 들었던 재휘가 눈을 떴다.

꿈이었던가?

귓가에 맴도는 이완의 목소리가 현실인 듯 생생했다. 확인하고 싶었다. 아니, 확인할 게 있었다.

\*\*\*

이른 아침, 직원 연락처에서 주소를 찾아낸 재휘가 연우 집 현관문 앞에 서 있었다.

낡은 주택, 오래된 건물들. 그 사이로 구불구불 이어진 좁은 골목길을 따라 올라온 곳. 밤사이 핼쑥해진 얼굴로 연우는 옥탑방 현관문을 밀고 나왔다.

"대표님?"

연락도 없이 불쑥 들이닥친 재휘 모습에 퀭한 연우 눈이 반짝 빛을 뿜었다.

"아, 그러니까… 묻고 싶은 게 있어. 그래서…."

긴장한 듯 말을 흐리는 재휘 모습은 처음이었다. 그런 재휘를 보며 연우가 씨익 입 꼬리를 끌어올렸다.

"그럴 줄 알았어요."

"…?"

"올 줄 알았다구요."

"그게 무슨?"

어? 재휘 질문이 채 끝나기도 전에 연우 몸이 물에 젖은 휴지 조각처럼 풀썩 고꾸라졌다.

"한연우 씨?"

놀란 재휘가 쓰러지는 연우를 재빨리 잡아 세웠다.

재휘 손끝으로 뜨끈한 열기가 전해졌다. 이마며, 얼굴이며 연우의 온몸이 고열로 들끓고 있었다.

"사… 살려주세요, 대표님."

제대로 눈도 뜨지 못한 채 연우가 재휘 팔에 매달렸다. 열에 들떠 뭔지 모를 말들을 중얼대는 연우를 재휘가 안아 올렸다.

"안 죽어, 너…."

퉁명스럽게 쏘아 붙이면서도 마음 한구석 뭔지 모를 불안이 지나갔다.

뜨겁게 앓고 있는 연우 몸이, 품속으로 가볍게 따라 올라오는 깡마른 팔과 다리가 아파 보였다.

"도대체 이 지경이 될 때까지 뭐한 거야, 너?"

재휘의 타박에도 힘겹게 숨을 몰아쉴 뿐 연우는 더 이상 반응하지 못했다.

　계단을 뛰어 내려가는 재휘의 두 발이 저도 모르게 빨라졌다. 두 팔에 안긴 연우 몸에선 어떤 무게도 느껴지지 않았다.


　짙은 소독약 냄새, 줄지어 늘어선 병상, 그 사이로 분주하게 오가는 의사와 간호사들.

　비명을 내지르는 환자와 우는 아이, 술 취한 중년 남자의 고성과 말리는 의료진의 실랑이. 뒤늦게 환자를 찾아온 보호자의 오열….

　이른 아침 병원 응급실은 각기 다른 사연을 가진 사람들로 붐볐고 소란했다.

　"한연우 씨 보호자 분?"

　연우의 여윈 팔뚝에 주사 바늘을 찔러 넣는 간호사를 지켜보느라 재휘는 자신을 부르는 전공의 목소리를 듣지 못했다.

　"보호자 분?"

　처음에는 하얗고 청결했을 가운의 소맷부리와 앞자락에 검은 때와 검붉은 볼펜 자국을 묻힌 전공의가 다시 한 번 재휘를 불렀다. 그제야 재휘가 고개를 들었다.

　"괜찮을 겁니다. 깨면 퇴원하세요."

　전공의가 들고 있던 차트를 들이밀었다.

　"사인하세요."

　"…?"

"거기 보호자란…."

머뭇대는 재휘를 전공의가 멍한 눈으로 지켜보고 있었다.

밤이라도 새운 것인가? 환자보다 더 피곤한 얼굴을 한 전공의 앞에서 재휘는 이의를 제기하지도, 시간을 지체할 수도 없었다.

엉거주춤 사인을 하고 다시 차트를 내밀었다. 차트를 받아든 전공의가 응급실을 빠져나갔다. 뒤축이 닳아 없어진 그의 크룩스 샌들이 재휘 시선을 잡아끌었다.

"보호자?"

허탈한 듯 재휘가 잠든 연우를 보며 웃었다.

약기운 탓일까? 깊은 잠에 빠져든 연우 얼굴이 창백하면서도 평온해 보였다.

시간을 확인했다. 라벨르가 한창 바쁠 시간. 아무래도 출근은 오후로 미뤄야 할 것 같았다.

얼마나 시간이 지났을까? 주머니 속 휴대폰의 요란한 진동 소리에 재휘가 눈을 떴다. 막 잠에서 깨어난 먹먹한 눈이 주변을 살폈다. 좀 전 까지 소란을 피우던 환자들 모습은 보이지 않았다.

휴대폰을 확인했다. 세영이었다. 어젯밤 그렇게 헤어진 후 세영은 계속해서 재휘를 찾고 있었다. 신경질적으로 윙윙대는 진동만으로도 그녀의 감정이 걱정에서 짜증으로 변해가고 있음을 직감할 수 있었다.

미련 없이 휴대폰 전원을 끈 재휘가 연우의 안색을 살폈다.

전공의는 분명 별일 없을 거라고 했다. 과로와 영양실조, 거기에 여름 감기가 겹친 거라고. 그러니 잠에서 깨면 퇴원해도 좋다고.

그러나 연우는 벌써 몇 시간째 잠만 자고 있었다.

물끄러미 연우를 지켜보던 재휘가 손가락을 연우의 코밑으로 들이밀었다. 괜한 불안이 의심을 만들었다. 의사의 오진은 어느 병원에나 있었고 피곤에 찌든 전공의 실수는 헤아릴 수조차 없이 많고 흔했다.

"대표님?"

그때 잠에서 깬 연우가 재휘를 불렀다. 놀란 재휘가 연우 코밑으로 들어가 있던 손가락을 재빨리 거둬들였다.

"정신이 드나?"

끙, 소리와 함께 연우가 몸을 일으켰다. 순간 연우의 눈앞으로 핑하니 어지럼증이 지나갔다.

"여기서 뭐하세요?"

"보면 몰라? 네 보호자 하고 있잖아!"

연우 몸을 일으켜주며 재휘가 퉁명스럽게 대꾸했다.

"보호자?"

"너 쓰러졌어. 기억 안 나?"

"나요."

연우가 힘없이 웃었다.

"알바를 좀 줄이는 게 어때?"

"…?"

"과로에 영양실조라던데. 요리사가 영양실조라는 게 말이 된다고 생각해?"

"영양실조? 제가요?"

그제야 연우가 자신의 팔에 꽂힌 영양제 주사를 확인했다.

몸이 보내는 신호조차 감지하지 못할 만큼 고단한 삶. 오래 전, 재휘에게도 그런 때가 있었다.

-여기가 어디에요?

엄마를 잃고 서 회장을 따라 간 곳. 그곳은 서 회장이 만든 작은 왕국이었다.

-앞으로 네가 살게 될 곳이지. 저 밖의 사람들이 꿈꾸는 곳. 그러나 저들은 절대로 들어올 수 없는 곳.

가진 자의 명령과 얻으려는 자의 침묵이 질서를 만드는 곳, 친절하고 다정한 미소 뒤에 서늘한 본심을 숨기고 살아야 하는 곳.

재휘는 그곳이 싫었다. 매 순간 숨이 막혔다. 그곳의 위선이 그곳의 폭력이 재휘를 병들게 했다.

도망쳐야 했다. 되도록 멀리, 서 회장과 그의 사람들이 찾을 수 없는 곳으로. 오랜 방황의 시기였고, 방황은 그를 가난하게 만들었다.

그래서였다.

앙상한 연우 어깨가, 부르튼 입술이, 지친 목소리가 자꾸만 재휘 마음을 따갑게 만든 것은.

"지금 나 걱정하는 거예요?"

재휘 얼굴 밑으로 고개를 들이밀며 연우가 해맑은 미소를 만들었다. 장난스러운 그녀의 눈빛에 재휘 눈이 잔뜩 일그러졌다.

"걱정하는 걸로 보이나?"

"아닌가? 그럼 화났어요?"

"…?"

"환자한테 이렇게 막 화내도 되는 거예요?"

"화난 거 아냐."

"그럼 걱정했어요?"

방심하는 순간 예고도, 신호도 없이 훅, 연우는 재휘를 공격했다.

그때마다 재휘는 더 두꺼운 껍질 속으로 몸을 숨겼다. 누구의 시선도 손길도 닿지 않는 곳. 상처받을 일도, 상처로 아파할 일도 없는 안전한 곳.

"기다려. 간호사 불러 올게."

코앞으로 다가온 연우 이마를 밀어내며 재휘가 자리에서 일어났다.

"까칠하긴!"

"안정, 휴식, 영양. 지금 네게 필요한 세 가지야. 얌전히 있어."

툴툴대는 연우를 남겨둔 채 재휘가 응급실 밖으로 나갔다. 평소와 달리 작고 쓸쓸해 보이는 뒷모습. 그런 재휘 등을 연우 시선이 쫓아갔다. 시야에서 완전히 사라질 때까지, 자꾸만 마음이 쓰였다.


수납하는 재휘를 병원 여직원들이 힐끔댔다.

환자복을 입은 사람들도 수군댔다. 서 회장과의 관계가 세상에 드러난 후 종종 자신을 알아보는 이들이 있었다. 그렇지만 이렇게까지 노골적이진 않았다.

불쾌한 표정을 숨기지 않은 채 자리를 뜨려는 재휘 앞을 한 아이가 막아섰다. 휠체어를 탄 사내아이의 맹랑한 두 눈이 재휘를 올려다보고 있었다.

놀란 재휘가 얼른 옆으로 비켜섰다. 재휘를 향해 아이 손가락이 어딘가를 가리켰다. 아이가 가리킨 곳은 대기실 안, 대형 TV 화면.

세영이 웃고 있었다. 외식업계에 떠오르는 여성 CEO. 사회자는 세영의 배후자가 될 사람으로 재휘를 소개했다. 국내 굴지의 재벌 그룹 후손. 은둔의 후계자.

"아저씨죠?"

TV 화면을 가리키던 아이가 재휘를 보며 물었다.

병원 안, 재휘를 훔쳐보던 많은 사람들의 시선도 그렇게 묻고 있었다.

고집스럽게 다문 재휘 입 꼬리에 작은 경련이 일었다. 아침부터 걸려온 세영의 전화는 단순한 안부전화가 아니었다. 약혼 발표를 하기 전 마지막 통보.

물론 그 마저도 재휘 허락이 필요하진 않았으리라.

"아니!"

얼굴 가득 불쾌감을 드러낸 채 재휘가 통명스럽게 대꾸했다.

순간 재휘 몸에 매달려 있던 호기심 가득한 시선들이 우두둑 떨어져 나갔다.

동시에 한껏 소리를 낮춘 채 숙덕이던 목소리들도 일순 고요해졌다.

재휘가 응급실 쪽으로 방향을 틀었다. 그를 가로막고 있던 사람들이 양옆으로 갈라지며 길을 만들었다. 그들 사이로 빠져나가려던 재휘가 걸음을 멈췄다. 몇 발자국 앞, 연우가 자신을 보고 있었다.

아니 더 정확히는 재휘 등 뒤로 보이는 대형 TV 화면, 그곳에 시선이 고정되어 있었다.

\*\*\*

구불구불 언덕 골목길을 따라 재휘 자동차가 사라졌다.

한낮 불 꺼진 가로등 아래 연우를 내려놓고 재휘는 라벨르로 갈 거라고 했다. 런치 타임도 끝나갈 시간, 재휘는 이미 늦은 출근을 서두르고 있었다.

고맙다는 인사말도 제대로 건네지 못한 채 터벅터벅 옥탑방 계단을 오르는 연우 마음에 못내 미련이 남았다. 자꾸 뒤를 돌아보며 라벨르 주방을 떠올렸다.

한차례 전쟁을 치르고 조금은 숨을 돌릴 시간, 서진과 뒷정리를 하며 장난치던 과거의 시간들이 그리웠다.

셰프가 만들어주던 간식도, 수셰프의 잔소리도, 퇴근 시간 서진과 나눠 마시던 맥주 한 캔의 시원함도.

오랫동안 연락을 하지 못한 서진에게 문자를 보내며 마지막 계단을 오르고 크고 작은 베고니아 화분들이 모여 있는 옥상 화단을 지나 현관문 앞에 섰다.

"한연우?"

그때 누군가 연우 이름을 불렀다. 익숙한 목소리. 연우 등줄기로 서늘한 한기가 흘러 내렸다. 천천히 돌아섰다.

'아앗!'

순간 짧은 비명과 함께 아찔한 현기증이 연우를 집어 삼켰다.

"잘 지냈어?"

현기증이 지나간 자리, 익숙한 얼굴 하나가 쑥하니 들어왔다.

"박동하?"

옥탑 평상 마루, 동하가 앉아 있었다.

오른쪽 다리를 왼쪽 다리 위에 올린 채 반짝이는 구두코를 까딱 까딱. 걷어 올린 셔츠 소매 아래 고가의 시계가 오후 햇살을 받아 번쩍였다.

연우 심장이 벌렁댔다. 그런 연우 앞에서 동하는 미소 짓고 있었다. 고가의 티타늄 안경테 넘어 말려 올라간 눈꼬리, 웃을 때마다 한쪽 볼이 파이는 보조개. 한때 연우는 그런 동하의 미소를 좋아했다.

그러나 지금… 불쑥 나타난 동하의 존재도, 의미를 알 수 없는 미소도 불길했다.

"뭐야, 너?"

동하가 태연하게 자리에서 일어났다.

그가 일어난 평상 위에 누런 종이 박스 하나가 놓여 있었다. 현관문 문고리를 부여잡은 연우 손이 부르르 떨렸다. 초여름 더운 열기에도 연우의 손가락 마디마디 한기가 퍼졌다.

"아침부터 어디 갔다 오는 거야?"

마치 어제 헤어졌다 다시 만난 사람처럼 동하는 너무나 태연한 목소리로 연우에게 말을 걸고 있었다.

"네가 여기 왜 있어?"

연우 입에서 대답 대신 까칠한 질문이 튀어나갔다.

동하를 발견한 순간부터 불규칙하게 쿵쾅대던 심장이 뻑뻑하게 조여 오고 있었다. 숨이 가빴다. 열이 오른 두 눈은 유리조각이라도 박힌 듯 따끔거렸다.

"이 집 보증금, 내 몫은 찾았다."

"뭐?"

놀란 연우 목소리가 갈라졌다. 동하가 그런 연우 앞으로 한 발 다가섰다. 연우 주먹에 불끈 힘이 들어갔다.

"집 얻을 때 보증금 내가 절반 냈잖아. 알지? 그거 찾았다고."

"그거 때문에 여기까지 왔니?"

지독한 배신, 최악의 이별.

마지막 남은 추억 하나까지도 뭉개고야 마는 헤어진 연인들의 최후!

당장이라도 달려들어 쥐어뜯어놓고 싶었다. 그러나 지금 연우에겐 그럴 힘이 남아있지 않았다. 분노로 헤집어진 머릿속은 뒤죽박죽, 병원에서 막 퇴원한 팔과 다리는 제멋대로 후들댔다.

"계산은 바로 해야지!"

"변한 거니? 아니면 내가 쭉 착각을 하고 있었던 건가?"

자신이 알던 동하의 모습이 아니었다. 제주도 시내에서도 한참 들어간 시골 마을 중학교, 고등학교… 사춘기를 함께 보낸 수줍고 말수 없던 아이. 방황하던 자신의 곁을 묵묵히 지켜주던 소년은 분명 지금의 동하가 아니었다.

"곤란?"

"와이프한테도, 동료들한테도 내 꼴이 아주 우습게 됐거든. 체면이 말이 아니라고 너 때문에."

스스로 버리고 떠난 여자 앞에서 고작 체면을, 고작 곤란을 투정하듯 운운하는 동하를 노려보던 연우 입에서 헛웃음이 빠져 나왔다.

아직도 그를 기억하는 몸의 세포들이 아팠다. 가능하다면 자신의 청춘을 가득 채운 동하의 기억들을 모조리 파내 가루로 만들어 버리고 싶었다.

"이렇게 만든 게 나라고 생각해?"

"그럼 내가 배신했니?"

"난 여러 차례 너한테 기회를 줬어. 매번 내 경고를 무시한 건 너야."

"경고? 어떤 경고?"

금방이라도 달려들 듯 연우의 주먹이 부들댔다.

"네 멋대로 대학을 포기하고 요리를 시작했지. 겨우 주방 청소를 하고 설거지나 하면서 넌, 나에 대한 어떤 배려도, 이해도 구하려 들지 않았어."

"내가 쪽팔렸니?

"그럼 넌? 지금의 너와 내가 어울린다고 생각해?"

동하의 눈에 조소가 어렸다.

"널 위해서 내 꿈이라도 포기했어야 한다는 거야?"

"네가 네 인생을 선택했던 것처럼, 나도 내 인생을 선택했을 뿐이라는 거야, 한연우."

"억지 부리지 마, 박동하! 차라리 미안하다고 사과를 해!"

"우리가 헤어진 게 나만의 잘못은 아니잖아?"

자신의 곁을 떠난 동하에게도 이유는 있을 것이다. 그러나 백 번쯤 양보하고 천 번쯤 이해한다고 해도… 용서할 수는 없었다. 헤어짐에도 예의가 필요했다.

"다시는 보지 말자, 박동하!"

분노가 빠져나간 연우의 두 다리가 금방이라도 주저앉을 듯 후들댔다. 그런 연우 앞으로 동하가 다가왔다.

"이 집 곧 빼줘야 할 거야."

"꺼져!"

벌써 수년 전 이른 출근, 늦은 퇴근이 일상이던 라벨르에 취직하면서 이사했던 집.

하나 있는 적금을 깨고 동하의 돈까지 보태 들어온 곳.

여름엔 덥고 겨울에 추운. 그러나 꼬마 텃밭을 일굴 수 있는 옥탑 마당과 넓은 하늘을 맘껏 사용할 수 있는 특권이 부여된 곳. 남산 자락 봄꽃과 가을 단풍은 덤이었다.

동하와 헤어진 지금, 또 라벨르를 그만둔 이 상황에서 굳이 눌러앉을 이유는 없었다. 그렇다고 턱없이 모자란 보증금으로 들어갈 수 있는 집 또한 서울 하늘 아래, 존재하지 않았다.

그러나 오늘, 불쑥 쳐들어온 동하는 연우의 모든 고민들을 말끔히 해소시켰다.

눌러 앉고 싶어도 더 이상 눌러 앉을 방법이 없었다.

쿵쾅대며 계단을 내려가는 동하의 발소리를 들으며 연우가 무너지듯 평상에 주저앉았다. 동하가 놓고 간 종이박스가 바닥으로 떨어졌다.

늘어난 티셔츠와 뜯어진 슬리퍼. 레시피 관련 책들과 메모들. 빈 반찬통과 시들어가는 라벤더 화분….

동하 집에 있던 자신의 흔적들이 바닥으로 흩어졌다. 초라했다. 자신도, 박스 안 물건들도. 연우의 손등으로 눈물 한 방울이 툭 떨어졌다.

"한연우 씨?"

그때 재휘 목소리가 들렸다.

연우가 고개를 들었다. 돌아간 줄 알았던 재휘가 연우 앞에 서 있었다.

방금 동하가 내려간 계단, 그 끝에서 연우를 보고 있었다.

"대표님?"

"그게… 말하지 못한 게 있어서…."

재휘가 말끝을 흐렸다.

망설이는 재휘를 보며 연우가 눈물을 닦았다. 오후 햇살이 재휘 얼굴을 가리고 있었다. 그의 양 손에 들린 커다란 비닐봉지가 무심한 바람결에 저 혼자 바스락 소리를 내며 흔들렸다.

"좋았어."

"…?"

"한연우 씨 오믈렛. 내가 오랫동안 찾던 그 맛이라고."

"…?"

훌쩍 콧물을 들이마시며 눈물을 닦아내는 연우를 향해 재휘가 고개를 끄덕였다.

고양이가 주방 바닥으로 떨어뜨렸던 연우의 오믈렛.

재휘는 연우의 오믈렛을 먹으며 아주 오래 전 완이를 떠올렸다. 그녀를 처음 만났던 날, 그녀가 만들어준 오믈렛의 따뜻한 온기를.


***


그해 파리의 겨울은 우울했다.

며칠 동안 하늘은 어둡거나 흐렸다.

눈 대신 비가 내렸고 축축한 공기는 스멀스멀 살 속으로 파고들었다.

오랫동안 빛을 보지 못한 피부에선 부스럼이 일었고, 한번 시작된 감기는 좀처럼 차도를 보이지 않았다. 거리에 나온 사람들 표정은 침울했고, 입은 굳게 다물어져 있었다.

흐리고 춥고 습한, 그래서 우울한 파리의 겨울.

서 회장을 만나고 나오는 길이었다. 호텔을 나서는 재휘 머리 위로 진눈깨비가 흩날렸다.

-내 집안에서 네 멋대로 할 수 있는 일은 없다고 말했을 텐데?

두 눈을 부릅뜬 서 회장 목소리엔 노기가 서려 있었다.

-학교는 왜 네 멋대로 그만둔 거냐? 이곳까진 온 이유는 또

뭐야?

-미국 유학, 제가 원한 게 아니었습니다.

-그럼? 네가 원하는 게 싸구려 음식점에서 접시를 닦고 청소나 하는 거냐?

경멸에 찬 서 회장의 눈이 재휘를 찔렀다.

그의 눈이 스치는 곳마다 생채기가 나고 피가 흘렀다.

아프고 쓰렸다. 그래서 재휘는 말하지 못했다. 요리를 하겠다고. 이곳, 파리에서 요리사가 되겠다고.

자신처럼 꽁꽁 언 영혼을 가진 이들의 추위를 녹일 요리를 만들고 싶다고.

-어차피 상관없잖아요. 내버려두세요. 제 인생, 제가 알아서 살아요.

-널 처음 만났을 때 난 너에게 선택권을 줬다. 내게 오거나 내게서 떠나거나.

-그러셨죠.

-그런데 넌 날 따라왔어. 내 집안의 일원이 된 이상, 네 멋대로 사는 건 안 돼.

재민과 그의 가족들이 살고 있는 서울, 그의 대저택에서는 제대로 눈도 마주쳐주지 않던 존재. 먼 이국의 땅에서 만난 그는 재휘를 더 초라하게 만들었다.

-유학이 싫으면 들어와라.

-싫습니다.

-미련한 놈. 난 너의 의중을 묻는 게 아냐. 명령을 하는 거다.

아무리 도망쳐도 서 회장은 언제나 재휘 앞에 있었다. 벗어나려고 발버둥 치면 칠수록 자꾸만 조여 오는 서 회장의 그물. 재휘는 숨이 막혔다.


진눈깨비를 맞으며 목적 없이 걸었다.

파리의 오래된 도심, 구불구불 골목길들을 돌고 언덕을 오르고 다시 내려갔다.

그 사이 머리도, 코트도 젖어 들었다. 진눈깨비 녹아내린 물들이 머리카락 끝에서 떨어졌다. 꽁꽁 언 두 볼이 서걱댔다. 그러나 춥지 않았다. 아니, 추위가 느껴지지 않았다.

"괜찮아요?"

완이는 그렇게 물었다. 어서 오라거나 이쪽으로 앉으라거나, 그런 말이 아니었다. 괜찮냐고, 괜찮은 거냐고 묻고 있었다.

한겨울, 물이 뚝뚝 떨어지는 모직 코트를 바라보며. 부들부들 떨고 있는 재휘 손을 들여다보며.

"준비한 재료가 다 떨어져서… 문 닫으려던 참이었거든요."

노랗게 익은 오믈렛 접시를 재휘 앞에 내려놓으며 완이가 미안한 표정을 지었다.

마른 수건으로 젖은 머리를 닦던 재휘가 시간을 확인했다. 밤 10시를 넘어가고 있는 시각.

"지난번에 한번 왔었던 거 기억나는데…"

완이는 재휘를 기억하고 있었다.

"가게가 워낙 좁아서, 한 번 찾아온 손님은 기억하는 편이에요."

아는 체를 한 게 무안했던지 완이가 괜한 변명을 덧붙였다.

오믈렛을 먹던 재휘가 처음으로 빙그레 웃었다. 난로의 온기 탓이었을까? 아니면 완이가 만들어준 따뜻한 오믈렛 탓이었을까? 꽁꽁 얼어있던 재휘의 몸도 마음도 노곤노곤 녹아내렸다.

"세 번째에요."

"네?"

"여기… 세 번째, 오는 거라구요."

라벨르.

출입문 옆 나무간판이 대롱대롱 매달려 있었다.

서너평 남짓, 가게 안 이곳저곳 한국말과 프랑스말로 된 메뉴판이 붙어 있었다.

창틀 앞 옹기종기 모여 있는 베고니아 화분엔 붉은 포인세티아와 칼랑코에가 만개해 있었다. 열린 창문을 타고 빵 익는 냄새가 거리로 흘러 넘쳤다.

골목을 지나가던 사람들이 걸음을 멈추고 가게 안을 기웃댔다. 재휘도 걸음을 멈추고 창문 안, 그녀의 주방을 들여다보고 있었다.

잔 꽃무늬가 들어간 앞치마를 두르고. 손님들을 향해 얼굴 가득 미소를 만드는 여인.

갓 구워진 빵을 자르는 그녀의 작은 손이, 유난히 하얀 얼굴이, 새카만 눈동자가, 붉은 입술이… 고소한 버터 향과 뒤섞여 재휘 몸속으로 스며들었다.

'완이?'

누군가 그녀의 이름을 불렀다. 재휘도 조용히 따라 불렀다.

그때였다. 재휘 눈과 창문 안 그녀의 눈이 마주친 건.

피할 사이도 없이, 그녀의 두 눈이 재휘 가슴을 파고들었다. 우두둑 소리를 내며 재휘 심장이 떨어져 내렸다. 숨이 막혔다.

"자꾸 생각나서…."

"내 음식이 그렇게 인상적이었나? 얼굴까지 붉어지게?"

난로 앞, 젖은 재휘 코트를 뒤집어놓으며 완이가 장난스럽게 물었다.

"당신이요."

재휘가 낮게 중얼댔다. 그러나 삐, 소리를 내며 끓어 오른 주전자 소음에 재휘 목소리가 묻혔다.

"뭐라고 했어요?"

완이가 재휘를 향해 고개를 돌렸다.

"당신이, 당신이 자꾸 생각났어요."

그랬다. 진눈깨비를 따라온 곳에 완이가 있었다.

막 간판 불을 내리고 창틀에 모여 있던 화분을 안으로 들여 놓으며 완이는 콧노래를 흥얼대고 있었다.

향기로운 냄새와 맛있는 음식, 따듯한 온기로 가득한 곳. 재휘가 속한 춥고 습한 세상과 달리 완이가 속한 세상은 한없이 아늑하고 평화로워 보였다.

가능하다면 그녀의 세상, 그녀의 온기 속으로 재휘는 들어가고 싶었다.

"나 아직 그쪽 이름도 모르는데…."

얼굴 가득 주름을 만들며 완이가 환하게 웃었다.

재미있다는 듯 장난스럽게 하얀 이를 드러내며 미소 짓는 완이 앞에서 재휘 몸이 붉게 달아올랐다. 부어 오른 목이 따끔댔다.

"괜찮아요."

"…?"

"이름은 차차 알아 가면 되니까."

그게 시작이었다.

# 이상한 동거

"뭐야, 너?"

주방에서 막 내린 커피를 백색의 웨지우드 커피 잔에 담아 거실로 나오던 재휘 눈이 튀어 나왔다.

거실 한가운데 여기저기 긁히고 때가 묻은 캐리어 하나와 연우가 덩그러니 놓여 있었다.

"문이 열려 있어서…."

"그런데?"

" 쫓겨났거든요… 제가."

동하가 나타났다 사라진 이후부터 연우는 집 주인을 요리조리 피해 다녔다.

작달막한 키에 구부정한 어깨, 반쯤 벗겨진 머리와 부리부리한 눈을 가진 주인은 괴팍하고 까탈스러운 성격을 지닌 독거노인이었다.

6시가 되면 마당을 쓰는 것으로 하루를 시작했고, 9시 뉴스가 끝나는 밤 10시, 취침에 들어갔다.

그와 마주치지 않기 위해 연우는 해 뜨기 전 알바를 나갔고 10시가 넘은 시간, 1층 불이 모두 꺼지면 도둑고양이처럼 옥탑방으로 숨어들었다.

그런데 하필 이틀 전, 오랜만에 찾아왔던 서진이 옥상을 기웃대던 노인에게 딱! 덜미를 잡히는 사건이 터지고 말았다.

자신을 피해 다니는 연우에게 바짝 약이 올라 있던 노인은 죄 없는 서진을 다그쳤고, 견디다 못한 서진은 울먹이며 연우에게 전화를 걸었다. 어떻게든 버텨보자는 연우의 1차 전략은 그렇게 끝이 났다.

헐렁한 런닝 셔츠 차림으로 쩝쩝대며 이쑤시개를 문 노인 앞에서 연우는 머리를 조아렸다. 가슴골과 허벅지가 훤히 드러난 원피스를 입고 소주잔을 치켜든 연예인이 인쇄된 부채로 부채질을 해대며 노인은 연우를 째려보고 있었다.

노인의 따가운 시선에 주눅 든 연우의 고개가 더 깊이 내려갔다. 양 손이 저도 모르게 가지런히 모아졌다. 그런 연우를 비웃기라도 하듯 노인은 동하가 빼간 보증금을 채워 넣지 않을 거면 당장 집을 비우라고 명령했다.

'빌어먹을 영감탱이!'

입에서 튀어나오려는 욕지거리를 씹어 삼키며 연우가 비굴한 미소를 만들었다. 이대로 쫓겨날 수는 없지 않은가? 가난한 자에게 자존심은 사치, 생존을 위한 비굴함은 용기라고 누군가 말했다.

"시간을 조금만 더 주시면 제가 보증금은 어떻게든…."

"내일까지 돼?"

"내일은 좀…."

"그럼 빼!"

피도 눈물도 없는 냉혈한. 결국 절절한 사과도 눈물겨운 읍소도 통하지 않았다.

쫓겨나지 않기 위해 벌였던 그간의 모든 노력들은 물거품이 되어 훨훨 날아갔다. 막막했다. 이 넓은 서울 하늘 아래, 작은 몸 하나 누일 곳 없다는 사실이 서글펐다.

"박동하, 이 개자식! 언젠가 내가 꼭 복수한다."

연우의 이가 뿌드득 갈렸다. 총총히 계단을 내려가던 노인이 연우의 악다구니에 놀라 힐끔 돌아봤다. 그러거나 말거나 연우가 평상에 풀썩 주저앉았다.


서진은 제 집으로 가자며 연우를 위로했다. 그러나 가족과 함께 살고 있는 서진에게 신세를 질 수는 없었다.

인터넷 복덕방과 벼룩시장을 뒤졌다. 싼 집, 싼 방, 고시원… 선택지는 좁혀졌다. 그러나 좁디좁은 고시원에 들어가기 위해서는 그간 사 모은 조리 도구들을 포기해야 했다.

'말도 안 돼.'

요리사에게 조리 도구는 제2의 생명. 요리를 포기하지 않는 한 절대로 버릴 수 없는 분신. 궁하면 통한다고 했던가! 그때 연우의 머릿속에 한 사람 얼굴이 떠올랐다.

계절 꽃들이 만발한 마당과 허브향이 은은하게 퍼져 있는 넓고 쾌적한 집을 가진 사람. 어쩌면 그라면 자신을 받아줄지도 모른다는 마지막 희망을 품고 연우는 재휘 집 앞에 서 있었다.

"쫓겨났다는 거야?"

"사정이 좀…."

연우의 입술이 바삭바삭 말라갔다. 그런 연우를 보는 재휘 머릿속으로 불길한 예감이 지나갔다.

"그럼 너 설마?"

"신세 좀 지려고요."

연우가 고개를 끄덕였다. 순간 재휘 손에 들려 있던 찻잔에서 뜨거운 커피가 쏟아졌다.

"대표님?"

"그만! 가까이 오지 마!"

달려드는 연우를 재휘가 제지했다.

"잠깐이요. 새 집 구할 때까지만…."

"한연우 씨, 미쳤어?"

재휘 입술이 파르르 떨렸다.

서회장과 세영 문제만으로도 머리가 아팠다. 그런데 하필, 고요한 일요일 아침, 모닝커피를 즐길 여유도 주지 않고 폭탄 하나가 또 떨어졌다.

"미친 여자가 편하시면 그렇게 생각하셔도 좋구요."

"뭐?"

"제 사정이 좀 미치고 싶긴 하거든요."

"안 돼!"

재휘 목소리가 날카롭게 선을 그었다. 연우가 털썩 캐리어 위에 주저앉았다.

"이렇게 넓은 집 혼자 사용하면서 미안하지도 않으세요?"

"누구한테? 너한테?"

"당연하죠."

"이게 미안해야 할 문제야?"

"너무 불공평하잖아요. 저 문간방 하나 빌려준다고 하늘이 두 쪽 나는 것도 아니고…."

침입자 주제에 불공평이란 말은 어울리지 않았다. 또 하늘이 두 쪽 나는 일은 발생하지 않겠지만 재휘 자신의 평온은 이미 파탄 나 있었다.

"네가 내 일요일을 망쳤어."

"불우이웃 한번 돕는다고 생각하세요."

"아니, 안 할 거야."

예상과 달리 재휘의 반발은 완강했다. 그러나 연우는 더 이상 물러설 곳이 없었다.

"월 30. 방 하나 얻어 쓰는 것치곤 비싸지만 통 크게 부담할게요."

"나가!"

더 이상 듣고 싶지 않다는 듯 재휘가 캐리어와 함께 연우를 밀어냈다.

덜덜대며 끌려 나가는 캐리어 위에서 연우가 재휘 팔에 매달렸다.

"제발요. 물도 아껴 쓰고 전기도 아껴 쓰고. 시끄럽게 굴지도 않을게요."

"싫어. 절대 안 돼!"

"청소 빨래 요리 다 제가 할게요."

"꿈도 꾸지 마!"

"그럼…."

연우가 자신을 옥죈 재휘 팔을 뿌리쳤다. 서로에게 성난 두 사람의 눈이 공중에서 부딪쳤다.

"조금만 견뎌줘요."

"…?"

"갈 곳이 없어요. 생각나는 사람 대표님밖에 없었다구요."

장난기를 거둔 연우의 두 눈이 간절했다.

순간 재휘 가슴속에서 우두둑 소리를 내며 뭔가 떨어져 나갔다.

'도대체 왜?'

이 아이는 자신 앞에서 이토록 솔직한 것인가?

왜 자신은 또 가던 걸음을 멈추고 돌아보고 있는 것인가?

손을 내밀고 곁을 내어주고 왜 자꾸만 안부를 묻고 있는가?

재휘 가슴속 무엇인가 떨어져 나간 자리, 쌩하니 찬바람이 들어찼다.

"대표님이라면 안심할 수 있으니까, 그래서…."

"…?"

두 발을 벼랑 끝에 걸친 채, 자꾸만 뒤로 넘어가는 몸을 지탱하기 위해 두 팔을 앞으로 뻗어 휘젓고 있었다.

누구라도 손을 내밀어 잡아주지 않으면 금방이라도 절벽 아래, 시커먼 바닷물 속으로 떨어져 내릴 것만 같았다.

그래서였다.

처음 만났을 때도 지금도…. 재휘는 연우가 공중을 향해 휘젓고 있는 두 팔을 차마 외면하지 못했다.


까칠한 재휘와 어디로 튈지 모르는 연우 그리고 신경질적인 고양이 한 마리.

취향도, 취미도, 식성까지도 완벽하게 제각각인 세 생명체의 이상한 동거는 그렇게 시작됐다.

오래 걸리지는 않을 거라고 말했다. 곧 집을 구해 나가겠다고.

재휘는 연우의 말을 믿었다. 아니, 믿고 싶었다. 그러나 재휘의 믿음은 하루도 지나지 않아 무참하게 뭉개졌다.

연우가 현관문 앞 방 하나를 차지한 다음 날, 재휘 집 앞으로 이삿짐 트럭이 도착했다. 착오라고 생각했다. 번지수의 오류라고.

"버릴 수는 없잖아요. 라벨르 월급 차곡차곡 모아서 사들인 것들이라…."

"저걸… 내 집에?"

연우가 고개를 끄덕였다.

"제 전 재산이거든요."

"...?"

결국 이삿짐센터의 착오도 번지수의 오류도 아니었다. 연우를 따라 연우의 전 재산이 줄줄이 들어오는 장면을 지켜보며 재휘는 깨달았다. 자신의 경솔함. 악용된 선의.

그러나 너무 늦었다. 막아설 틈도 없이, 눈 깜짝할 사이 연우 옥탑방에 있던 주방 기기들이 재휘 주방을 점령해버렸다.

"복 받으실 거예요."

복? 그런 건 존재하지 않았다. 연우의 등장은 처음부터 끝까지 재앙이었다.

먼지 한 톨 없이 반짝반짝 빛을 발하던 재휘 주방은 만 하루도 지나지 않아 전쟁터로 돌변했다.

청결한 모습으로 제자리를 지키던 주방 집기들은 어느 순간 제자리를 잃고 여기저기 뒹굴었다. 인덕션 주변으로 음식물 찌꺼기가 덕지덕지 들러붙기 시작했다.

주방 바닥엔 식재료 껍데기들이 굴러 다녔고, 식탁엔 먹다 남은 음식물들이 며칠씩 방치되어 있었다. 집 안 가득 음식물 냄새가 켜켜이 쌓여 갔고, 좀처럼 빠져나갈 기미를 보이지 않았다.

"오늘 아침 콩소메 어때요, 대표님?"

"됐어!"

연우는 매일 아침, 식사를 준비했다. 어둠이 걷히는 새벽의 고요, 향기로운 에스프레소로 시작되던 재휘 아침은 요란한 도마 소리와 음식 냄새로 가득 찼다. 수년간 아침을 거르던 라이프 스타일은 가볍게 무시당했다.

"평가는 좀 해주시지. 새벽부터 설쳤구만."

"내가 네 시식평가단인 줄 알아?"

"치사하긴."

출근하는 재휘 앞을 가로막고 수프 그릇을 들이밀던 연우가 입을 삐죽댔다.

그냥 지나치려던 재휘가 그런 연우를 향해 신경질적으로 돌아섰다.

"네 콩소메는 빵점이야."

"왜요?"

심술궂은 재휘 평가에 연우가 발끈했다.

"콩소메는 맑은 국물 수프야. 그런데 네가 들고 있는 건 맑은 국물이 아니라 돼지 죽이야."

"헐? 어디가요?"

"고기, 채소 넣고 무작정 끓인다고 다 콩소메가 되는 줄 알아? 충분한 시간, 각고의 인내가 필요한 요리가 바로 그 요리야."

고기 불순물을 제대로 걸러내지 못한 게 문제였다.

이른 새벽, 깜빡 조는 사이 불순물을 걸러줄 달걀흰자가 다 익어버렸고, 결국 고기와 채소에서 떨어져 나온 이물질들이 둥둥 떠다니는 탁한 국물이 되고 말았다.

'귀신이네!'

재휘는 변명할 기회도 주지 않고 연우를 남겨둔 채 출근해버렸다. 현관문을 나서기 전 자신의 고양이한테 절대 먹이지 말라는 경고를 남긴 채.

"화이트, 이리와!"

재휘의 경고에도 불구하고 연우는 고양이를 찾아 온 집 안을 뒤졌다.

연우가 집에 들어온 이후 재휘는 더 이상 고양이를 데리고 출근하지 않았다. 결국 고양이는 자신의 의지와 무관하게 연우와 함께 남겨졌다.

고양이 눈에 연우는 괴팍해 보였고, 위험했으며 때론 불친절했다. 청소를 하다가도 뭉친 고양이털을 발견하면 화를 내며 투덜댔다. 허락도 없이 뜨거운 물에 목욕을 시키고 종종 아주 자주, 실패한 자신의 음식을 먹으라며 강요했다.

"먹어봐! 영양식이야!"

고양이는 그런 연우가 싫었다. 되도록 가까이 하고 싶지 않은 생명체. 방법은 하나였다. 연우의 눈에 띄지 않는 것.

연우와 단 둘이 남겨지면 고양이는 폭신한 소파 깊숙이 몸을 파묻은 채 움직임을 최소화했다.

윤기 나는 하얀 털을 두 발로 고르며 연우를 관찰하고 의심에 찬 눈으로 경계했다. 아침식사부터 청소, 빨래까지 분주하게 오전을 보낸 연우는 알바를 나가기 전까지 재휘 주방에 틀어박혀 뭔가에 열중했다.

그럴 때마다 실내 가득 달달하면서도 고소한 향기가 퍼졌다. 어딘지 익숙하고 편안한 냄새. 두 눈을 가늘게 뜨고 그 향기를 쫓아가다 보면 고양이는 저도 모르게 깊은 잠속으로 빠져 들곤 했다.

연우가 알바를 나간 후에야 고양이는 잠에서 깨어났다.

완벽하게 혼자 남겨진 시간, 소파에서 일어나 정원으로 나갔다.

촉촉한 잔디와 싱그러운 허브들이 자라는 곳. 부드러운 네 발로 나비를 쫓고 왈츠를 추듯 담장을 걷고, 날쌘 몸짓으로 나무 위 새를 사냥하고. 그렇게 온몸에 바람과 먼지와 흙과 나뭇잎을 묻혀 집 안으로 돌아왔다.

향기롭고 청결한 재휘 방을 지나 종이 냄새로 가득 찬 서재, 발 디딜 틈 없이 더럽고 우중충한 연우 방을 순회하며 묻혀온 바람과 먼지와 흙과 나뭇잎을 털어냈다.

더러워진 집을 보면 연우는 또 방방 뜨며 분노할 것이다. 말썽쟁이 고양이를 잡겠다며 이곳저곳을 휘젓고 다닐 것이고, 그럼 고양이는 뿔난 연우를 피해 넓고 아늑한 재휘 품으로 숨어들 것이다.

두 눈을 부릅뜬 채 콧김을 뿜어내는 연우를 상상하며 고양이는 식탁 아래 그녀가 준비해둔 마른 사료를 샤박샤박 씹어 삼켰다.

퍽퍽하고 목이 메이는 병맛! 그러나 누런 고깃 국물보다는 비위가 덜 상했다. 거기다 노란 털을 가진 예쁜 암컷 고양이가 사료 포장지 모델이 아니던가?

\*\*\*

"약을 조금씩 줄이는 게 좋겠어."

환자용 의자에 깊숙이 몸을 눕히고 있던 재휘가 눈을 떴다.

"낫고 있다는 건가?"

기대가 담긴 질문은 아니었다. 벌써 몇 년째, 지속된 병원 치료에도 재휘 몸은 잃어버린 감각들을 되찾지 못하고 있었다.

　의료용 차트에 뭔가를 적어 넣던 지석이 그런 재휘에게 힐끔 시선을 던졌다.

　정신의학과 과장.

　지석의 새하얀 가운 왼쪽 가슴에서 명찰이 반짝였다.

　"아니, 넌 아팠던 적이 없어."

　"…?"

　"네 미각, 사라진 게 아니거든. 지우고 있을 뿐이야, 너 스스로."

　"돌팔이!"

　투덜대며 일어난 재휘가 창문을 열어젖혔다.

　어둠 속 촘촘히 박혀 있는 도시 불빛들이 휘황했다.

　빛과 빛을 연결하는 밤공기는 포근했다. 재휘의 상체가 떨어질 듯 창밖으로 밀려 나갔다. 답답했다. 지워진 감각들도, 나을 것 같지 않은 상처들도.

　"여기 대한민국 최고 병원이야. 그리고 난 이곳 에이스지!"

　"차라리 치료할 자신이 없다고 말해."

　아이처럼 투정부리는 재휘를 보며 지석이 피식 웃었다.

　실제로 재휘의 미맹은 신체의 손상도, 유전적 요인도 아니었다. 스스로 만든 마음의 병. 치료법 같은 게 있을 리 없었다.

　"그런데 나, 맛을 느낀 것도 같아."

　"…?"

　어둠을 향해 무심히 내뱉은 재휘의 고백이 바람에 실려 오랜 친구이자 주치의인 지석의 귓속을 파고들었다.

손에 들려 있던 볼펜을 차트 사이에 끼워 넣으며 지석이 재휘를 향해 의자를 돌렸다.

"재휘야?"

다정한 부름. 그러나 평소와 달리 긴장과 기대가 녹아 있는 목소리.

재휘가 지석을 향해 돌아섰다.

"맛을 느꼈다고?"

재휘가 고개를 끄덕였다. 그러나 재휘의 눈 속엔 어떤 감정도 담겨 있지 않았다.

상처를 감추기 위해, 슬픔을 숨기기 위해 모든 감정들을 지워버린 눈. 그래서 차고 건조한.

그럼에도 지석은 알고 있었다. 그 안에 숨은 아픔. 모든 감각들을 지워버릴 만큼 고단했던 재휘의 상처.

"처음엔 상상이 만들어낸 맛이라고 생각했어. 기억이 간직하고 있던 맛이 되살아난 것일 뿐이라고."

마른 숨을 토하며 허공을 바라보는 재휘 목소리가 허허로웠다.

"그런데?"

길고 어두운 터널, 스스로를 가두고 있던 재휘가 이제 막 터널 밖으로 나오려 하고 있었다. 그런 재휘를 향해 지석이 손을 내밀었다.

"그런데 언젠가부터 혀뿌리를 타고 들어오는 맛이 진짜라는 걸 깨달았어. 미세했지만 분명 그건 내 감각들이 만들어낸 맛이었거든."

"…?"

"짜고 쓴맛, 맵고 단맛, 알싸하게 혀끝을 마비시키는 그런 맛들…."

완이를 잃은 후 사라졌던 감각들.

"언제부턴지 기억이 나?"

재휘가 고개를 저었다.

"정확치 않아. 그런데…."

"…?"

"모든 음식의 맛이 느껴지는 건 아니라서…."

"특정 음식에서만 맛이 느껴진다는 거야?"

"아니."

이해할 수 없다는 듯 지석이 고개를 갸웃 기울였다. 재휘가 마른침을 삼켰다.

"그럼?"

"어떤 사람이 만든 음식…."

"어떤 사람?"

그랬다. 어처구니없게도 재휘 혀는 연우 요리에 반응했다.

가지구이 오르되브르가 시작이었는지, 얼마 전 만들어놓고 갔던 오믈렛이 시작이었는지….

그도 아니면 처음 만났던 날, 재휘 몸속으로 파고들던 연우의 혀끝에 묻어 있던 아릿한 와인의 맛이 시작이었는지. 재휘는 정확히 알지 못했다. 다만 그녀가 만든 음식들이 잊고 있던 맛의 기억을 하나씩 되살리고 있다는 사실만은 틀림없었다.

"여자야?"

"…?"

"널 변화시키고 있는 게 혹시 여자냐고?"

여태껏 마음의 병을 치료해온 것은 현대 의학도 첨단 약품도 아니었다. 상처 입은 마음과 그것을 발견한 이의 마음이 만나는 지점. 그곳에서 치유는 시작됐다.

지석의 입가에 묘한 미소가 번진 건 그래서였다. 의학도 약품도 하지 못한 일, 그것은 사람이 만들어 내는 기적. 어쩌면 재휘에게도 그런 기적이 일어날지 모른다는 기대.

"아니, 그런 건 아니고. 그냥 아는 사람."

"그냥 아는 사람? 아는 사람이면 아는 사람이지 그냥 아는 사람이 어디 있어?"

"있어, 그런 사람."

재휘가 말하는 사람이 누구든, 그건 중요하지 않았다. 터널 속, 스스로를 가둔 재휘를 밖으로 끌어낼 수만 있다면.

자신이 하지 못한 일을 해내고 있는 재휘의 '그냥 아는 사람'이 지석은 궁금해졌다.


"실패!"

연우가 입안에 든 음식을 싱크대 안으로 게워냈다.

또 실패였다. 벌써 몇 번을 반복했지만 원하는 소스 맛이 나오지 않았다.

"냄새 좋고, 모양 좋고. 뭐가 문제야?"

걸쭉하게 딸려 올라오는 스테이크 소스를 이리저리 휘저으며 툴툴댔다.

그때 집안으로 들어오던 재휘가 주방에서 혼잣말을 중얼대는 연우를 발견했다.

식재료와 주방도구들로 어질러진 주방 한가운데 헐렁한 반팔 티셔츠, 늘어난 추리닝 바지, 둘둘 말아 젓가락으로 고정시킨 머리를 한 연우 모습이 심란하고 한심했다.

"고기 육수를 베이스로 이용해봐."

프라이팬을 싱크대로 가져가려던 연우가 후다닥 돌아섰다.

"뭘 그렇게 놀라?"

"어, 언제 들어왔어요?"

"지금."

"왜 소리도 없이…."

적반하장이었다. 연우의 괜한 신경질에 자신의 방으로 들어가려던 재휘가 휙 돌아섰다. 엉거주춤, 연우가 뒷걸음질 쳤다. 그런 연우 얼굴 앞으로 재휘가 바싹 고개를 들이밀었다.

"잊었나 본데 한연우 씨, 여기 내 집이야."

"알아요. 누가… 뭐래요? 난 어서 오시라는 뜻에서…."

"저기, 저기, 여기."

음식 찌꺼기와 기름때가 줄줄 흐르는 조리 도구들이 쌓인 싱크대. 만들다 만 요리 재료들이 어지럽게 널려 있는 식탁. 재료 손질 과정에서 나온 흙과 오물들로 더럽혀진 주방 바닥.

"치워! 네 흔적들."

"…?"

"지금부터 내 주방에선 기본부터 지켜! 난 더러운 요리사가 만든 음식은 절대 먹지 않아."

"와, 더럽다뇨? 제가 얼마나… 어? 근데 지금 뭐라고 하신 거예요?"

연우 눈이 동그래졌다.

그런 연우를 보는 재휘 입술에 망설임이 매달렸다. 치료 기회는 항상 오지 않는다는 지석의 말이 떠올랐다. 확인하고 싶었다. 아니, 확인해야 했다. 연우의 무엇이 자신을 변화시키고 있는 것인지.

"거기 사인해!"

소파 등받이 깊숙이 몸을 묻은 재휘가 가지런히 손을 모은 채 눈치를 살피는 연우 앞으로 종이뭉치를 던졌다.

"뭐예요?"

"네 말대로 해주려고."

"계약서?"

"멘토, 돼줄게."

헉! 뜻밖의 제안에 연우 눈이 동그래졌다.

"왜… 왜요?"

"싫어?"

"아뇨!"

빼앗기기라도 할까 연우가 계약서를 끌어안았다.

"물론, 조건이 있어."

"…?"

"지난번 내 제안, 받아들이겠다고 했지?"

긴장한 채 연우가 고개를 끄덕였다.

"계약서에 사인하는 순간 넌 내 요리사가 되는 거야. 그 말은 곧 내가 원하는 맛을 만들어내야 한다는 뜻이지. 할 수 있겠어?"

"불공평해요."

연우가 발끈했다. 재휘가 갸웃 고개를 기울였다.

"불공평? 어디가?"

"너무 자의적이잖아요, 맛이란 게."

"시키는 대로 다 하겠다며?"

"그래도 그건…."

"싫어? 그럼 하는 수 없고."

재휘가 연우 손에서 계약서를 빼앗았다.

"매달 내겠다고 약속한 월세도 받지 않을 생각이었는데…."

"잠깐만요."

연우가 계약서를 다시 빼앗았다.

"해요, 한다고요. 이 계약!"

"할 수 있겠어?"

"당연하죠."

"먼저 파기하면 위약금을 물어야 해."

위약금이란 말에 연우 눈빛이 살짝 흔들렸다.

"예를 들면 밀린 월세 일시불 정도."

'사기꾼!'

연우가 재휘를 째려봤다.

그런 연우를 보는 재휘 입술이 한쪽으로 씨익 끌려 올라갔다.

"그래도 할 거야?"

"그럼요. 제 요리에 자신감 가지라면서요, 대표님이."

연우 입술에 비굴한 미소가 매달렸다.

"여기, 사인하면 되죠?"

"거기두. 메뉴는 계약서 뒤에 첨부했어. 매일 하나씩, 거기 있는 순서대로."

"그런데 왜 직접 하지 않는 거예요?"

"…?"

사인이 담긴 계약서를 내밀며 연우가 물었다. 재휘 표정이 굳었다.

"질문은 안 받아."

"그렇게 괴팍하게 굴 거 없잖아요."

"괴팍?"

"기본 정보는 알아야죠. 지금부터 제가 대표님 개인 요리산데…."

연우 손에서 계약서를 휙 뽑아낸 재휘가 얼굴을 바짝 들이밀었다.

"나에 대해 알고 싶어?"

"뭐, 일적으로다…. 알러지가 있다거나 특별한 취향이 있다거나…."

"알려지 같은 거 없어. 특별한 취향도 없고. 그러데 난, 먼지투성이 거적을 뒤집어쓴 채 요리를 한다거나, 산발한 머리로 조리대 앞에 선다거나, 주방을 쓰레기장으로 만든다거나 하는 건 절대 용서가 안 돼."

"아아, 그렇구나!"

바짝 들이댄 재휘를 피해 연우가 슬금슬금 몸을 뺐다.

"허락도 없이 나만의 공간에 들어간다거나, 내 욕실을 사용한다거나 하는 일들. 더더욱 참을 수가 없어."

연우가 들어온 이후 마른 욕실 바닥에선 물이 찰랑대고, 슬리퍼는 물에 젖어 질퍽댔다. 엉킨 머리카락이 하수구를 틀어막고 젖은 수건이 아무 곳에나 널브러져 있었다. 재휘의 인내가 임계점을 넘고 있었다.

"아, 그… 그게…."

"한연우 씨가 출입할 수 있는 공간과 그렇지 않은 공간, 내가 분명히 구분해준 것 같은데? 아주 친절하게."

"그게…."

"그게?"

"대표님 욕실에만 욕조가 있다 보니까, 제가 잠깐 실례를…."

버벅대는 연우를 재휘가 노려봤다.

"딱 두 번이었다구요. 신기하기도 하고 해서…."

"됐고. 다시 한 번 금지된 공간에 허락 없이 들어가면… 한연우 씨는 이 집에서 아웃이야. 영원히!"

"…!"

서슬 퍼런 노기를 뿜어내고 나서 재휘는 제 방으로 사라졌다.
찌릿찌릿 한기를 털어내듯 연우가 파르르 몸을 떨었다.

"성깔머리 하고는…. 확 독이라도 탈까 보다."

\*\*\*

"이게 말이 돼?"

연우가 식탁 의자에서 벌떡 일어났다.

엉덩이에 밀려나간 의자가 바닥으로 쿵 쓰러졌다.

거실 소파, 온몸을 쿠션 속에 파묻은 채 깜빡깜빡 졸고 있던 고양이가 번쩍 눈을 떴다.

재휘의 지적에도 여전히 산발이 된 머리카락, 붉으락푸르락 부어오른 얼굴. 고양이 눈에 비친 연우는 분명 제정신이 아니었다. 고양이가 슬금슬금 재휘 방으로 몸을 피했다.

"음식에 정체성이 없다고?"

재휘가 퇴짜 놓은 음식들이 식탁에 고스란히 남아 있었다.

식으면서 치즈가 굳어버린 감자 수프, 말라가는 바게트, 갈변이 시작된 푸아그라 스프레드….

씩씩대던 연우가 바게트 위에 스프레드를 덕지덕지 발라 한 입 베어 물었다.

-불량 식품 맛이야.

"아 뇨, 어디가?"

-맛있다, 맛없다. 딱 두 가지로 구분할 수 있는 그런 맛!

"미친 거 아냐?"

-나쁜 요리는 기분 좋은 상상대신 불쾌감을 주지. 바로 네 요리 처럼!

이 정도면 입맛이 까다로운 것이 아니라 의도된 갑질, 사악한 심술, 그도 아니면 변태적 가학. 셋 중 하나가 틀림없었다.

다음 날도 그 다음 날도 재휘는 연우가 만든 요리에 고개를 저었다.

어떤 날은 텁텁한 국물 맛을 타박하고, 어떤 날은 재료 조합이 엉망이라며 화를 냈다. 향기가 깔끔하지 못하다거나 식감이 뭉개졌다거나 데커레이션이 엉망이라거나….

음식 종류보다 많은 트집거리를 찾아내는 재휘를 보며 연우 마음속 오기가 스멀스멀 기어올라 마지막 경계선에 매달렸다.

"잠깐!"

외출을 하려는지 말끔한 슈트 차림으로 방을 나서는 재휘 앞을 연우가 막아섰다.

"뭐야?"

불쾌한 듯 내려다보는 재휘 턱 밑으로 연우가 스튜 볼을 들이밀었다.

한 번만 더 납득할 수 없는 이유로 자신의 요리를 퇴짜 놓으면 음식이 든 그릇을 확….

"드셔보시죠. 불량인지 아닌지?"

"포토푀?"

기름기 적은 소고기 부위를 골라 큼직큼직하게 썰고 파슬리, 타임, 월계수 잎, 샐러리 등을 실로 묶은 브케가르니와 함께 찬물에서 두세 시간 끓인 스튜.

고기가 부들부들 익으면 양배추, 당근, 감자, 토마토, 샐러리… 각종 채소를 넣고 후추, 소금으로 간을 하면 끝. 고기와 채소가 서로의 몸을 녹이며 섞이는 시간만을 인내한다면 누구나 쉽게 만들 수 있는 요리다.

만약 조금 색다른 맛을 원한다면 카레 가루를 톡톡. 상상만으로도 군침이 도는 맛! 연우는 니스에서 먹었던 카레 맛 포토푀를 가장 좋아했다.

"다시!"

뜨거운 국물을 맛본 재휘가 스튜 볼 뚜껑을 소리 나게 덮었다.

"왜요?"

이해할 수 없었다. 발끈한 연우가 재휘 앞을 다시 막아섰다.

"내가 원하는 맛이 아니야."

"그게 뭔데요?"

재휘 손가락이 연우 머리를 한쪽으로 밀어냈다.

"레시피대로 해."

"…?"

"네 상상, 네 생각 넣지 말고. 내가 준 레시피대로 하라고!"

'이런 미친!'

연우 얼굴이 벌겋게 달아올랐다.

"너무 하잖아요."

현관문 앞에서 재휘가 돌아섰다.

"내가? 너무해?"

"난 로봇이 아니에요."

요리는 새로운 것을 창조하는 작업이다. 고유한 맛을 지닌 제각 각의 재료들을 섞고, 익히고, 볶고, 굽고, 튀기고. 그 과정에서 제3 의 맛이 만들어진다. 레시피는 레시피일 뿐, 재료를 선택하고 손 질하고 조리하는 과정은 전적으로 요리사의 선택이고 재량이다.

"너한테 로봇이 되라고 말한 적 없어."

"…?"

"끓이는 중간중간 고기에서 나온 불순물 제거는 기본이야. 맑고 담백한 국물을 원한다면 말이야. 또 죽을 끓이는 게 아니라면 단단 한 채소는 버터에 볶은 후에 넣어주는 게 어떨까? 식감도 살고 탁 한 국물 방지도 될 것 같은데. 물론 최악은 이 카레 가루였어. 아무 거나 섞는다고 퓨전이 되진 않아. 맛은 허세가 아니라 조화거든."

재휘의 조롱에 오물을 뒤집어쓴 듯 연우가 새파랗게 질렸다.

"기본부터 익혀."

"모르겠어요."

"…?"

"대표님이 원하는 맛. 그게 뭔지… 하나도 모르겠어요."

연우 눈이 분노로 일그러져 있었다. 떼를 쓰듯 버티고 선 연우 에게 다시 다가와 재휘가 허리를 굽혔다.

"기본에 충실하면서도 새로운 맛. 추억할 수 있게 하고 상상할 수 있게 하는 맛. 씹는 순간 뇌까지 긴장시킬 수 있는 그런 맛!"

"그런 맛이, 있다고 생각해요?"

"없다고 생각하나?"

"허상이에요. 뇌가 만들어낸 거짓말, 혀가 인지할 수 있는 현실의 맛이 아니라고요."

화난 연우의 두 눈을 들여다보던 재휘가 허리를 폈다.

"찾아! 넌 내 요리사고 그게 네가 할 일이야."

"난 요리사지 마술사가 아니에요."

버럭 소리를 지르는 연우를 남겨둔 채 재휘가 현관 밖으로 나갔다. 그의 등 뒤에서 쿵 소리를 내며 현관문이 닫혔다.

"사이코, 변태, 심술, 갑질, 완전 또라이!"

베란다 창을 통해 집을 빠져 나가는 재휘 뒷모습을 씩씩대며 지켜보던 연우가 들고 있던 스튜 그릇을 싱크대 안으로 내동댕이쳤다.

쨍그렁, 소리와 함께 고기와 채소 덩이들이 국물과 함께 사방으로 흩어졌다.

\*\*\*

딱 일주일, 재휘 요리사로 산 연우의 멘탈은 너덜너덜 걸레가 됐다.

주방, 자로 잰 듯 반듯반듯 주름 잡힌 토크를 쓰고 새하얀 가운을 입고. 그 위에 단정하게 앞치마를 두른 채 연우는 분기탱천, 계약서를 부여잡고 부들부들 두 손을 떨었다.

"찢어, 말어?"

사악한 고용주를 버릴 것이냐, 천재 멘토를 취할 것이냐! 그것이 문제였다. 살기 위해선 전자를 택하는 게 옳았다. 그러나 꿈을 꾸기 위해선 후자를 견뎌야 했다.

"젠장!"

톨스토이가 말했다고 했던가? 인간에게 음식을 보낸 것은 신이다. 그럼 신의 친구 악마는 무엇을 보냈을까? 바로 요리사다.

톨스토이의 의도가 무엇이었든 연우는 고개를 끄덕였다. 악마가 보낸 사악한 요리사, 그가 바로 자신의 눈앞에 있었다.

"한연우 씨?"

휴일 아침, 소파에 누워 고양이와 장난치던 재휘가 연우를 불렀다. 화들짝 놀란 연우가 식탁 의자에서 벌떡 일어났다.

"왜 이렇게 놀라?"

"아, 아뇨."

"다 됐어?"

"아, 네에!"

"기대되는데! 한연우 씨가 요리 대회에서 선보이고 싶은 아이템이 뭘지?"

고양이를 안고 다가온 재휘가 식탁에 앉았다. 연우가 그 앞에 스테이크 접시를 세팅했다.

"푸아그라?"

"네, 새콤달콤한 사과 퓌레 위에 노릇하게 구워진 푸아그라를 올리고, 와인 소스를 뿌렸습니다. 가니쉬로 구운 과일을 곁들였고요."

겉은 바삭하고 안은 실크처럼 부드럽게, 씹을 때마다 푸아그라 지방이 입안 가득 녹아내릴 것이다. 거기에 더해진 와인 소스의 새콤함이, 사과 퓌레의 달콤함이 푸아그라의 기름진 맛도 잡아낼 것이다. 상상만으로는 완벽한 맛!

"그런데 너, 표정이 왜 그래?"

"네? 제 표정이 왜요?"

재휘가 뒤에 걸린 거울을 가리켰다. 연우가 고개를 돌렸다. 거울 속 퉁퉁 부은 얼굴 하나가 떡하니 자신을 바라보고 있었다.

"요리는 행복한 사람이 만드는 거야. 너처럼 분노를 품고 요리를 하면 독이 되거든."

"독 같은 거 안 들어 있으니까 걱정 안 하셔도 됩니다."

"…?"

"레시피대로, 기본에 충실하게 정성껏 만들었거든요 대표님 요구대로."

"그래? 음식 맛은 정성이 반이긴 하지."

며칠째 퉁퉁 부은 얼굴로 까칠하게 구는 연우를 놀리며 재휘가 푸아그라 한 조각을 입으로 가져갔다.

긴장한 연우의 눈이 음식을 씹고 있는 재휘 입술을 뚫어질 듯 주시했다. 아침부터 심혈을 기울인 자신의 스테이크를 심드렁하게 씹고 있는 저 입, 저곳에서 어떤 말들이 쏟아질 것인가? 기대와 불안, 맞잡은 손바닥에 땀이 고였다.

"보기 좋은 음식이 맛도 좋다는 말 있지?"

한동안 말이 없던 재휘가 입을 열었다. 순간 연우 눈이 반짝 빛을 뽑았다.

'그럼 그렇지! 요리사의 최대 무기는 역시 요리다.'

다가온 승리를 직감하며 연우가 쾌재를 불렀다.

그동안 재휘가 자행한 막말과 갑질에 얼마나 많은 상처를 받았던가?

노심초사, 절치부심, 몇날 며칠 재휘 눈물을 쏙 빠지게 할 요리를 만들기 위해 잠을 설쳤다.

곧 자신의 요리에 쏟아질 말의 성찬을 상상하며 연우 입술이 씰룩거렸다.

"한연우 씨? 그 말뜻이 멋만 있으면 맛없는 음식이 맛있어진다는 뜻일까?"

'엥?'

"돼지 간도 네 푸아그라보다는 나을 거야."

한껏 폼을 잡으며 와인을 따라주려던 연우 손이 부르르 떨렸다.

"지금 장난해요?"

"직접 먹어보든가."

말이 채 끝나기도 전에 재휘 손에 들려 있던 접시를 연우가 휙 빼앗았다.

포크도, 나이프도 필요 없었다. 남은 푸아그라 덩어리를 손가락으로 집어 우적우적 씹었다. 부드러워야 할 조직이 퍽퍽했다.

"불 조절에 실패했다는 뜻이지."

인정하고 싶지 않았지만 사실이었다.

연우가 다시 한입 베어 물었다. 씹을수록 입안 가득 눅눅한 냄새가 퍼졌다.

"넌 푸아그라 특유의 냄새도 잡지 못했어. 푸아그라를 처음 접하는 사람이 만약 네 요리를 먹었다고 생각해봐."

"…?"

"아마 그 사람은 평생, 다시는 푸아그라 따위는 머릿속에 떠올리지도 않을 거야."

"냉동이었다구요."

변명이었다.

"비겁하긴."

"뭐요?"

"요리사가 재료 탓하는 거. 실력 없음을 스스로 증명하는 거야."

"요리의 기본은 재료다. 기억 안 나요? 대표님이 그렇게 쓰셨어요. 본인 저서에서."

변명이라는 것을 알면서도 괜한 오기가 생겼다. 지고 싶지 않았다.

"주어진 재료로 최상의 요리를 만드는 게 진짜 요리사다, 라고도 썼는데, 내가."

자리에서 일어난 재휘가 접시에 남아 있던 요리를 쓰레기통에 쏟아 부었다. 연우 주먹에 불끈 힘이 들어갔다. 재휘가 돌아섰다.

"그런데 와인은, 설정인가?"

'와인?'

재휘가 테이블 위 와인 병을 가리켰다.

"최악의 재료로 만든 최상의 와인?"

"…?"

"네가 고른 이 와인 말이야, 소테른 지방에서 만들어진 와인이야."

"알아요. 그래서 흔히들 소테른 와인이라고 부르죠."

재휘가 피식 웃었다.

"아침엔 짙은 안개가 오후엔 강렬한 빛이 내려쬐는 곳이야. 날씨 탓에 포도에 곰팡이 균이 쉽게 번져. 결국 감염되고 말지. 일명 귀부병. 탱글탱글하던 포도알들이 말라비틀어져서 쭈글쭈글. 그덕에 당분이 올라가."

"…?"

"농부들은 일 년 내내 지은 포도를 그대로 버릴 수 없었을 거야. 그래서 포도주를 만들기 시작했지. 바로 이렇게… 최악의 재료에서 탄생한 최고의 맛! 어때? 대단하지 않아?"

적어도 요리사라면 그 정도는 만들어야 하지 않겠냐는 듯 재휘의 거만한 눈이 연우를 내려다보고 있었다.

'아는 척, 잘난 척. 한마디로 병맛!'

입으로 못하는 요리가 어디 있겠는가? 그러나 요리는 입으로 하는 게 아니었다. 끓어오르는 분노를 삭이며 연우가 질끈 눈을 감았다. 참아야 했다. 요리대회 수상을 하는 날까지, 그래서 한국을 뜨는 날까지.

"그러나 기회는 한 번 주지. 최상의 재료로 요리를 할 수 있는 기회."

기회? 연우가 화들짝 눈을 떴다. 알 듯 모를 듯 재휘가 미소 짓고 있었다.

'뭐야 저건?'

택배가 도착한 건 그로부터 며칠 후였다. 정오가 막 넘은 시간, 비행기를 타고 온 국제 택배 상자 하나가 연우 품에 안겼다.

"최상의 재료가 최고의 요리를 만든다고 했나?"

"…?"

"마음에 들 거야."

택배 상자의 도착과 함께 걸려온 휴대폰 속 재휘 목소리엔 비아냥이 섞여 있었다. 뭐래는 거야? 툴툴대며 상자를 풀던 연우 입에서 우와! 탄성이 터져 나왔다.

"푸아그라?"

가바쥬 방식으로 사육된 것이 아닌 스페인 시골 농장, 자연에서 방목된 천연 푸아그라였다.

학대 받은 거위의 간이 아닌 행복한 거위의 간. 크기는 작았지만 표면에 흐르는 윤기와 탱글탱글한 핑크빛 조직이 건강해 보였다.

"언제 할 수 있겠어?"

"네?"

"네가 말한 최고 요리?"

재휘는 손님을 초대하겠다고 했다. 처음 있는 일이었다. 그가 자신의 집에 누군가를 데리고 오는 것은.

"할 수 있겠냐고?"

재휘는 다짐이라도 받듯 다시 한 번 물었다.

"다, 당연하죠!"

"기대할게."

전화를 끊기 전 재휘는 스테이크와 함께 퓌레를 주문했다.

파테와 무스 중간.

'파테면 파테고 무스면 무스지 중간은 또 뭐란 말인가?'

요리사에게 중간쯤, 적당히, 알아서, 맛있게는 주문자들의 돼먹지 못한 갑질이고 폭력이었다. 그럼에도 연우 입가에 미소가 번졌다. 냉장 푸아그라. 그것도 오리가 아닌 거위.

사악한 가격에 웬만한 사람들은 평생토록 구경도 못해본다는 요리. 라벨르에서 조차 냉동 푸아그라만을 이용했었다. 그런데 지금 자신 앞에 선홍빛을 띤 신선한 푸아그라가 놓여 있지 않은가!

연우가 푸아그라 한 덩어리를 도마 위에 올렸다.

탄력이 느껴지는 은은한 핑크빛! 비행기를 타고 지구를 반 바퀴나 돈 거위 간은 차가우면서도 부드러웠다.

한겨울 꽁꽁 언 아이 볼 살을 감싸듯 조심조심. 두 개로 이루어진 덩어리를 살짝 벌리고 그 사이로 보이는 핏줄들을 제거해야 했다.

부서지기 쉬운 푸아그라를 망가뜨리지 않고 손질하는 것이 관건. 수술실에 들어간 외과의사보다 비장한 표정으로 연우가 핀셋을 들이댔다. 긴장으로 손끝이 부들부들 떨렸다. 어느새 냄새를 맡고 다가온 고양이까지 발끝에서 알짱대며 연우 신경을 자극했다.

"저리 가, 화이트!"

신경질적인 목소리로 고양이를 쫓으며 연우가 온 신경을 손끝으로 모았다. 숨어 있는 핏줄들을 찾되 휘저어도 헤집어도 안 된다. 손실을 최소화하는 것이 고가의 재료에 대한 예의.

그러기 위해선 고도의 집중력이, 앗! 그 순간 연우 입에서 비명이 터졌다. 동시에 고양이가 쏜살같이 연우 시야에서 사라졌다.

"화… 화이트?"

연우 손에서 핀셋이 떨어져 나갔다. 푸아그라 덩어리 하나를 훔쳐 도망치던 고양이가 힐끔 연우를 돌아봤다. 고양이와 눈이 마주친 순간 연우 머릿속이 하얗게 표백됐다.

"아, 안 돼! 제발!"

모든 사고는 아차 하는 사이, 아주 잠깐 한눈파는 사이, 손쓸 틈도 없이, 무기력하게, 도둑처럼 그렇게 벌어진다. 뒤늦게 사고를 인지하고 후폭풍을 예감하고 아등바등 손을 써 봐도 때는 늦는다. 지금, 자신처럼.

절규와도 같은 비명을 내지르며 연우가 고양이를 쫓아갔다.

고양이는 주방을 빠져 나가 거실을 돌고 재휘 방을 지나 어디론가 사라졌다. 네 발의 고양이는 두 발의 연우보다 두 배 이상 빨랐고 수십 배 작은 몸은 수십 배 이상 날쌔고 민첩했다.

"화이트, 이리와! 더 맛있는 거 사줄게. 통조림 아니고 꽁치 어때? 고등어, 다랑어, 고래 괜찮다. 고래 잡아줄게. 빨리, 제발, 한 번만!"

"…"

"너 당장 안 나오면… 너 그거 먹어버리면 내가 널 확 잡아먹어버릴 거야."

애원과 회유, 막말과 협박에도 먹잇감을 차지한 고양이는 나타나지 않았다. 아니, 나타날 리 없었다.

닥치는 대로 방문을 열어젖히며 고양이를 찾던 연우가 복도 끝, 방문 앞에서 툭 발을 멈췄다. 빼꼼히 열린 방문. 그러나 금지된 공간!

재휘 집은 거실을 중심으로 용도를 알 수 없는 여러 개의 방들이 좁은 복도로 연결되어 있었다.

복도 안쪽에 위치한 대부분의 방들은 잠겨 있었고 재휘가 사용하는 공간은 주방과 서재, 침실과 욕실 정도로 극히 제한되어 있었다.

연우 역시 사용가능한 공간이 정해져 있었다. 금지된 공간과 재휘의 공간을 제외한 나머지. 어이없고 치사했지만 어쩌겠는가? 연우는 재휘가 일방적으로 제시한 동선에 동의했고, 동의한 이상 지키고 싶었다. 그의 고양이가 푸아그라를 훔쳐가기 전까지는.

"화이트, 이리 나와!"

결심한 듯 연우가 방문을 밀었다. 순간 오랜 침묵, 깊은 어둠에 잠겨 있던 공기가 연우를 뒤덮었다.

안으로 들어갔다. 눅눅한 공기 속 미세한 먼지 입자들이 살갗에 들러붙었다. 창을 가린 두꺼운 커튼과 바닥에 쌓인 박스와 가구들 위에 뽀얀 먼지가 내려앉아 있었다.

벽을 더듬었다. 어디쯤 전원 스위치가 있을 것이다. 그때 부스럭대는 소리가 들렸다. 박스 사이, 고양이 숨소리가 새근새근.

"찾았다!"

소리 나는 곳으로 살금살금 다가간 연우가 가로막은 박스를 밀어내고 손을 뻗었다. 그 순간 구석에 숨어 있던 고양이가 날카로운 비명을 지르며 좁은 구석에서 풀쩍 뛰어 올랐다.

놀란 연우가 바닥으로 나자빠졌다. 동시에 구석에 쌓여 있던 상자들이 바닥으로 우두둑 떨어졌다. 안에서 쏟아진 물품들이 사방으로 흩어졌다.

저게 진짜!

도망친 고양이를 뒤쫓으려던 연우 입에서 짧은 비명이 터졌다. 양말도 신지 않은 발바닥에서 찢어지는 듯한 통증이 올라왔다. 연우가 허리를 굽혔다. 뭐지?

"한연우 씨?"

그때 연우를 부르는 목소리와 함께 방 안에 불이 밝혀졌다.

놀란 연우가 재빨리 몸을 일으켰다.

"대표님?"

재휘였다.

"여기서 뭐하는 거야?"

"아 그, 그게…."

손에 쥐고 있던 것을 앞치마 주머니에 쑤셔 넣으며 연우가 허둥댔다. 그런 연우를 보는 재휘 눈빛이 서늘했다.

"무, 문이 열려 있어서…."

적당한 대답을 찾지 못해 허둥대는 연우를 재휘와 그 뒤에 서 있는 낯선 얼굴이 멀뚱히 지켜보고 있었다.

*** 

입안에 들어가는 순간 실크처럼 녹아 없어지는 천상의 맛. 부드러운 감촉이 온몸을 녹이고. 코끝에 매달린 고소한 향기가 혀뿌리를 타고 올라와 뇌를 자극하는. 한 번의 경험으로도 잊지 못할 기억으로 각인되는 강렬한 맛!

완성된 푸아그라 스테이크에 레몬소스를 능숙한 솜씨로 뿌린 연우가 허리를 폈다. 완성!

토크를 벗고 구겨진 가운을 바로 잡은 후 숨을 가다듬었다. 기대와 불안이 공존하는 평가의 시간. 테라스에선 연우의 요리를 기다리며 재휘와 지석이 와인 잔을 기울이고 있었다.

"와인 따르겠습니다."

메인 접시를 세팅한 연우가 재휘와 지석 앞에 놓인 잔에 황금빛 와인을 따랐다.

호기심 가득한 눈으로 연우를 보며 지석이 친절하게 웃었다. 그는 자신을 재휘 친구라고 소개했다. 그리고 주치의라고.

주치의? 왜 그런 것이 필요한지 연우는 알지 못했다.

"어디 아파요?"

"네?"

갑작스런 지석의 물음에 연우가 당황했다.

"요리사님, 아까부터 땀을 흘리고 있어서…."

"아, 그게 더워가지고…."

연우가 재빨리 콧등과 이마에 맺힌 땀을 닦아냈다. 재휘는 말이 없었다.

"그럼 전 이만. 더 필요한 거 있으면 말씀하세요."

"스테이크요."

"네?"

"너무 작은데… 원래 이렇게 작은 건가? 전 좀 더 큰 걸로…."

"안 돼요."

지석을 향해 연우가 소리쳤다. 놀란 지석의 손에서 포크가 떨어졌다.

"미안해요. 난 그냥…."

"아뇨, 그게 아니라…."

연우가 버벅댔다. 고양이, 고양이가 문제였다. 훔쳐간 푸아그라를 잘근잘근 씹으며 배시시 웃는 고양이 얼굴을 상상하며 연우가 뿌드득 이를 갈았다.

"무슨 일이야?"

불쾌한 듯 재휘 미간에 주름이 잡혔다.

"아, 사정이 좀…."

"무슨 사정?"

"먹어버렸어요."

기어들어가는 연우 목소리에 재휘가 들고 있던 포크와 나이프를 소리 나게 접시에 내렸다.

"누가?"

"그… 그게…."

"설마 한연우 씨가 그걸 다 먹어버렸다는 거야?"

"아, 아뇨!"

"…?"

"고양이가요. 대표님 고양이가 다 먹어버렸다구요."

푸웃! 지석의 입에서 와인이 뿜어져 나왔다.

울상이 된 연우가 재휘 발밑에서 장난 치고 있던 고양이를 노려보며 씩씩댔다.

"벌써 시작한 거야?"

그때 낯선 목소리 하나가 끼어들었다. 고양이를 바라보던 세 사람의 시선이 일제히 현관으로 이동했다.

"그런데 이 그림, 뭐지?"

장미꽃다발을 한 아름 안고 거실로 들어서던 세영이 조리복 차림의 연우를 발견하고 그 자리에 우뚝 멈춰 섰다.

"왜?"

세영과 함께 들어오던 재민이 따라 멈췄다.

"어?"

그 순간 재민과 연우의 눈이 마주쳤다.

"어디서 많이 본 얼굴인데… 누구더라?"

갸웃, 재민의 고개가 한쪽으로 기울었다. 연우가 마른침을 삼켰다.

# 사랑을 고백할 용기

"촌스럽긴!"

라벨르 대표실 책상, 컴퓨터 모니터를 들여다보던 재휘가 혼잣말을 중얼댔다.

라타투이, 포토푀, 부야베스. 동영상 속 연우가 프랑스 전통 스튜들을 소개하고 있었다.

"설마 이 중에서 하나를 고르라는 거야?"

기상천외한 레시피 전시장인 요리 대회에 프랑스 전통 가정식을 들고 나가겠다는 건 안일하거나 순진하거나, 둘 중 하나였다. 한심하다는 듯 재휘가 고개를 저었다.

"가장 흔한 재료로 특별한 음식을 만들고 싶어졌거든요."

동영상을 끄려던 재휘가 손을 멈췄다. 동영상 속 연우가 자신을 보고 있었다. 부끄러운 듯 주저하며, 자신의 레시피에 대해 설명하고 맛을 표현하고. 동의를 구하고 있었다. 함께 해달라고.

연우의 낡은 조리복과 손가락 사이사이 붙어 있는 밴드를 보며 재휘 눈빛이 흔들렸다.

"강 대표?"

대표실 문이 벌컥 열렸다. 재휘가 고개를 들었다. 슈트케이스를 든 세영이 하이힐을 또각이며 다가오고 있었다. 가까워질수록 그녀의 짙은 향기가 재휘 신경을 자극했다.

"무슨 일이야?"

재휘의 목소리에 짜증이 묻어났다.

"전화 왜 안 받니?"

세영이 다짜고짜 따지고 들었다. 얼굴 가득 불만이 들러붙어 있었다.

"결혼할 사인데… 우리 서로 소통은 좀 해야 하지 않을까?"

재휘가 휴대폰을 확인했다. 부재중 수신란을 가득 메운 세영이란 이름, 집요했다.

"설마, 그것 때문에 여기까지 온 거야?"

세영 손에 들린 슈트케이스를 가리키며 재휘가 의자 등받이에 몸을 기댔다.

"약혼식 날 입고 나와."

세영이 들고 있던 슈트케이스를 소파에 내려놓고 재휘 앞에 버티고 섰다. 재휘가 책상에 놓인 달력을 확인했다.

"잊지 않았지?"

"언론플레이까지 하는데 잊을 수가 있나."

"남 일처럼 말하지 마. 너랑 나, 며칠 후면 사람들 앞에서 결혼을 약속할 거야."

재휘가 자리에서 일어났다. 에어컨 바람을 잃을까, 꽁꽁 닫아뒀던 창문을 열어젖혔다. 기다렸다는 듯, 한낮의 더운 공기가 에어컨 바람을 밀어내며 재휘 몸을 휘감았다.

마른 햇살에 데워진 공기에선 부드러운 흙냄새가 났다.

잘 마른 건초더미 냄새 같기도 하고 장작 타는 냄새 같기도 했다. 눈을 감으면 푸른 숲속으로 빨려 들어갈 것만 같은 향기. 나뭇잎이 썩어 만들어진 고운 흙이 발가락 사이로 파고드는 상상을 하며 재휘는 깊게 숨을 들이마셨다.

바람이 되고 싶었다. 수풀 사이를 헤집고, 나뭇가지를 흔들고, 구름을 흩트리고, 사람들의 옷자락을 휘날리며⋯ 자유롭게 비행하고 싶었다. 자신을 옥죄는 사람도, 기억도 없는 곳으로 날아가 흔적 없이 사라지고 싶었다.

"약혼식 이곳에서 하기로 결정했어."

아주 잠깐, 상념에 빠져 있던 재휘를 세영이 뒤흔들었다.

재휘가 천천히 돌아섰다. 좀 전과 달리 세영은 긴장하고 있었다. 재휘의 눈치를 살피고 반응을 기다렸다. 그런 세영을 보는 재휘 눈엔 어떤 감정도 담겨 있지 않았다. 차고 건조한, 그래서 상대를 더 불안하게 만드는 눈.

"성질부리지 마. 회장님 뜻이기도 하니까."

거짓말이었다. 서 회장은 핑계일 뿐. 빤한 세영의 속을 재휘가 모를 리 없었다. 묻고 싶었다. 괜찮냐고? 이런 결혼 아니, 이런 사람? 그러나 재휘는 말을 삼켰다.

"준비는 내가 해. 넌 참석만 하면 돼, 강재휘."

"…."

"참석 인원은 이미 결정했다. 초청장도 발송했고."

돌이킬 수 없다는 말을 하고 있었다. 그러니 포기하라고, 그냥 따라오라고.

세영의 일방적 통보를 그저 듣고만 있던 재휘가 시간을 확인했다.

"10분 후에 회의가 있어."

"돌아가라고?"

"직원들 올라올 거야."

"강재휘답다. 근데 너 재수 없어."

어쩔 수 없다는 듯 재휘가 세영을 향해 어깨를 으쓱해 보였다. 세영이 미련 없이 돌아서 출입문으로 걸어갔다.

"아, 강재휘?"

책상을 정리하던 재휘가 세영을 향해 고개를 들었다. 나가려던 세영이 재휘를 향해 빙글 돌아섰다. 입가에 묘한 미소가 번져 있었다.

"한연우 씨, 요리사로 들였다고 말해주지 그랬어?"

"네가 관여할 문제 아니야."

"내가 관여할 문제야, 재휘야. 나 너 와이프 될 사람이거든."

"우리와는 상관없는 사람이라고 말했을 텐데…."

아니, 상관있었다. 제주도 행사장, 연우를 처음 만났을 때 이미 세영은 직감했다. 자신들도 인지하지 못한 채 서로를 보는 재휘와

214

연우 눈빛이, 모든 것을 말해주고 있었다.

"처음부터 신경 쓰였어, 그 친구."

"…"

"그런데도 나, 관심 없는 척 자신 있는 척 허세 부렸어. 네 앞에서. 어차피 넌 내게 올 거니까. 오게 할 자신이 있었으니까."

"세영아?"

"그런데 강재휘, 이젠 안 되겠어."

재휘 집, 재휘 주방, 재휘를 위해 요리를 하는 연우를 보며 세영은 처음으로 인정했다. 지금 자신을 불안하게 하는 연우라는 존재. 더 이상 그녀를 재휘 곁에 둘 수 없었다.

"한연우 씨한테 약혼식 요리 코디네이션 부탁했다."

"그만둬!"

재휘가 자리에서 일어났다.

애써 평정심을 유지하던 재휘 눈빛에 균열이 가 있었다. 며칠 전, 출근하는 자신 앞에서 고양이 등을 쓸어내리며 뭔가를 망설이던 연우 얼굴이 떠올랐다.

"이렇게까지 하는 이유가 뭐야?"

재휘 목소리에 날이 섰다. 그러나 세영은 동요하지 않았다. 예상이라도 한 듯 태연했고 당당했다.

"알려주려고. 네 곁에 있어야 할 사람은 그 누구도 아닌 나라는 거. 한연우 씨한테도 너한테도."

"…"

"그러니까 명심해. 넌 더 이상 가난뱅이 강재휘 아니라는 거. 세상 사람들… 우리 두 사람 약혼식에 눈과 귀가 쏠려있다는 거."

"그래서?"

"신경 써야지. 괜한 구설은 좋지 않아. 너에게도 나에게도. 그리고 한연우 씨에게도…."

경고였다. 누군가 상처를 받아야 한다면 그것은 자신이 아니라는 말이었고 재휘가 가진 모든 것들이 위협받을 수 있다는 뜻이었다. 그리고 그 안엔 연우도 포함되어 있었다.

"아, 드레스 코드는 코발트로 했다. 네가 좋아하는 색이잖아."

재휘를 남겨둔 채 세영이 대표실을 나갔다.

또각또각, 나무 계단을 내려가는 그녀의 발소리가 재휘 심장을 찔렀다.

"코발트?"

그건 재휘가 좋아하는 색이 아니었다.




대로변, 재휘 자동차가 정차해 있었다.

자정을 바라보는 시간, 도로는 한산했고 인적은 드물었다. 운전석에 앉은 재휘 눈이 다시 편의점으로 들어갔다. 유리문 안, 연우가 손님과 대화를 나누고 있었다.

웃고, 계산하고, 인사했다. 마지막 손님이 나가고 길게 기지개를 켜던 연우가 유리문 밖으로 시선을 돌렸다. 뭔가 이상한 듯 주변을 살피고 고개를 갸웃거리며.

재휘가 재빨리 고개를 돌렸다. 혹 눈이라도 마주친 것은 아닌지 신경이 쓰였다. 퇴근 시간도 한참을 지나서야 연우는 유니폼을 벗고 편의점을 나섰다. 한 손엔 유통기한을 막 넘긴 삼각 김밥이, 다른 한 손엔 편의점 비닐봉지가 들려 있었다.

누구의 선택도 받지 못해 결국 유통기한을 넘겨 버린 삼각 김밥을 뜯어먹으며 연우는 터벅터벅 버스 정류장으로 향했다. 두 발은 지쳐 있었고 어깨는 늘어져 있었다. 재휘 자동차가 그런 연우 뒤를 조용히 따라갔다.

한동안 앞서가던 연우가 뚝 걸음을 멈췄다. 재휘도 따라 멈췄다.

연우가 하늘을 향해 고개를 높이 쳐들었다. 낮게 드리운 구름으로 별도, 달도 보이지 않는 깜깜한 밤하늘. 후덥지근한 바람 한줄기가 휭 연우의 머리를 흩트리고 지나갔다.

무엇을 보고 있는 것인가? 연우의 시선을 따라 어두운 하늘을 유영하던 재휘의 시선이 느리게 제자리로 돌아왔다.

앗! 그 순간 연우를 발견한 재휘 등줄기로 서늘한 한기가 지나갔다.

두 손을 모아 가로등 빛을 가리고 얼굴을 차창에 바짝 들이민 채 연우가 자동차 안을 들여다보고 있었다.

"뭐, 뭐하는 거야?"

"대표님은요?"

의심에 가득 찬 연우 목소리가 유리문 사이로 파고들었다.

망설이던 재휘가 하는 수 없이 창문을 내렸다. 열린 차창 틈으로 연우 머리가 불쑥 들어왔다.

"여기서 뭐하세요?"

"…?"

"설마? 혹시? 저 따라오신 거예요?"

"내가?"

연우가 고개를 끄덕였다. 어이없다는 듯 재휘가 헛웃음을 흘렸다.

"아닌데…."

"맞는 거 같은데."

"집에 가는 길이면 타지. 아니면 나 먼저…."

재휘 말이 채 끝나기도 전에 연우가 재빨리 조수석에 올라탔다.

"왜 따라오셨어요?"

연우가 재휘 턱밑으로 고개를 들이밀었다. 재휘의 긴 손가락이 연우 이마를 밀어냈다.

"아니라고 말했을 텐데…."

"따라온 거 맞는 거 같은데… 아까 저기서부터…."

"아니라고 말했잖아!"

재휘가 버럭 소리를 질렀다.

놀란 연우가 껍질을 까려던 삼각 김밥 하나를 떨어뜨렸다.

"왜 화를 내요? 아깝게."

"화 낸 거 아냐. 네가 자꾸…."

저도 모르게 변명을 늘어놓고 있는 꼴이라니. 재휘는 말문이 막혔다. 그래서 화가 났다.

그런 재휘를 보며 연우가 입을 삐죽댔다.

"뭐라는 거야? 하고 싶은 말 있으며 똑바로 말해!"

들고 있던 비닐봉지를 뒤지던 연우가 삼각 김밥 하나를 내밀었다.

"먹을래요? 유통기한 얼마 안 지났어요."

화들짝 놀란 재휘가 연우를 돌아봤다.

"그런 걸 왜 먹고 있는 거야?"

"조금 지난 건 괜찮아요. 먹어봐요."

"됐어!"

재휘가 쌀쌀하게 외면했다.

"까탈스럽긴. 먹을 만하구만."

"좀 전에도 먹지 않았나?"

꾸역꾸역 삼각 김밥을 밀어 넣는 연우를 보며 재휘가 퉁명스럽게 쏘아붙였다.

"따라온 거 아니라면서요?"

"아니야!"

"그런데 어떻게 알아요?"

"뭘?"

"내가 김밥 먹은 거?"

"…."

"그거 알아요? 편의점 앞에 CCTV가 있거든요."

은밀한 비밀이라도 털어놓듯 연우가 한껏 목소리를 낮췄다. 재휘가 마른침을 삼켰다.

"그 CCTV 화면에 이 차가 계속 잡히는 거예요? 대표님 차요."

"…!"

"국내에 몇 대 없다면서요 이 차? 되게 비싸고. 그래서 눈에 확 띄더라고요."

끼익, 소리와 함께 재휘가 브레이크를 밟았다. 연우 몸이 앞으로 쏠렸다.

"일은 안 하고 CCTV나 보고 있었던 거야?"

"대표님이 절 보고 있었던 거죠. 엄밀히 말하면!"

"…!"

재휘는 또 말문이 막혔다.

그런 재휘 얼굴을 연우가 맹랑한 눈빛으로 들여다보고 있었다. 맑고 투명한 눈. 그래서 남의 속을 훤히 꿰뚫을 것 같은 눈.

"놀랐어요?"

"뭐?"

"신호, 바뀌었는데… 안 갈 거예요?"

재휘는 말이 없었다. 골이라도 난 것일까? 아니면 차마 입 밖으로 낼 수 없는 말들을 되씹고 있는 것인가?

옆을 힐끔대며 재휘를 신경 쓰던 연우가 차창 밖으로 시선을 돌렸다.

어느새 도심을 벗어난 자동차는 산길을 깎아 만든 도로 위를 달리고 있었다.

창문을 내리고 숨을 들이마셨다. 어둠 속 열기와 습기가 뒤섞인 밤공기가 텁텁했다. 맞은편 빠르게 스쳐지나가는 자동차 헤드라이트 불빛이 느리게 이동하던 밤공기를 사방으로 튕겨냈다.

차창 밖으로 얼굴을 내민 채 눈을 감은 연우 입가에 기분 좋은 미소가 번졌다.

편의점 앞, 재휘를 발견했을 때 우연이라고 생각했다.

지나치는 길일 거라고, 아니면 근처에 볼일이 있었을 거라고.

그러나 편의점이 한창 붐비는 저녁 시간을 지나 점차 손님들의 발길이 뜸해지는 늦은 밤까지 재휘는 그곳에 있었다. 편의점 안을 기웃대고, 멍하니 허공을 바라보고. 차에서 내려 주변을 배회하고 다시 운전석에 올라 휴대폰을 만지작거리고. 누군가를 기다리고 있었다.

자정이 넘은 시간, 편의점을 나선 연우 뒤를 재휘 자동차가 소리 없이 따라왔다.

연우 발아래 자동차 헤드라이트 불빛이 만든 그림자가 어른댔다. 자신의 그림자를 따라 연우는 무작정 앞으로 걸었다.

첫 번째 버스 정류장을 지나고 두 번째 버스 정류장이 나타날 때까지…. 두 사람은 각자의 길 위에서 말이 없었다. 그러다 연우가 먼저 돌아섰다. 이곳, 두 번째 정류장까지 지나치면 마지막 버스를 놓치고 만다.

"이제 말해요? 왜 날 기다렸는지…."

과속도 저속도 아닌 일정 속도를 유지한 채 생각에 잠겨 있는 재휘를 향해 연우가 물었다. 재휘가 자신만의 세상에서 천천히 빠져나왔다.

"왜 말하지 않았지?"

"…?"

"장세영 이사, 한연우 씨 찾아갔었다는 거…."

"아아, 그거…."

연우가 말끝을 흐렸다. 열린 창문 틈으로 밀려들어온 바람이 그런 연우의 말꼬리를 흩뜨렸다.

-할 수 있겠어요?

세영은 그렇게 물었다. 부탁도 명령도 아닌 의향을 묻는 질문.

그럼에도 괜한 오기가 발동했다. 고개를 끄덕였다. 왜 자신에게 그런 부탁을 하는 거냐고 묻는 대신 할 수 있다고. 해보고 싶다고 말했다.

"이틀 전에… 장세영씨 찾아왔었어요."

우연이었는지, 아니었는지 알 수 없다. 아르바이트를 나가던 길이었고, 세영은 그런 연우 앞에 서 있었다.

오후 햇살이 그녀의 이마 위에서 부서졌고 연우는 그녀의 하얀 목덜미가 숨이 막히도록 아름답다고 생각했다. 그런 연우를 보며 세영은 웃고 있었다. 자신의 약혼자와 동거중인 여자 앞에서도 당당한 미소.

"약혼식 라벨르에서 치를 거라고. 요리는 주방에서 맡겠지만… 전체 코디네이션 해줄 사람 필요하다고. 그렇게 하겠다고 했어요."

연우는 혼잣말처럼 중얼거렸다. 어느새 자동차는 재휘 집 앞에 도착해 있었고, 재휘는 말없이 듣고 있었다.

"무리한 요구야. 하지 않아도 돼."

"최선을 다하려구요."

"뭐?"

"이거요."

연우가 가방을 뒤적였다.

"세미 코스가 좋을 거 같아서요. 메인 먼저 생각해봤어요."

가방 안에서 나온 손때 묻은 노트 한권을 펼쳐 재휘에게 내밀며 연우가 눈빛을 반짝였다.

꼬치를 이용한 오리가슴살 구이, 연어구이와 돼지고기 스테이크, 송이를 가니쉬로 얹은 안심 스테이크… 페이지마다 구상중인 요리의 밑그림과 조리법, 재료 산지까지 꼼꼼하게 기록되어 있었다.

"맘에 드시는 게 없으면…."

"그만둬."

연우의 말을 자르며 재휘가 노트를 소리 나게 덮었다.

"실망시키지 않을게요."

"세영이 오해하고 있는 거야. 그래서 괜한 고집을 부리는 거고. 그러니까 그만두는 게 한연우 씨한테도 좋아."

"…?"

간절한 연우의 눈빛을 털어내고 재휘가 자동차에서 내렸다. 연우가 재빨리 따라 내렸다.

"오해 아닌데…."

"…?"

"장세영 씨, 오해하고 있는 거 아니라구요."

대문 안으로 들어가려던 재휘가 돌아섰다.

"병원에서 깨어났을 때… 대표님이 옆에 있어서 기뻤어요."

열에 들떠 기력을 잃었던 연우의 감각들이 재휘의 시원한 향기를 따라 깨어났다.

걱정스런 눈으로 자신을 들여다보는 재휘 눈을 발견한 순간 안도했었다. 혼자가 아니라는 느낌.

"편의점 앞에서 서성이는 대표님 발견했을 때도, 내 뒤를 따라오는 대표님 자동차를 발견했을 때도⋯. 혹시나 먼저 말 걸어주지 않을까 설렜거든요, 나."

"무슨 말을 하는 거야, 너!"

재휘가 얼굴을 일그러뜨렸다.

"그러니까 장세영 씨 오해는, 오해가 아닌 거라구요."

"⋯?"

"하룻밤 실수로 만난 사이, 시간이 지나면 잊힐 기억. 그렇게 생각했어요, 처음엔 나도. 그러니까 아무것도 아니라고."

거대한 나무 고목처럼 버티고 선 재휘를 보며 연우가 크게 숨을 들이마셨다. 더운 공기가 입안을 채우고 목을 따라 가슴 밑바닥까지 내려갔다.

숨이 차올라 더 이상 참을 수 없었다. 고백하지 않으면⋯ 영원히 자신의 감정은 가슴 밑바닥 감옥 같은 그곳에서 소멸해버릴 것만 같았다.

"라벨르에서 다시 만났을 때 깨달았어요. 아무것도 아닌 게 아니라는 거."

인정하고 싶지 않았을 뿐이다. 애써 외면했을 뿐이고 그날의 기억으로부터 도망치고 있었을 뿐이다.

"대표님이 보였어요. 내 눈이 자꾸만 대표님을 찾고 있었다구요."

"한연우 씨?"

"고백하는 거예요. 이젠 할 수 없을 테니까… 한 번은 해야 한다고 생각했어요."

외면하고 도망쳐도 같은 자리였다. 연우의 두 눈은 재휘를 쫓고 두 발은 재휘를 찾고 있었다. 그리고 지금, 지금까지도 연우의 심장은 재휘를 향해 뛰고 있었다.

"걱정하지 말아요. 끝내려는 거니까."

가로등 아래, 다가오는 연우의 눈이 슬퍼 보였다. 덥고 습한 바람이 재휘의 가슴을 할퀴고 지나갔다.

"멈추게 하려구요. 이런 내 마음. 그래서… 장세영 씨 제안 수락했어요."

연우가 재휘 앞에 섰다.

훌쩍 콧물을 들이마시고 고개를 들어 자신을 보고 있는 재휘를 향해 미소를 만들었다. 깨닫는 순간 끝나버리는 사랑도 있었다. 그래도 사랑이었다. 연우를 보는 재휘 가슴이 먹먹하게 차올랐다.

# 스튜를 끓이는 남자

장마의 시작은 요란했다. 늦은 장마였고 늦은 만큼 심술궂었다.

온종일 쏟아져 내린 굵은 빗방울들이 성난 쇠구슬처럼 유리창을 때리고 여린 나뭇잎들을 찢으며 바닥으로 떨어졌다. 땅속으로 채 스며들지 못한 빗물이 라벨르 잔디 정원에서 찰랑댔다.

오후엔 바람까지 거세졌다. 낮게 내려앉은 하늘 밑으로 윙윙대며 날아다니는 바람이 빗줄기를 흩트리고 나뭇가지를 흔들었다. 라벨르 돌담 주변으로 부러진 나뭇가지와 쓰러진 화초들이 서로의 몸을 어지럽게 휘감고 있었다.

런치타임, 줄줄이 예약이 취소되고 비바람을 피해 라벨르로 숨어든 몇몇 손님들은 장마 얘기로 식사 시간 대부분을 할애했다.

"오늘은 돌아올까?"

브레이크 타임, 손님도 직원들도 모두 사라진 텅빈 홀.

창밖을 내다보던 재휘가 중얼댔다. 테이블과 의자를 오르내리며 장난을 치던 고양이가 쫑긋 귀를 세웠다.

"이리와, 화이트!"

자신을 부르는 소리에 기다렸다는 듯 고양이가 재휘 품으로 뛰어 올랐다.

등줄기를 쓰다듬는 재휘 손끝을 따라 고양이의 하얀 털이 물고기 비늘처럼 반짝였다. 벌써 며칠째, 연우는 연락이 없었다. 전화기도 꺼져 있었다.

제멋대로 고백을 하고, 멈추겠다고 선언을 하고. 다음날 아침 사라져버렸다. 곧 돌아올 거라고 생각했다. 그러나 수일이 지나도록 연우는 나타나지 않고 있었다.

빗줄기는 시간이 지날수록 거세졌다. 좀처럼 그칠 것 같지 않은 비. 곧 어둠이 내리리라. 사라진 연우를 생각하며 재휘 마음이 초조해졌다.

"강 대표?"

그때 유리로 된 다관과 찻잔을 들고 나온 셰프가 재휘를 불렀다.

"이리와!"

"…?"

"이런 날엔 화차가 제격이야."

테이블에 찻잔을 세팅하며 셰프가 빙그레 웃었다.

셰프 손에 들린 유리 다관 안에서 하얀 목련 꽃 한 송이가 막 꽃을 피우고 있었다.

"신이화차야."

이른 봄, 꽃샘추위 한가운데 꽃을 피우는 목련 송이를 설탕에
절여 숙성시킨 화차! 매운 맛이 난다고 하여 신이(辛夷). 실제로
노란 빛깔의 차는 코끝을 찌릿하게 자극할 만큼 매콤하면서도 시
원한 맛을 지니고 있었다.

"올해 꽃이 유난히 많이 달렸어."

"…."

"해마다 꽃이 줄어 걱정이었는데… 강대표 오는 줄 알았나봐."

라벨르 정원 한가운데 흐드러지게 피던 목련꽃. 그러나 재휘가
돌아왔을 때 꽃은 이미 지고 없었다. 꽃이 진 자리에 돋은 푸른 잎
들만이 무성했다.

"완이였어요."

"응?"

"목련꽃 좋아한 사람… 저 아니고 완이였다구요."

찻잔을 입으로 가져가는 재휘의 표정이 쓸쓸했다.

팝콘이 터지는 것 같다고 했던가? 추위를 뚫고 꽃을 피워내는
목련이 봄을 부르는 전령이라고도 했다. 휘황하게 피어오른 꽃들
이 모두 지고 나서야 온전한 봄이 온다는 사실을 알면서도 완이는
떨어지는 꽃잎들이 못내 아쉬워 발을 굴렀다.

그래서였을 것이다. 완이가 목련꽃으로 차를 만들기 시작한 것은.

-봄을 마시는 기분이야!

유리 다관 안에서 비로소 만개하는 목련꽃을 바라보며 완이는
그렇게 말했다.

봄이 들어 있다고.

그녀의 봄이 되고 싶었다. 따사로운 바람과 풍요로운 햇살이 되어 그녀의 봄을 만들고 싶었다. 그러나 재휘는 끝내 그녀의 봄을 만들어주지 못했다.

화차의 뜨거운 기운이 혀끝을 따라 온몸으로 퍼졌다. 가슴 밑바닥 울컥, 뭔가가 솟구쳐 올라왔다.

"구했는지 모르겠네?"

심란한 표정으로 창밖을 내다보던 셰프가 알 수 없는 말을 중얼댔다. 찻잔을 입으로 가져가던 재휘가 셰프에게 시선을 돌렸다.

"장세영 이사, 무리한 요구를 해왔어."

세영의 이름이 나오자 재휘 눈에 뭔지 모를 불길함이 매달렸다.

"무슨 말이에요?"

"송이를 이용했으면 좋겠다고."

"…?"

"약혼식 비앙드 말이야."

"한연우 씨 설마?"

"송이를 구할 수 있겠냐고 물었어. 힘들 거라고 했는데도…."

송이 철이 아니었다. 지금쯤 송이 균들은 어둡고 축축한 땅 속, 소나무 뿌리에 매달려 덥고 습한 여름을 인내하고 있을 것이다. 뜨거운 태양 볕이 부드러워지기를, 찬바람이 더운 공기를 몰아내 주기를 묵묵히 기다리며. 그럼에도 지금, 송이를 구할 수 있는 곳이라면?

"철원 농장 번호를 가르쳐주긴…."

셰프 말이 끝나기도 전에 재휘가 자리에서 일어났다.

"강 대표?"

놀란 셰프가 재휘 이름을 불렀다. 옆자리에 누워 있던 고양이도 번쩍 고개를 치켜들었다. 그러나 재휘는 돌아보지 않았다. 빗속을 뚫고 주차장에 주차해둔 자동차를 향해 달렸다.

'멍청이!'

며칠 전 주방에서 버스 시간을 확인하던 연우 모습이 떠올랐다. 갈 곳이 있느냐고 물었던가? 연우는 엷은 미소를 보낼 뿐 대답 하지 않았다.

그때라도 깨달았어야 했다. 그녀가 조금씩 변해가고 있다는 사실.

언제부터였을까? 연우는 더 이상 화를 내지도, 수다를 떨지도 않았다. 요리에 대한 지적에도 고개를 끄덕일 뿐 반응하지 않았다. 알바 생을 괴롭히는 악덕 점주에 대한 분노도, 먼지를 몰고 들어온 고양이에 대한 막말도 쏟아내지 않았다.

묵묵히 자신이 해야 할 일을 했고 틈틈이 생각에 잠겼다. 생기를 잃어버린 그녀의 눈빛을 외면했던 자신의 무신경에 재휘는 화가 났다.

-벌써 며칠째 산장에 묵고 있어. 송이를 꼭 구해가야 한다고 하더라고.

휴대폰 너머 농장 관리인은 연우가 내려온 지 일주일이 다되어간다고 했다.

비 내리는 숲을 헤매고 있을 연우 모습을 상상하며 재휘가 속도를 높였다. 서두르면 해지기 전 연우를 만날 수 있을지도 모른다.

마음이 조급해졌다.

서울을 벗어난 재휘의 자동차가 철원으로 들어서자 거세던 빗줄기는 한풀 꺾여 있었다. 그러나 검은 하늘은 언제라도 물 폭탄을 쏟아낼 듯 낮게 내려앉아 있었다. 두어 시간 남짓 비포장도로를 달려온 재휘가 산장 안으로 뛰어 들어갔다.

어두웠다. 벽을 더듬어 전원 스위치를 올렸다. 창백한 불빛 아래, 텅 빈 실내가 썰렁했다. 어디에서도 사람의 온기는 느껴지지 않았다.

"한연우 씨?"

재휘가 연우 이름을 불렀다. 깊은 침묵에 잠겨 있던 산장 주변으로 재휘 목소리가 퍼져 나갔다. 그때 벽난로 앞, 소파 위에 떨어져 있는 담요가 눈에 들어왔다. 주방 식탁, 먹다 남은 컵라면과 생수병들도 굴러다니고 있었다.

"한연우?"

재휘가 주방 앞 방문을 열어젖혔다. 방 한가운데 눈에 익은 캐리어 하나만이 덩그러니 놓여 있었다.

"대체 이 시간까지 어딜 헤매고 있는 거야, 너?"

손전등을 챙긴 재휘가 숲속으로 들어갔다.

ㅡ찬물개울 쪽으로 올라갔을 거야.

농장 관리인은 연우가 송이를 찾아 숲속으로 들어갔을 거라고 했다. 사람의 발길이 닿지 않는 산이었다. 골이 깊었고 산세가 거칠었다. 한번 길을 잃으면 쉬이 빠져 나올 수 없는 숲이라고도 했다.

산길로 접어든 재휘 마음이 불길한 생각들로 번잡했다.

모른 척 외면하고, 아닌 척 마음을 가려도 이미 재휘의 가슴 한 구석, 커다랗게 둥지를 틀어버린 존재.

아침을 깨우는 주방의 부산한 소음이 사라지고 푸시시한 몰골로 배웅을 하던 연우의 미소가 사라진 아침은 적막했다.

고양이와 티격대는 소리도, 늦은 밤 알바에서 돌아오는 고단한 발소리도 사라진 집 안은 쓸쓸했다.

멘토가 되어 달라며 떼를 쓰고, 자신의 요리를 평가해달라며 졸라대고. 불편하고 성가신 존재가 사라졌는데도 재휘 일상은 바람이 빠져나간 풍선처럼 허허로웠다.

연우, 안개비를 뜻한다고 했던가?

그녀는 자신의 이름처럼 재휘의 빈틈들을 뚫고 들어와 느리게 조금씩 온몸으로 퍼져 나가고 있었다.

손전등 불빛을 따라 정신없이 걷던 재휘가 숲속 어디쯤 툭하니 발을 멈췄다.

사방은 짙은 어둠으로 막혀 있었다. 바닥은 습하고 미끄러웠다. 숲을 에워싼 밤공기도 눅눅했다. 발아래 흙냄새도, 우거진 수풀 향기도 비에 젖어 짙고 깊었다.

나뭇잎 사이에 몸을 숨긴 채 밤을 맞던 풀벌레들이 재휘 발소리에 놀라 발작적으로 울어댔다. 그러나 그곳 어디에도 연우의 흔적은 보이지 않았다.

막막했다.

***

소나무 아래 나뭇잎들을 헤집던 연우가 고개를 들었다. 어느새 주변이 어둑했다.

시간을 확인했다.

젠장! 궂은 날은 해가 빨리 진다는 사실을 깜빡했다. 결국 송이를 포기한 연우가 배낭에 챙겨 온 손전등을 꺼내 들고 서둘러 산길을 내려갔다.

비에 젖은 낙엽이 깔린 산길은 오르는 것보다 내려가는 길이 훨씬 위험했다. 경사로, 발을 떼어놓을 때마다 몸의 중심이 흔들렸다. 나뭇가지를 잡고 균형을 유지하려 애를 써도 엉덩방아를 찧기 일쑤였다.

어둠 속 길이라도 잃지 않을까, 산짐승이라도 나타나지 않을까 등줄기로 서늘한 식은땀이 흘렀다.

멧돼지를 조심하라던 농장 관리인의 말도 떠올랐다. 최근 농가에선 시도 때도 없이 나타나 농작물을 헤집어 놓은 멧돼지들 때문에 애를 먹고 있다고 했다. 그때 날짐승 한 마리가 날카로운 울음소리를 내며 날아올랐다.

놀란 연우가 본능적으로 고개를 돌렸다. 그 순간 잡고 있던 나뭇가지 하나가 우두둑 소리를 내며 부러졌다.

동시에 균형을 잃은 연우 몸이 경사로 아래로 미끄러졌다. 단말마와 함께 데굴데굴 굴러 떨어지던 연우 몸이 소나무 둥치에 걸려 턱하니 정지했다.

잠시 정신을 잃었던 연우가 눈을 떴다. 온몸이 욱신욱신 쑤시고 저렸다.

"소… 손전등?"

손전등이 보이지 않았다.

두리번대던 연우가 나뭇잎 사이에 떨어져 있는 손전등을 발견했다. 끙, 소리를 내며 몸을 일으켰다. 움직일 때마다 놀란 근육들이 비명을 질러댔다.

처음부터 미친 짓이었다. 송이를 구하겠다고 강원도 철원까지 내려온 것도, 몇날며칠 숲을 헤맨 것도.

아니, 아니다. 세영의 부탁을 거절하지 않은 게 모든 문제의 발단이었다. 그러나 후회해도 소용없었다. 어이없고 한심하게도 지금 자신은 강원도 산골, 어두운 숲속을 홀로 헤매고 있었다. 흙투성이, 망신창이가 된 몸으로.

엉금엉금 기다시피 손전등을 향해 다가간 연우가 한 손을 뻗었다. 순간 아얏! 놀란 두 눈이 툭하니 튀어 나왔다.

"서… 설마?"

떨리는 연우 손이 뒤엉켜 있는 나뭇잎을 이리저리 걷어냈다. 심장이 쾅쾅댔다.

제발, 제발! 소원을 빌 듯 마음속으로 뭔가를 기원했다. 그때였다. 드러난 나무 둥치 주변으로 봉긋 봉긋 솟아오른 버섯 머리가 보였다.

연우가 손전등을 들이댔다.

"소소소 송이다!"

털썩 주저앉으며 연우가 소리쳤다. 수백 년 묵은 산삼이라도 발견한 사람처럼 온 몸이 부들댔다. 좀 전 산길에서 굴러 떨어지며 찢기고 부딪힌 상처의 아픔도, 깜깜한 숲속 홀로 있다는 두려움도 말끔히 사라졌다.

질끈 감았던 두 눈에서 찔끔 눈물도 흘렀다. 소리치고 싶었다. 덩실덩실 춤이라도 추고 싶었다.

그러나 지체할 시간이 없었다. 농장 관리인에게서 배운 대로 미리 준비해간 나무 지팡이를 땅 속 깊이 찔러 넣었다. 송이 몸통들이 톡톡 소리를 내며 딸려 올라왔다.

끊어진 뿌리에서 짙은 솔향이 퍼졌다. 머리끝까지 시원해지는 향기! 킁킁대며 향기를 맡던 연우의 입꼬리가 양쪽으로 길게 끌려 올라갔다.

송이의 상태도, 양도 만족스러웠다. 다 캐낸 송이를 면포에 감싼 후 배낭에 챙겼다.

그때였다. 어디선가 나뭇잎 부스럭대는 소리가 들렸다.

산을 내려가려던 연우가 발을 멈췄다. 살아있는 것의 움직임, 뭔가 있었다.

앞을 가로막고 있던 나뭇가지를 소리 나지 않게 들어올렸다. 앗! 그 순간 연우의 몸이 공포로 얼어붙었다.

10미터도 떨어져 있지 않은 곳, 나무 둥치에 코를 처박고 흙을 파헤치던 멧돼지 한 마리가 나뭇잎 사이로 고개를 내민 연우를 멀뚱히 보고 있었다.

"미… 미안!"

연우가 뒷걸음질 쳤다. 머릿속이 하얗게 질렸다. 얼어버린 몸이 제대로 말을 듣지 않았다.

멧돼지가 그런 연우를 향해 천천히 몸을 움직였다.

"아… 아니, 오지 마! 나 그냥 갈 거야. 제발!"

등을 보이면 절대 안 된다고 했다. 눈을 피해서도 소리를 질러서도 안 된다. 농장 관리인이 해준 말들을 떠올리며 연우가 주변을 살폈다. 분명 높은 곳으로 도망가라고 했다. 그러나 도망갈 곳이 없었다. 자신이 서 있는 곳은 비탈길이었고 기어오를 만한 나무도, 바위도 없었다.

다가오는 멧돼지 발소리가 빨라졌다. 연우도 빠르게 뒷걸음질 쳤다. 그러나 몇 걸음 떼어 놓기도 전에 발아래 뭔가가 우두둑 소리를 내며 부러졌다.

놀란 연우가 고개를 숙였다. 순간 둔탁한 멧돼지 발소리가 연우를 향해 돌진했다.

"아아아아!"

기겁을 한 연우가 숲길을 달려 내려갔다.

낮은 곳으로 도망치면 위험하다는 농장 관리인의 말도 새까맣게 지워졌다.

이판사판, 어둠을 뚫고 무작정 달렸다. 그러나 흥분한 멧돼지 속도가 연우보다 몇 배는 빨랐다.

숨이 턱까지 차오른 연우 다리가 휘청 꺾였다.

아악! 바닥으로 넘어진 연우가 두 손으로 얼굴을 가렸다. 아주 짧은 순간, 이렇게 죽을 수도 있다는 공포가 연우의 이성을 마비시켰다. 그때였다. 무엇인가 연우 팔을 획하니 끌어당겼다.

"아아악!"

놀란 연우가 두 팔과 두 다리를 휘저으며 맹렬히 저항했다.

"조용히 해!"

순간 툭! 연우의 온몸에서 힘이 빠져 나갔다. 사람이었다.

깜깜한 숲속, 분명 사람의 목소리가 들렸다. 익숙했다. 목소리 그리고 향기. 질끈 감겨 있던 연우의 눈이 깜빡였다.

"꿈인가? 아니면 벌써 죽은 건가?"

빠져나갔던 이성이 아직 제자리를 찾지 못하고 있었다. 연우가 다시 눈을 감았다. 재휘가 그런 연우를 흔들었다.

"한연우, 눈 떠!"

재휘의 낮은 목소리에 연우가 화들짝 눈을 떴다. 분명 자신의 눈앞에 있는 사람은 재휘였다.

"대… 대표님?"

"쉿!"

재휘 손이 재빨리 연우 입을 틀어막았다. 쿵쿵대는 멧돼지 소리가 지척에서 들렸다. 낮은 바위 틈, 재휘가 연우를 끌고 더 깊이 몸을 숨겼다.

"괜찮아, 진정되면 곧 돌아갈 거야."

"여… 여긴 어떻게?"

연우 눈에 더 이상 멧돼지는 들어오지 않았다. 이런 시간, 이런 장소에 나타난 재휘 존재가 도무지 믿기지 않았다.

"사람 얼굴을 왜 그렇게 빤히 들여다보는 거야?"

"반가워서요."

"뭐?"

"다시는 못 볼 줄 알았거든요."

"한심하긴."

그때 한쪽 신발을 잃어버린 연우 발이 재휘 눈에 들어왔다.

반바지 아래 여기저기 찢기고 긁힌 상처와 퉁퉁 부은 발목이, 아파 보였다.

재휘의 일그러진 표정을 보지 못한 연우가 민망한 듯 훌쩍 콧물을 들이마셨다. 그런 두 사람 머리 위로 빗방울이 떨어졌다.

다시 시작된 빗줄기에 한동안 주변을 맴돌던 멧돼지가 어디론가 사라졌다.

"업혀!"

재휘가 연우를 향해 등을 내밀었다. 뜻밖의 제안에 놀란 연우가 한발 뒤로 물러났다.

"괜찮아요."

"내가 안 괜찮아."

"…?"

"난 신발을 벗어줄 생각이 없고, 울퉁불퉁 험한 숲길을 맨발로 내려가는 널 보면 내 마음이 불편할 것 같고. 다른 방법 있어?"

"헐?"

연우가 밉살스럽게 얘기하는 재휘 등에 털썩 업혔다. 재휘 몸이 휘청 흔들렸다.

"후회해도 소용없어요. 중간에 절대로 안 내릴 거니까."

"좋을 대로…."

연우가 비춰주는 손전등 불빛을 따라 산을 내려가는 재휘는 더 이상 말이 없었다.

그런 재휘 목을 연우가 가만히 끌어안았다. 그의 등은 넓고 따뜻했다. 좀 전 멧돼지에 쫓기던 일들이 꿈처럼 아득해졌다. 어쩌면 죽을지도 모른다고 생각한 순간 맨 처음 떠오른 얼굴.

거짓말처럼 그가 자신 앞에 나타났을 때, 연우는 왈칵 눈물을 쏟았다. 반가움이었고 안도였다.

"고마워요."

혼잣말을 중얼대며 연우가 재휘 목을 더 깊이 끌어안았다. 놓치고 싶지 않았다.

벽난로에서 장작이 빨갛게 타들어갔다.

장맛비가 몰고 온 산장의 습한 공기가 타닥타닥 튕겨 오르는 불꽃 속으로 빨려 들어갔다.

"아아아!"

연우가 엄살을 부리며 소리를 질렀다.

얼굴이며 다리며 여기저기 난 생채기에 약을 바르고 반창고를 붙여주던 재휘가 그런 연우 머리를 밀어냈다.

"됐어."

"우이, 씨!"

연우가 입술을 삐죽댔다. 그러거나 말거나 바닥에 떨어져 있던 담요를 연우 무릎에 던져주고 재휘가 장작불을 살폈다.

새로운 장작 몇 개를 더 집어넣자 매캐한 연기가 올라왔다.

"고마워요. 찾아와줘서…."

창문을 열던 재휘가 연우를 향해 돌아섰다.

담요를 머리끝까지 뒤집어쓴 연우가 덕지덕지 반창고를 붙인 두 다리를 끌어안고 쑥스러운 듯 훌쩍 콧물을 들이마셨다.

"그렇게 사라져서 걱정했어."

"…?"

흔한 염려의 말이었다. 그럼에도 쿵, 연우의 심장은 또 소리를 내며 흔들렸다. 조금 전 자신을 업고 내려오던 재휘의 온기가, 체취가 머릿속을 어지럽혔다.

"보여줄 거 있어요."

연우가 자리에서 일어났다. 들키고 싶지 않았다. 자신의 혼란, 미련한 감정.

그 모든 것을 떨치려는 듯 주방에 있던 대나무 바구니를 들고 와 재휘에게 내밀었다.

재휘가 바구니를 덮고 있던 면포를 걷어냈다. 엄지손가락보다 조금 더 큰 송이버섯들이 싸한 소나무 향기를 뿜어내고 있었다.

"생명의 냄새에요."

히죽, 연우가 웃었다.

"얘네들 오늘까지 안 올라오면 내일은 돌아가려고 했어요."

"이렇게까지 할 필요 없다고 말했을 텐데…."

"장세영 씨 부탁 때문만은 아니라고 했잖아요."

"…?"

"대표님에게 드리는 제 선물이에요."

마음은 항상 제멋대로 흘러간다. 고이고 쌓이기 전에, 제자리로 돌려놓아야 한다. 더 큰 후회를 만들지 않기 위해, 더 큰 상처를 받지 않기 위해.

"배고프다."

연우가 다시 주방으로 들어갔다.

"우리 뭐 좀 먹을까요? 라면 어때요?"

"난 됐어!"

"꼬시는 거 아닌데…."

"뭐?"

동그래진 재휘 눈을 보며 연우가 어이없다는 듯 고개를 저었다.

"됐어요. 농담이었어요."

연우가 주방 이곳저곳을 뒤졌다. 서랍장 안엔 며칠 전 사다놓은 생수 몇 병만이 달랑 남아 있었다.

"다 먹었나? 분명 남은 게 있었는데…."

"기다려봐!"

주방으로 들어온 재휘가 연우를 밀어냈다.

뜨악한 연우 눈이 그런 재휘를 따라갔다.

"뭐하시는 거예요?"

"라타투이!"

"스튜를요? 대표님이?"

"감자와 토마토뿐이지만… 뭐, 어떻게 되겠지."

며칠 전 연우가 농장에서 얻어다 놓은 채소 바구니를 뒤적이며 재휘가 어깨를 으쓱해 보였다.

"여기 당근도 하나 있네."

"고기는요?"

"네가 먹다 남긴 저거…."

재휘가 식탁 위 찌그러진 맥주 캔과 함께 뒹굴고 있는 프랑크 소시지를 가리켰다.

"설마 저걸?"

"세르반테스가 그런 말을 했다지, 아마. 세상에서 가장 훌륭한 음식은 허기다."

"…?"

"최상은 아니지만 최선의 요리는 될 수 있을 거야."

빠르고 능숙하게 채소를 손질한 재휘가 보잘것없는 라면 냄비에 채소와 소시지를 보기 좋게 배열했다.

육수 대신 생수를 넣고 소금과 후추로 간을 한 후 불을 조절하고 시간을 확인했다.

달랐다. 딱딱한 슈트 속에 자신을 가두고 사람들과 일정 거리를 두고 선을 긋고. 누구에게도 곁을 내어주지 않던 라벨르 대표.

평소의 재휘 모습이 아니었다. 산장의 좁은 주방을 바쁘게 움직이면서도 그는 평온해 보였고, 그 어느 때보다 자유로워 보였다.

"와우, 어떻게 이런 맛이?"

벽난로 앞, 스튜 그릇을 양손에 든 연우가 믿을 수 없다는 듯 호들갑을 떨었다.

"오버하지 마!"

"진짠데…"

감자와 토마토, 당근과 먹다 남은 소시지. 그게 전부였다. 소박하다 못해 보잘것없는 재료, 제대로 된 양념도 도구도 없이 만들어진 요리. 그러나 연우가 먹어본 그 어떤 레스토랑의 맛보다 독특하고 매력적이었다.

"허기 때문이야."

연우의 감탄에 쑥스러운 듯 재휘가 웃었다.

그러나 연우는 알고 있었다. 재휘가 만든 맛은 배고픈 뇌의 위장술만은 아니라는 사실을, 허기로도 설명될 수 없는 특별한 맛이 그 안에 숨어 있었다.

'내 인생 두 번째 라타투이….'

그날 밤 연우는 처음으로 먹었던 라타투이의 추억을 이야기했다.

엄마의 죽음, 프랑스 여행, 그곳에서 맛본 라타투이.

그 강렬했던 맛의 기억이 오늘의 자신을 만들었다고.

음식 탓이었을 것이다. 연우는 평소보다 수다스러웠고 재휘는 그런 연우를 보며 오래전 완이가 했던 말들을 떠올렸다.

─백조라는 사실을 모른 채 미운 오리 새끼로 살아가는 사람들 있잖아? 당신처럼….

그때까지만 해도 재휘는 완이의 말뜻을 이해하지 못했다. 그러나 지금, 말끔히 비운 스튜 그릇을 끌어안고 새근새근 잠들어버린 연우를 보며 재휘는 어쩌면 완이 말이 맞을지도 모른다고 생각했다.

송이를 찾겠다고 온종일 숲을 헤매고, 스튜 한 그릇에 자신의 속 마음을 훤히 풀어헤치고, 어린아이처럼 잠들어버릴 수 있는 사람.

무모하고 솔직한 그래서 어리석은. 그러나 그 어리석음이 그녀를 반짝이게 했다. 보는 이들을 자꾸만 돌아보게 하고 그녀 곁에 머물고 싶게 했다.

잠든 연우를 재휘가 안아 올렸다. 가볍게 딸려 올라온 연우의 작은 몸에서 푸릇한 숲속 향기가 묻어났다. 깊은 꿈속을 헤매는 듯 숨소리는 낮고 평온했다.

"다행이다. 너를 찾아서."

침대 위에 연우를 내려놓으며 재휘가 낮게 중얼댔다.

그런 재휘 목소리를 듣기라도 한 듯 곤하게 잠들어 있던 연우의 두 팔이 떨어져 나가려는 재휘 품속으로 파고들었다.

달콤한 꿈이라도 꾸는 것일까? 연우의 입술 사이로 기분 좋은 미소가 번졌다.

그런 연우를 가만히 떼어낸 재휘가 이마로 흘러내린 머리카락들을 쓸어 넘겼다.

좀 전까지는 보지 못했던 생채기들이 이마며, 목덜미며 울긋불긋 돋아 있었다. 안쓰러운 듯 재휘가 가늘게 한숨을 토해냈다.

그때 연우의 눈꺼풀이 깜빡였다. 고단한 잠에서 빠져나오기 싫은 듯 느릿느릿 열린 연우의 동공이 재휘를 보고 깜빡였다.

꿈과 현실의 중간 어디쯤… 그녀는 여전히 꿈속을 헤매는 사람처럼 보였다. 재휘가 소리 죽여 일어났다. 그녀의 잠을 방해하고 싶지 않았다.

"가지 말아요."

빠져 나가려는 재휘 손을 잡으며 연우가 속삭였다. 어느새 꿈속을 지나 현실로 나온 그녀의 눈이 재휘를 보고 있었다.

"가지 말아요, 오늘은."

아이 살결처럼 부드럽게 연우 목소리가 재휘를 잡아끌었다. 그 순간 무엇에라도 홀린 듯 재휘 입술이 연우 이마를 가볍게 눌렀다. 작고 단단한 이마, 부드러운 콧날, 따뜻한 입술. 그리고 누구보다 섬세하고 예민한 그녀의 혀.

어쩌면 그녀의 혀 때문이었을지도 모른다. 자신의 미각이 돌아오기 시작한 건. 또 떠나려는 그녀를 매번 자신의 곁에 묶어두려 했던 것은.

재휘가 더 깊이 연우를 끌어당겼다. 그의 뜨거운 혀가 연우의 혀뿌리를 뚫고 더 깊숙한 곳으로 빨려 들어갔다.

숨이 차오른 듯 연우의 가슴이 부풀어 올랐다. 그녀의 두 팔이 재휘 목을 부드럽게 휘감았다.

# 데세르 (Desserts - 디저트)

사랑과 음식의 공통점 셋,

슬픔을 견디게 한다.

# 엇갈린 사랑


라벨르 담장을 따라 입구까지 장식되어 있는 새하얀 장미꽃.

장미를 엮어 놓은 금색, 은색의 휘황한 장식들. 그 위로 쏟아지는 한낮의 태양. 눈부셨다.

정재계 인사들 이름이 적힌 화환이 입구부터 야외 식장까지 꽃길을 만들었다. 짙푸른 잔디 마당, 우뚝 솟은 얼음조각은 더운 날씨를 이기지 못한 채 맑은 물방울들을 뚝뚝 털어내고 있었다.

식전 곡을 연주하는 단상 옆 미니 오케스트라 단원들 셔츠가 흥건히 젖고 이마에서도 연신 땀방울이 흘러내렸다. 손에 초청장을 든 하객들이 손부채질을 해대며 식장으로 들어섰다.

왁자한 그들을 지정된 좌석으로 안내하며 라벨르 직원들이 바쁘게 움직였다.

몰려드는 하객들 속도에 맞춰 주방도 바쁘게 움직였다.

이미 주방 안은 더운 열기로 숨쉬기조차 어려웠다. 천장에서 쏟아지는 차가운 바람은 수백인 분의 스테이크를 동시다발로 구워내는 그릴의 열기와 주방 식구들이 하나씩 차지하고 있는 화구 열기를 식히지 못했다.

강원도 숲에서 직접 채취한 송이를 굽는 연우 등줄기로도 뜨거운 땀방울이 흘러 내렸다. 김이라도 뿜을 듯 이마에선 열이 올라왔다. 숨이 찼다. 주방의 열기 때문인지, 곧 시작될 재휘의 약혼식 때문인지….

어찔한 현기증이 시야를 자꾸만 흩뜨렸다.

오늘까지만, 딱 오늘까지만이다.

열에 들뜬 몸을 곧추세우며 연우가 크게 숨을 들이마셨다.

재휘와의 관계도 그로 인한 흔들림도 오늘까지로 족했다. 그때 재휘가 도착했다는 소식이 전해졌다. 남자 직원들이 장난스럽게 휘파람을 불어댔다.

여직원들의 환호성이 홀을 지나 주방까지 밀려들어왔다. 곁에서 소스를 졸이던 서진이 연우 눈치를 살폈다.

"괜찮아?"

"보시다시피…. 아주 조금 헤매고 있어."

서진의 말뜻을 모르지 않았다. 그러나 연우는 몇 달 만에 돌아온 라벨르 주방에 대해 말했다.

손에 붙지 않는 기구들. 이른 아침, 송이 박스를 들고 나타난 자신의 모습에 황급히 자리를 피하던 라벨르 직원들의 불편한 태도. 그리고 여전히 힐끔대는 주방 식구들의 따가운 시선.

"요리 말고 마음?"

"…?"

괜찮지 않았다. 아니, 괜찮을 리 없었다. 안간힘을 다해 버티고 있을 뿐, 그럼에도 연우는 있는 힘껏 입 꼬리를 끌어 올렸다. 이미 엔딩은 정해져 있었다. 그들의 이야기 속으로 허락도 없이 뛰어든 것은 연우 자신이었다.

"괜찮으려고."

"이렇게까지 할 필요 없잖아. 요리는 셰프한데…."

"내가 해줄 수 있는 게 뭘까 생각했어."

"…?"

"요리밖에 없더라고. 장세영 씨 부탁 거절하지 않은 건, 그래서야."

교통사고라고 했던가? 지난 봄, 재휘는 그렇게 말했다. 두 사람이 보낸 하룻밤은 누구에게나, 한 번쯤 발생할 수 있는 사고 같은 것이라고. 미련 둘 것 없다는 말이었고 마음 쓰지 말라는 뜻이었다.

연우도 그렇게 하고 싶었다. 우연이 만들어낸 필연도, 폭풍처럼 다가온 운명도 아니라고. 연인의 배신에 대한 분노로 휘청였고 버림받은 영혼이 일탈한 곳에 하필 재휘가 있었을 뿐이라고.

그때의 연우는 알지 못했다. 모든 사고에는 후유증이 남는다는 사실을. 지워진 기억에도 엄연히 흔적은 존재한다는 사실을. 미풍한 조각이 만들어낸 태풍이 기어이 자신을 향해 몰아치고 있다는 사실을.

"사고가 아니었거든."

온몸을 적시고, 뿌리째 뒤흔들고, 한치 앞도 내다볼 수 없게 만드는 요란한 비바람.

연우는 아직도 재휘가 만들어낸 비바람 속에 서 있었다.

벗어나야 했다. 마음속 켜켜이 쌓인 재휘의 기억들로부터. 털어내야 했다. 자꾸만 재휘에게로 향하는 마음의 파편들을. 그의 약혼식 요리를 맡겠다고 한건 그래서였다.

"한연우 씨?"

바쁘게 손을 놀리던 주방 식구들 시선이 일제히 출입문 쪽으로 향했다.

자신을 부르는 목소리에 화구 앞, 연우도 고개를 돌렸다.

"잠깐 볼까?"

재휘였다. 움푹 들어간 재휘 눈이 연우를 보고 있었다.

자신을 향한 주방의 모든 시선을 걷어내고. 마치 그곳, 더운 열기 속 연우만이 존재하는 듯 재휘는 연우만을 보고 있었다.

뜨겁게 달궈진 프라이팬에서는 송이버섯이 익어가고 있었다.

"지금은…."

연우가 말을 흐렸다. 재휘가 그런 연우에게로 다가왔다. 주방 식구들이 숨을 죽였다. 연우가 한 발 뒤로 물러섰다.

"잠깐이면 돼!"

재휘 손이 연우 팔목을 움켜잡았다.

***

라벨르 초입 빡빡하게 주차돼 있는 자동차들, 식장을 세팅하는 라벨르 직원들의 바쁜 걸음, 자리를 찾아가는 하객들의 웅성거림.

창턱에 두 손을 짚은 채 재휘는 어수선한 창밖 풍경만을 노려보고 있었다. 연우가 크게 숨을 들이마셨다.

"대표님?"

"어디 있었던 거야?"

재휘가 연우를 향해 돌아섰다. 면도를 하지 않은 얼굴이 까칠했다. 제대로 잠을 이루지 못한 듯 얼굴빛이 창백했다.

세상의 모든 색을 섞어 놓은 듯 짙고 검게 가라앉은 눈빛은 침울했고, 세상의 모든 소리를 삼킨 듯 굳게 닫힌 입술엔 분노가 어려 있었다.

구겨진 재킷도 풀어헤친 셔츠 자락도 평소의 그답지 않았다.

산뜻하게 자른 수염 자국을, 날렵하게 드러난 턱선을, 서늘하게 솟은 콧날을….

연우는 손으로 빗은 듯 흠잡을 데 없이 균형을 이루고 있던 재휘의 이목구비를 떠올렸다. 보는 사람들을 기분 좋게 만들어 주던 옷차림도 과하지도 부족하지도 않게 풍기던 그만의 시원한 향기도.

"짐은 곧 정리할게요"

질문에 대한 대답이 아니었다. 그러나 이젠 재휘에게 이별을 말해야 했다.

"어디 있었냐고 물었잖아."

철원 산장, 연우가 사라지고 나서야 재휘는 깨달았다.

자신이 원한 건 연우의 요리도 사라진 미각을 찾고 싶다는 열망도 아니었다는 사실을.

주인 잃은 텅 빈 방이 싫었다.

음식 냄새가 사라진 주방도, 하릴없이 집안을 배회하며 연우의 냄새를 찾는 고양이의 처량함도 싫었다.

늦은 밤, 소리 죽여 귀가하던 발소리가 사라졌다는 사실이… 이른 아침, 온 집안을 뒤흔들던 알람 소리를 더 이상 들을 수 없다는 현실이… 재휘를 뒤흔들었다.

"서진이랑 있었어요. 말하지 않았을 거예요."

연우가 사라진 후 재휘는 제일 먼저 서진을 찾아갔다. 그러나 서진은 모른다고 했다. 연락이 되지 않는다고.

"부탁했거든요. 대표님께 말하지 말아 달라고."

"혹시 그날 일…."

"말하지 말아요."

연우가 재휘 입을 막았다.

"얼굴 보면 보낼 수 없을 거 같았어요."

"…?"

"대표님, 보내주기 싫어서. 그럴 자신 없어서… 그래서 도망쳤어요."

"한연우!"

재휘가 연우 앞으로 성큼 다가섰다.

연우가 한 발 뒤로 물러났다. 팔을 벌리면 닿을 수 있는 거리. 서로의 숨소리를 느낄 수 있을 만큼 가까운 거리.

만지고 싶었다. 온기를 느끼고 심장 소리를 듣고. 그러나 자신의 것이 될 수 없는 사람.

"그런 거 해본 적 없죠?"

"…?"

"좋아하는 사람 앞에서 쿨한 척하는 거? 그거 되게 어려워요. 지금 나처럼…."

연우가 돌아섰다. 재휘가 연우 팔을 낚아챘다. 순간 연우의 작은 몸이 휘청 재휘 품속으로 끌려 들어갔다.

아프게 뛰는 심장 소리, 자신의 감정을 다 담아낼 수 없어 안타까운 한숨 소리.

연우의 작은 등줄기를 타고 재휘 마음이 고스란히 파고들었다.

"대표님?"

"하지 마. 쿨한 척 같은 거…."

거칠게 갈라진 재휘 목소리가 연우 심장을 찔렀다. 찔린 심장에서 울컥 눈물이 쏟아졌다.

"그럼 나한테 올래요?"

"…?"

연우가 재휘를 향해 몸을 돌렸다.

"할 수 없잖아요. 그러니까 미련 주지 말아요. 자꾸만 기대고 싶게 하고 돌아보게 만드는 일. 그런 거 하지 말아요."

"한연우?"

"대표님 좋아한 거 후회하지 않아요. 내 멋대로 좋아하고 내 멋대로 정리하는 거니까… 미안해할 것도 없어요."

마지막 모습은 웃는 얼굴이고 싶었다. 그러나 맞은편 유리창에
비친 자신의 얼굴은 흉측하게 일그러져 있었다. 연우가 애써 입
꼬리를 끌어올렸다. 제 슬픔에 겨운 미소였다. 그래서 타인의 아
픔을 보지 못하는 이기적인 미소였다.

"네게 하지 못한 말이 있어."

대표실을 나가려는 연우를 향해 재휘가 소리쳤다. 그러나 연우
는 돌아보지 않았다.

그가 하지 못한 말이 무엇이든, 하고 싶은 말이 무엇이든… 아
직까지 하지 못한 말이라면 하지 않은 게 옳았다.

그때 퍽, 대표실 문이 열렸다. 예고도 없이 재민이 불쑥 들어섰
다. 벌겋게 달아오른 얼굴, 흐트러진 셔츠.

재민은 술에 취해 있었다.

"강재휘?"

"…?"

"어, 누구더라…. 고졸?"

재민의 머리가 불쑥 연우 코앞으로 들어왔다. 독한 술 냄새가
싸하니 퍼졌다. 당황한 연우가 주춤 한걸음 물러났다.

"또 너야? 설마 했는데… 소문이 사실이었던 거야?"

재휘와 연우를 번갈아 손가락질하며 재민이 낄낄댔다. 불쾌한
듯 재휘 미간 가득 주름이 잡혔다.

"술 마신 거야?"

"조금! 그런데 지금 이 상황… 직접 보니 되게 재밌다."

"무슨 일이야?"

"일은 무슨…. 아 그리고 강재휘? 나, 서재민 아니고 네 형!"

놀리듯 재민이 재휘 귀에 대고 속삭였다. 재휘 눈에 노기가 서렸다.

"넌 아직도 호칭 구분이 안 돼? 머리가 나쁜 건가? 어떻게 생각해, 고졸 아가씨?"

밖으로 나가려던 연우가 그 자리에 우뚝 멈춰 섰다.

"한연우라고 합니다."

"아! 이름 있었구나. 그럼 이름 불러줘야지. 고졸 한연우 씨!"

"전 그만 나가보겠습니다."

연우가 재민에게 고개를 숙였다. 재민이 그런 연우 앞을 막아섰다.

"처음 봤을 땐 되게 빡빡한 줄 알았는데…. 숨은 재능이 있었나봐? 저런 재미없는 놈을 다 꼬시고?"

"서재민!"

"서재민 아니고 형. 내가 금방 가르쳐준 거 같은데, 강재휘?"

"무슨 말이 하고 싶은 거야?"

"네 비밀에 대해서…. 강재휘 비밀 하나 말해줄까, 고졸 아가씨?"

연우가 마른침을 삼켰다.

"궁금하지 않아? 네가 모르는 재휘 비밀?"

"무, 무슨…?"

그 순간 연우의 입에서 짧은 비명이 터졌다.

동시에 재민이 바닥으로 나뒹굴었다. 재휘 주먹에서 시뻘건 핏방울이 떨어졌다. 터진 재민의 입술에서도 피가 흘렀다. 바닥에 널브러진 채 낄낄대는 재민을 향해 재휘 주먹이 다시 한 번 공중으로 치솟았다.

"대표님?"

연우가 그런 재휘 앞을 막아섰다. 삭이지 못한 경멸과 분노로 재휘 몸에 경련이 일었다.

"나가!"

처음이었다. 저토록 절망적인 재휘 목소리. 저토록 혼란스런 재휘 눈빛.

연우가 대표실을 빠져나왔다.

계단을 내려가는 그녀의 두 다리가 공중에서 춤을 추듯 허우적거렸다. 놀란 심장이 제자리를 찾지 못한 채 쿵쾅댔다.

'궁금하지 않아? 네가 모르는 재휘 비밀?'

재민의 목소리가 그런 연우 머릿속을 어지럽혔다.

\*\*\*

소파에 대자로 뻗은 채 터진 입술을 문지르며 재민이 씩씩댔다.

"위선자 새끼!"

창밖을 향해 서 있던 재휘가 재민을 향해 돌아섰다. 분을 삭이던 그의 눈에 다시 노기가 서렸다.

"뭐야? 강재휘, 너!"

다가오는 재휘를 피해 재민이 잽싸게 몸을 움츠렸다. 그 순간 재휘 손이 재민의 엉덩이 밑에서 약혼식 예복을 쑥 뽑아냈다.

"뭐야? 그 꼬라지로 약혼식은 할 모양이지?"

"네가 상관할 문제는 아닌 거 같은데. 서재민 넌, 네 문제나 신경 써."

"나? 왜?"

재휘가 TV 리모컨을 눌렀다. 화면 가득 기자들에 둘러싸인 재민의 얼굴이 등장했다.

"밖에 사람들, 그리고 기자들…. 나보다 너한테 관심이 더 많은 거 같아서 말야."

"…?"

최근 언론은 연일 재민의 기사를 쏟아 내고 있었다. 몇 해 전 그가 주도한 건설 사업은 비리로 얼룩졌고, 주주들은 그를 검찰에 고발한 상태였다.

호사가들은 재휘 약혼식이 끝나면 그가 곧 검찰 조사를 받게 될 거라며 떠들었다.

"약혼식 날 개인 요리사랑 놀아나는 주제에 훈계는?"

"닥쳐!"

"세영이 알면 어떤 표정일까 진짜 궁금하다."

"닥치라고 했지, 서재민?"

불끈 쥔 재휘 주먹을 본 재민이 잽싸게 몸을 일으켰다.

"이러면 곤란하지. 즐거워야 할 약혼식이 난투극으로 변질되면 안 되잖아."

재휘가 부르르 몸을 떨었다. 그런 재휘를 보며 재민이 배실댔다.

20년 전, 처음 만났을 때도 재민은 저런 얼굴을 하고 있었다. 온통 자신의 것들로 가득 찬 집 안, 유일하게 자신의 것이 아닌 존재.

언젠가는 자신이 가진 것들을 빼앗을지도 모르는 경쟁자 앞에서 재민은 묘한 미소를 짓고 있었다. 일정 거리 밖, 다가오지도 물러나지도 않은 채 자신을 지켜보는 그의 시선이 재휘는 언제나 불편했다.

"노인네 나 찾으면 대충 둘러대. 아! 그리고 너도 노인네 맘 변하기 전에 대충 맞춰주는 게 좋을 거야. 사고 치지 말고. 그때처럼…."

방을 나가려던 재휘가 재민을 향해 몸을 돌렸다. 피할 사이도 없이 재휘 두 손이 재민의 멱살을 부여잡았다. 끌려 올라온 재민의 얼굴이 새파랗게 질렸다.

"너한텐 다시 안 올 기회잖아."

"…?"

"기회를 놓치는 멍청한 짓은 한 번으로 끝내, 강재휘."

카이로스. 그리스 신화에 등장하는 기회의 신. 그는 자신이 다가갔을 때 재빨리 낚아챌 수 있도록 길고 풍성한 앞머리를 지녔다.

그러나 한 번 지나간 기회는 영원히 잡을 수 없다는 것을 말해주듯 뒤통수에는 머리카락을 두지 않았다. 또 두 발엔 날개를 달아 그가 얼마나 빠르게 지나갈 수 있는가를 증명한다.

잡을 것인가? 말 것인가? 남겨진 것은 오롯이 인간의 몫.

서 회장은 자신에게 기회였던가? 엄마의 장례식장, 처음 만난 서회장은 가늘게 뜬 두 눈으로 재휘를 보고 있었다.

-나와 닮았나?

서 회장의 질문에 그의 비서는 눈만 껌뻑였다. 엄마를 잃은 슬픔보다 그 순간 서 회장의 눈빛과 질문이 재휘를 더 아프게 했다.

-유전자부터 확인해!

혈통을, 등급을 심의 받는 고기 덩어리. 재휘는 도마 위에 올려진 자신의 몸을 상상했다. 서 회장에 대한 절망은 자신에 대한 혐오로 이어졌다. 어린 재휘는 그렇게 자신을 망가뜨리고 있었다.

"포기하려고."

"뭐?"

"네가 말한 기회라는 거… 포기하겠다고."

"가, 강재휘? 너 미친 거야?"

케켁대는 재민을 소파 위로 내팽개친 재휘가 슈트케이스를 들고 출입문으로 향했다.

"너 대체 무슨 꿍꿍이야, 강재휘?"

"말 그대로야. 네가 말한 기회라는 거… 포기하겠다고, 내가. 물론 그로인해 서재민, 너를 구해줄 마지막 동아줄도 끊기겠지만."

재민이 재휘 앞을 가로막았다.

"너… 너 그거 무슨 뜻이야?"

"장세영 아버지 도움, 필요한 거 아니었나? 위기에 몰린 서 재민 대표를 구해줄 마지막 동아줄. 그게 장 장관이라는 것쯤은 나도 알아."

"대단한 예비 사돈을 둔 강재휘한테 고맙다는 인사라도 하라는 거야?"

아니꼽다는 듯 재민의 한쪽 입꼬리가 비틀려 올라갔다. 그러면서도 재민은 부정하지 않았다. 불리한 상황에서도 거짓말을 하지 않는 것. 재민이 가진 단 하나의 장점이자 가장 큰 미덕이었다.

그러나 그건… 자신이 반드시 이길 거라는 확신이 만들어낸 결과물. 실력과 무관하게 항상 지는 싸움을 해야 하는 쪽에서 보면 그것은, 가진 자들의 교만. 그리고 위선. 재휘가 재민과 가까워질 수 없는 이유이기도 했다.

"아니, 하지 마. 서재민. 널 도와줄 생각이 없거든, 내가."

앞을 가로막은 재민을 밀어내고 재휘가 대표실 손잡이를 잡았다. 재민이 그런 재휘를 신경질적으로 돌려 세웠다.

"야, 강재휘? 너 무슨 짓 하려는 거야?"

"걱정 마. 더 이상 네가 가진 걸 뺏을 생각은 없으니까."

재휘의 한쪽 어깨를 잡고 있던 재민의 손이 부르르 떨렸다.

"난 이미 뺏겼는데…"

재휘 턱 밑으로 들어온 재민의 얼굴이 분노로 일렁였다.

"난 네가 처음부터 마음에 들지 않았어, 강재휘. 혼자만 상처 받은 척, 불행한 얼굴을 하고…. 주변 사람을 불편하게 만들고, 나쁜 사람으로 만들었어, 너란 놈은."

"…"

"네놈이 한 가정을 어떻게 파괴했는지는 관심도 없지?"

자신이 갖지 못한 모든 것을 지닌 존재. 열등감이었을 것이다. 또 질투심이었을 것이다. 재휘는 재민을 볼 때마다 저도 모르게 화가 치밀었다. 그러나 재민의 입장에서 보면, 그럴 수도 있었겠다.

재민에게 자신은 파괴자였는지도 모르겠다. 그러나 그렇다고 해도 전부를 잃은 사람 앞에서 하나를 잃은 사람이 투정을 부릴 수는 없었다. 재휘가 자신을 부여잡고 있던 재민의 손을 뿌리쳤다.

"사과라도 할까?"

"억지로 팔려가는 심청이 코스프레는 하지 말라는 거다. 장세영, 너한텐 과분한 사람 아닌가?"

기어이 재민의 입에서 세영이란 이름이 튀어나왔다.

"그만들 하지!"

그때 두 사람 사이로 세영의 목소리가 끼어들었다. 재휘와 재민의 시선이 동시에 출입문으로 향했다. 어느새 들어온 세영이 출입문 앞에서 두 사람을 노려보고 있었다.

"세영아?"

"아직 옷도 안 갈아입고 있었던 거야?"

"..."

"가자!"

세영이 재휘를 잡아끌었다. 그런 세영을 보는 재민의 시선이 길을 잃고 흔들렸다.

그의 눈에 비친 세영은 한겨울 눈꽃 같았다.

온통 하얗고 투명했다. 그러나 잡을 수 없었다. 손이라도 뻗어 잡으려 하면 쩍 소리를 내며 온몸이 얼어버릴 것만 같았다.

세영은 그렇게 아름다웠고 그만큼 위험했다. 그럼에도 재민은 그녀를 사랑했다. 첫사랑이었고, 끝내 이루지 못할 사랑이었다.

***

재휘 약혼식이 막 시작되고 있었다.

단상으로 올라간 사회자가 서 회장을 소개했다. 참석자들의 박수를 받으며 단상에 나간 예비 혼주 서 회장이 감사인사를 전하는 사이 주방에서 준비한 샴페인과 연어 카나페가 테이블을 돌았다.

초대 받은 이들은 자리에 걸맞게 샴페인 잔을 기울이고 연어의 부드러운 살결을 음미하며 기분 좋은 미소를 만들었다.

좁은 주방, 메인 식사를 준비하는 주방 식구들의 분주한 손놀림 위로도, 음악을 연주하는 연주자들의 머리 위로도 그들의 미소가 소리 없이 퍼졌다.

"메인 나가자. 준비 됐지?"

주방 유리문 밖으로 고개를 내밀고 초대 손님들의 표정을 살피던 셰프가 마지막 체크에 들어갔다.

각각의 파트장들이 빠르게 마무리 작업에 들어갔다. 화구 앞, 프라이팬을 잡고 있던 연우가 불을 끄기 위해 허리를 숙였다. 그 순간 어찔한 현기증이 지나갔다.

대표실, 재민이 쏟아낸 무수한 말들이 여전히 그녀의 머릿속에서 윙윙대고 있었다.

"와인 아직 안 올라왔는데요?"

그때 홀 매니저 한 명이 주방으로 들어서며 소리쳤다.

와인? 연우는 그제야 자신이 골라 놓은 메인 와인을 챙겨 올라오지 않았다는 사실을 깨달았다.

"지금 가져 올게요."

"내가 갈게, 연우야."

서진이 연우를 제지했다. 창백한 연우의 얼굴이 예사롭지 않았다. 연우가 고개를 저었다.

"아니, 내가 해."

고가의 와인부터 대중적으로 인기 있는 와인까지 수백 종. 그들이 최상의 맛과 향을 유지할 수 있도록 1년 내내 같은 온도, 같은 습도로 유지되는 곳. 라벨르 지하는 와인창고로 이용되고 있었다.

와인 목록을 든 연우가 발 밑 계단을 살피며 조심스럽게 내려갔다.

조금 전까지 화구 앞 열기로 데워졌던 몸이 와인을 위해 맞춰진 최적의 온도와 습도 안에서 빠르게 식어갔다.

드러난 손등과 팔뚝 위로 오독오독 소름이 올라왔다. 더위에 늘어져 있던 신경들이 바짝 당겨지며 어지럼증도 사라졌다.

그때였다.

어디선가 말소리가 들렸다. 낮게 속삭이는 여자의 목소리.

여자는 화를 내고 있었다.

그 자리에 멈춰선 연우가 이러지도 저러지도 못한 채 망설였다.

와인을 찾아야 했다. 화려한 과일향과 풍부한 탄닌을 지닌 칠레산 레드 와인. 송이구이스테이크를 완성할 마지막 퍼즐. 그러나 사람들의 눈을 피해 와인 창고로 숨어든 누군가의 비밀스런 대화를 엿듣고 싶지도 방해하고 싶지도 않았다.

"장세영!"

그때 남자의 비명과도 같은 목소리가 세영의 이름을 불렀다.

돌아서려던 연우의 두 발이 그 자리에 붙박였다. 숨죽인 손바닥에 식은땀이 배어났다.

연우도 익히 알고 있는 이름. 그리고 또 그녀를 절규하듯 부르는 남자의 목소리. 그도 알고 있었다.

연우가 창고 안쪽으로 걸음을 옮겼다. 고가의 와인을 모아둔 유리 부스가 있는 곳.

"왜 난 안 되는 건데? 그 자식은 되고, 나는 안 되는 이유가 뭐야?"

매달리는 남자의 팔목을 세영이 매몰차게 뿌리쳤다. 술에 취한 남자의 몸이 바닥으로 힘없이 고꾸라졌다.

"넌 날 좋아하는 게 아냐, 서재민. 단지 넌, 날 강재휘에게 뺏기기 싫은 거야."

"그런 넌? 넌 어떤데? 그 자식 좋아하긴 하니?"

재민을 내려다보는 세영의 눈빛이 흔들렸다.

"좋아해. 네가 생각하는 것보다 훨씬 오래전부터…. 나 강재휘 좋아했어. 고백해버리면, 좋아한다고 말해버리면 영영 떠날까봐… 고백도 못할 만큼. 너한테 상처 주면서까지 놓치고 싶지 않을 만큼."

"안 돼, 세영아!"

"그러니까 서재민, 그만하자 우리!"

세영이 돌아섰다. 순간 연우 손에 들려 있던 와인 목록이 바닥으로 떨어졌다.

"한연우 씨?"

연우를 발견한 세영의 두 눈이 차갑게 굳었다.

"와인을…."

세영이 연우 앞으로 걸어왔다. 도망치고 싶었다. 그러나 움직일 수 없었다. 꽁꽁 얼어붙은 연우의 두 발이 바닥에 들러붙은 채 움직이지 않았다. 세영이 바닥에 떨어진 와인 목록을 집어 연우에게 내밀었다.

"오늘 여기서 보고 들은 건… 잊어줄래요?"

"…."

"누구에게나 숨기고 싶은 비밀 하나쯤은 있는 거니까."

'비밀?'

"한연우 씨와 강재휘처럼…."

알고 있었다. 자신과 재휘의 관계.

그러면서도 세영은 항상 웃고 있었다. 다정하게 인사하고 먼저 손 내밀며 다가왔다. 왜? 창고 계단을 올라가는 세영의 하이힐 소리가 연우의 심장을 쿡쿡 찍어 눌렀다.

\*\*\*

거울 속에 재휘가 서 있었다. 푸른빛이 도는 화이트 셔츠에 티끌 하나 묻지 않은 검은색 턱시도를 걸친 재휘 모습이 조금은 낯설었다.

창틀에 몸을 기댄 채 한참 동안 재휘를 지켜보던 세영이 피식 웃었다.

거울 속 재휘가 그런 세영을 보며 갸웃 고개를 기울였다.

"강재휘, 내가 말했나?"

"…?"

"멋있다는 거?"

"한 거 같기도 하고….'"

당연하다는 듯 장난스러운 표정으로 재휘가 고개를 끄덕였다.

"강재휘, 네 형 말이야….'"

평소답지 않게 세영이 말끝을 흐렸다.

"말하고 싶지 않으면 하지 마, 세영아."

거울 속 재휘가 세영을 향해 덤덤한 눈빛을 보냈다. 창문턱에
몸을 기대고 있던 세영이 거울 속으로 들어왔다.

"내가 해줄게."

재휘 손에 들려 있던 타이를 빼앗은 세영이 능숙하게 매듭을 만
들어 갔다.

그녀의 손이 목을 휘감고 닿을 듯 말 듯 다가올 때마다 짙은 향
기가 코끝으로 밀려들었다. 언제나 당당하고 자신감 넘치는 세영
만의 향기. 그러나 오늘 세영은 평소와 조금 달라 보였다.

"우리 강 대표, 내가 오늘을 얼마나 기다렸는지 알까?"

"글쎄….'"

세영이 쥐고 있던 타이를 끌어당겼다. 재휘 얼굴이 세영의 코앞
으로 끌려갔다.

"그럼 내가 너무 섭섭하지."

"미안하다, 세영아."

재휘가 세영의 어깨를 가만히 끌어안았다. 어깨를 토닥이는 재휘 손이 다정했다. 순간 세영의 눈빛이 흔들렸다.

"강재휘, 너?"

"…?"

"너, 지금 무슨 생각하는 거야?"

"끝내려고. 이런 상황!"

그때 대기실 밖, 사회자가 재휘와 세영의 이름을 호명했다. 하객들의 박수와 환호가 라벨르를 가득 메웠다. 재휘가 세영의 손을 잡아끌었다. 세영이 재휘 손을 뿌리쳤다.

"안 돼, 강재휘!"

"가자!"

세영이 재휘 앞을 막아섰다.

"후회하게 될 거야."

"너한테 미안할 거야, 세영아."

세영이 고개를 저었다.

매달리는 세영을 떼어내고 재휘가 약혼식 단상으로 올라갔다.

왁자지껄하던 약혼식장이 일순 고요해졌다. 요란하던 카메라 플래시도 숨을 죽였다. 식장 구석, 석고상처럼 굳어버린 세영의 몸이 움직이지 않았다.

"오늘 약혼식은 취소되었습니다. 그리고 앞으로도 없을 것입니다."

"저, 저, 저…."

서 회장이 자리에서 벌떡 일어났다.

재휘가 서회장과 하객들을 향해 허리를 숙였다. 그 순간 재휘

이마로 샴페인 잔이 날아들었다. 퍽 소리를 내며 깨진 유리잔이 재휘 살갗을 찢었다.

붉은 핏방울과 유리 파편과 비명소리가 공중으로 흩어졌다.

카메라 플래시들이 사방에서 다시 불꽃을 뿜어내기 시작했다.

서 회장이 자리에 털썩 주저앉았다. 한 무리의 사람들이 서 회장에게 달려들었다.

재휘가 답답하게 목을 조이고 있던 타이를 풀고 셔츠 단추도 풀어헤쳤다. 사람들 사이를 뚫고 약혼식장을 빠져 나가는 그를 카메라 기자들이 따라붙었다.

"강재휘!"

찢어질 듯 세영이 재휘를 불렀다.

사람들 시선이, 카메라 플래시가 그녀에게로 옮겨갔다. 그러나 재휘는 멈추지 않았다. 돌아보지도 않았다. 벗어나고 싶었다. 자신을 둘러싼 이 모든 혼란들로부터, 자신을 옥죄는 사람들로부터.

그때였다.

오후의 태양빛 속으로 검은 연기가 치솟아 오른 건.

카메라 플래시와 세영의 절규와 웅성이는 사람들. 그 모든 소음을 한순간 뒤덮어 버린 굉음이 나벨르 전체를 집어 삼킨 것은.

라벨르 주방에서 한줄기 섬광이 치솟았다. 뒤를 이어 검은 연기가, 시뻘건 불길이 타올랐다. 한번 시작된 불은 걷잡을 수 없이 번져 나갔다.

"부… 불이다."

누군가 소리쳤다.

일순간 아수라장으로 변한 약혼식 장. 사람들이 소리를 지르며 밖으로 몰려나갔다. 뒤엉킨 사람들이 밀고 밀리며 발아래 쓰러졌다. 누군가는 울부짖고 누군가는 소리쳤다.

주방과 홀에서 분주하게 움직이던 라벨르 직원들이 건물 밖으로 뛰쳐나왔다. 치솟는 불길을 본 순간 굳어버린 재휘 몸이 라벨르 정문 앞, 나가지도 들어오지도 못한 채 굳어 있었다.

도망치는 사람들 발에 채이고 어깨에 치이면서도 재휘는 움직이지 못했다. 그의 눈이 누군가를 찾고 있었다. 연우? 연우가 보이지 않았다. 아무리 찾아도 연우는 온데간데없었다.

"한연우, 너 지금 어디 있는 거야?"

밀려 나오는 사람들을 뚫고 재휘가 안으로 들어갔다.

그때 숯검정을 묻힌 채 빠져 나오던 서진과 부딪쳤다.

"연우는?"

"대, 대표님?"

"연우는? 한연우 씨는?"

서진이 고개를 내둘렀다. 재휘가 몰려나오는 사람들을 뚫고 다시 안으로 들어갔다.

"재휘야? 강재휘?"

달려온 세영이 재휘를 막아섰다.

"재휘야, 위험해! 일단 나가자!"

세영이 재휘 팔을 잡아끌었다. 재휘가 뿌리쳤다. 연우를 구해야 했다. 연우가 불길 속에 있었다.

화기로 가득한 주방이 폭발이라도 해버리면 모든 것들은 재로

변할 것이다. 연우마저도. 그러나 두 다리가 움직이지 않았다. 그 때도 그랬다. 불속에 완이가 있었다. 구하고 싶었다. 그러나 재휘는… 구하지 못했다.

"안 돼, 강재휘!"

"비켜!"

샴페인이 담겨 있던 얼음 박스를 머리 우에 쏟아 부은 재휘가 세영을 밀어냈다.

두 번 잃을 수는 없었다. 사랑하는 사람을 떠난 보내는 것은 한 번으로 족했다.


이미 라벨르 안은 화염으로 가득했다.

주방에서 시작된 불은 삽시간에 홀과 2층으로 번져갔다.

매캐한 연기와 불길이 오래된 목조 건물을 집어 삼켰다. 한치 앞도 내다볼 수 없었다.

검은 연기가 눈을 찔렀다. 질끈 감긴 두 눈이 붉게 충혈 된 채 눈물을 쏟아냈다. 호흡기를 따라 들어간 연기가 기도를 막고 폐를 쥐어뜯었다. 숨이 찼다. 온몸이 녹아내릴 듯 뜨거웠다. 불길이 시작된 주방은 접근조차 할 수 없었다.

재휘가 연우를 불렀다. 그러나 막힌 숨통을 뚫고 나온 소리는 멀리 가지 못했다. 연기에 막히고 불길에 막혀 어디론가 사라졌다.

홀을 지나는 재휘 머리 위로 불기둥이 솟아올랐다. 사방으로 튕기는 불똥이 재킷을 태우고 살을 녹였다.

"한연우!"

재휘가 다시 연우를 불렀다. 목소리가 갈라졌다. 어둠과 불길, 어디에서도 대답은 없었다. 그때 퍽 지하창고 문이 떨어져 나갔다. 안에서 재민이 튀어 나왔다.

"서… 서재민?"

놀란 재민이 재휘를 밀쳐내고 밖으로 도망쳤다.

떨어져 나간 창고 문 안쪽으로 시커먼 연기가 부글댔다. 재휘 심장이 쿵쾅댔다. 지하창고?

아가리를 벌린 짐승의 뱃속으로 빨려들 듯 재휘 두 발이 그곳으로 들어갔다.

"하… 한연우?"

연우를 부르며 계단을 뛰어 내려가던 재휘 발이 아차, 하는 사이 미끄러졌다.

계단 아래, 굴러 떨어진 어깨가 우두둑 소리를 내며 부러졌다.

재휘가 몸을 일으켰다. 바닥에 찧은 머리에서 어찔한 현기증이 따라 올라왔다. 연기를 뚫고 안으로 들어갔다.

발밑 깨진 와인 병들이 아픈 소리를 내며 으스러졌다. 구두 밑창을 뚫고 들어온 날카로운 유리조각이 살점을 찢고 들어왔다. 그러나 어떤 아픔도 느껴지지 않았다. 더 늦기 전에 연우를 찾아야 했다.

지하창고를 헤매던 재휘 눈에 뭔가 들어왔다.

재휘가 달려갔다. 연기 속 누군가 바닥에 쓰러져 있었다.

"한연우!"

재휘가 쓰러진 연우를 안아 올렸다. 숨소리가 들리지 않았다.

팔도 다리도 움직이지 않았다.

"죽지 마. 제발, 제발 죽지 마!"

연우를 안은 재휘가 다시 계단을 뛰어 올라갔다. 그러나 출입구 앞, 시뻘건 불길이 혀를 날름대며 길을 틀어막았다. 한 홉의 숨도 남아 있지 않았다. 살기 위해선 불길 속으로 뛰어들어야 한다.

-오지 마, 오면 안 돼.

애원하던 완이 얼굴이 아른댔다. 불길 속 타들어 가던 새하얀 두 발이, 길고 가는 손가락들이, 부드럽게 날리던 머리카락이, 작고 다정한 얼굴이….

-나한테 행복이란 맛있는 음식을 사랑하는 사람과 함께 먹는 거야. 당신은? 당신한테 행복은 어떤 거야?

-당신이 내 곁에 있는 거.

결핍으로 시작된 삶. 유일하게 풍요로움을 안겨준 존재. 완이가 사라지고 있었다. 시뻘건 불길이 완이를 집어 삼키는 것을 지켜보며 재휘는 살기 위해 도망쳤다.

-미안해 완아, 미안해!

재휘 머리 위로 불덩이가 된 나무 기둥 하나가 무너져 내렸다. 재휘가 연우를 감쌌다. 등에서 시작된 뜨거운 기운이 순식간에 온몸으로 퍼져 나갔다. 시커먼 연기 속 타들어 가는 살 냄새가 진동했다.

재휘 입에서 신음이 터져 나왔다. 죽음을 마주한 짐승의 울부짖음. 삶과 죽음의 경계, 재휘 몸이 바닥으로 쓰러졌다.

의식 저 멀리 완이가 웃고 있었다.

# 나의 아름다운 요리사!

이완, 그녀는 입양아였다. 세 살이 되기 전 한국을 떠나 멀고 먼 프랑스로 떠났다.

이목구비가 또렷하고 칠흑같이 검은 눈동자를 가진 아이를 입양한 사람들은 프랑스 시골, 가축을 기르고 유기농 채소를 재배해 도시에 내다 팔던 농부였다.

오래도록 아이가 없던 부부는 목소리가 쉬도록 울기만 하는 아이의 이름을 완이라고 불렀다. 이완, 한국에서의 이름. 버림받은 그 아이가 자신을 증명할 단 하나의 증거.

말수가 적고 수줍음이 많던 양부는 우는 완이를 위해 새끼 고양이를 선물했다. 온 몸에 하얀 털이 돋은 고양이는 완이 곁을 지켰고 그녀와 함께 성장했고 훗날 화이트 엄마의 엄마를 낳기도 했다.

요리를 좋아했던 양모는 어린 완이를 곁에 두고 빵을 굽고 수프를 끓였다. 양모의 어머니와 할머니가 했던 방식 그대로 조리했고 완이는 그런 양모의 요리가 세상에서 가장 맛있다고 생각했다.

조개껍데기보다 작던 완이의 손이 여물어 갈쯤 양모는 그녀와 함께 요리를 시작했다.

버터가 듬뿍 들어간 크루아상을 굽고, 오븐에서 막 꺼낸 타르트 위에 크림을 바르고 산딸기로 모양을 냈다.

즐거웠다. 그것이 양모 때문인지 요리 때문이지 완이는 구분하지 못했다. 다만 양모의 주방 안에서 그녀는 자신이 버림받은 아이라는 사실을 잊었다. 어쩌면 자신도 행복한 삶을 살 수 있을 거라는 희망을 품었고, 누군가로부터 사랑받고 있다는 안도감을 느꼈다.

요리사가 되겠다고 생각한 건 그때부터였다.

그러나 불행은, 언제나 그렇듯 예고 없이 찾아왔다. 열여섯, 여름이 막 끝나갈 즈음이었고 더운 해가 떨어지는 시간이었다. 한철 재배한 채소를 싣고 도시로 나갔던 양부모는 돌아오는 길, 교통사고를 당했다. 병원에 도착하기도 전에 두 사람은 숨을 거뒀고, 완이는 다시 혼자가 됐다.

스무 살이 되던 해 양부모가 남겨준 유산을 정리해 도시로 이사하기 전까지 완이는 그곳, 텅 빈 농가에서 혼자 자랐다. 외로움은 일상이 되고 혼자라는 설움이 사무칠 때마다 빵을 구웠다. 빵을 구우며 생각했다. 돌아가고 싶다고. 그녀가 처음 태어났던 그곳, 자신을 버린 사람들이 사는 곳으로.

도시의 골목 끝, 조그마한 가게를 차리고 '라벨르'라는 간판을 내걸었다.

틈틈이 한국어 공부도 시작했다. 더듬더듬 자음과 모음을 외우고 삐뚤삐뚤 이름을 쓰고. 한국 지도를 펼쳐놓고 이곳 어디쯤, 자신이 태어났을까를 상상했다.

한 남자를 만나기 전까지 한국은 그렇게 멀고 먼 상상 속의 나라였다.

완이는 첫눈에 사랑에 빠진다는 말을 믿지 않았다. 그러나 재휘를 처음 본 날, 어쩌면 그를 다시 만나게 될지도 모른다는 막연한 예감에 사로잡혔다.

빵이 익어가는 시간, 라벨르 열린 창문 앞으로 사람들이 몰려들고 있었다. 그곳에 재휘도 있었다.

흘러내린 머리카락이 한쪽 눈을 가리고. 화라도 난 사람처럼 입술을 굳게 다물고.

창문 밖, 우두커니 서서 안을 들여다보고 있었다. 사람의 마음을 잡아끄는 깊고 짙은 눈. 완이도 그 눈에 이끌려 창문 앞으로 다가갔다. 그러나 재휘는 이미 사라지고 없었다.

두 번째 만났을 때 재휘는 온통 비에 젖어 있었다.

손가락 사이로 빗물을 뚝뚝 떨어뜨리며 추위에 파랗게 질린 입술을 하고. 떨고 있었다. 창백해진 얼굴과 얼어붙은 몸이 아파 보였다. 안아 주고 싶었다. 따뜻하게 몸을 녹이고 슬픈 사연을 들어 주고 싶었다.

절망이 그를 집어삼키기 전에 그의 손을 잡아줄 누군가가 필요해 보였다.

\*\*\*

라벨르 오프였고, 재휘 생일이었다.

겨울이었고 마른 바람이 차게 불었다. 남산을 등진 후암동 자락, 라벨르 옥상 정원으로 떨어지는 햇살이 쌀쌀했다. 앙상하게 가지만 남은 정원수엔 철지난 크리스마스 전구들이 매달려 있었다.

완이는 그곳, 주방에 나와 있었다.

아침부터 빵을 굽고 생크림을 만들고. 정오가 넘어서야 생일 케이크를 완성했다. 재휘를 만난 후 매년 해온 일이었다. 그러나 이번은 조금 특별했다.

한국에서 맞는 첫 번째 생일이었고 재휘 질문에 이젠 대답을 해야 했다.

주방 출입구 위에 붙은 시계를 확인했다.

한 시간, 한 시간 후면 재휘가 도착할 것이다. 재휘가 가장 좋아하는 양파 수프를 끓이고 스테이크를 만들기 위해 손질해둔 농어를 올리브 오일과 허브에 재우기엔 충분한 시간.

"겉은 바삭하게 안은 탱글탱글 속살은 살아 있게…."

주문을 외우듯 혼잣말을 중얼대며 바쁘게 손을 놀리던 완이 손에서 오일 통이 떨어져 나갔다. 누군가 완이를 보고 있었다.

주방 출입문 앞. 낯선 얼굴.

"누… 누구?"

큰 키에 부리부리한 눈을 한 중년의 사내는 완이 질문에 대답하지 않았다.

날카로운 눈빛으로 그녀의 눈과 귀와 코와 입을 지나 밀가루로 얼룩진 손과 조리복을 따라갈 뿐.

한참이 지나서야 사내 입에서 짧은 한숨이 새어나왔다.

허락도 없이 남의 주방을 침입하고 무례한 눈빛으로 사람을 관찰하고, 한심하다는 듯 한숨까지 토해내는 사내를 보며 완이는 마른침을 삼켰다.

익숙했다. 속을 알 수 없는 짙고 깊은 눈빛도 높이 솟은 콧날도, 고집스럽게 꾹 다문 입술도. 너무나 익숙한 사람, 너무나 익숙한 얼굴… 사내는 재휘 아버지였다.


금빛 리본을 여러 번 돌리고 비틀어 꽃모양을 만들었다.

작은 손은 익숙하고 치밀하게 완성된 꽃잎들을 고정시켜 나갔다. 포장이 완성되어 가는 과정을 지켜보는 재휘 입술이 바삭하게 말라갔다.

5시. 빠듯하게 도착할 것 같았다.

조금 후면, 그녀의 대답을 들을 수 있다.

"프로포즈 하시려나 봐요?"

며칠 전 재휘가 주문한 반지 포장을 마친 백화점 점원이 재휘를 보며 밝게 웃었다. 짧은 머리를 끌어 모아 하나로 묶고 덧니를 드러내며 환하게 웃는 점원 얼굴엔 고객에 대한 호의와 부러움이 함께 들어 있었다.

"어떤 분일지 모르지만… 행복하시겠네요."

그럴까? 그녀도 행복할까? 프로포즈를 하려는 게 아니었다. 오늘 재휘는 프로포즈에 대한 대답을 들으러 간다.

점원이 내민 상자를 받아드는 재휘 얼굴이 긴장과 초조로 붉게 상기되어 있었다. 누군가에게 남은 미래를 함께 하자고 제안한건 처음이었고, 그래서 더 떨리고 초조했다.

재휘가 운전하는 자동차는 동호대교를 거슬러 올라가고 있었다.

연말연시를 넘긴 도로는 한산했다. 얼렸다 풀렸다를 반복하던 겨울 한강은 쨍한 오후 햇살을 튕겨내며 새초롬 고즈넉했다. 그때 요란한 사이렌 소리가 들렸다.

자동차 뒤꽁무니에선 경적 소리가 시끄러웠다. 화재라도 난 것인가?

갓길로 비켜서는 재휘 자동차 곁으로 소방차와 구급대가 강바람을 밀어내며 지나갔다. 앞선 그들이 남산 길을 줄줄이 따라 올라갔다.

라디오 버튼을 눌렀다. 늘어난 테이프처럼 낡고 오래된 가요가 흘러나왔다. 채널을 이리저리 돌렸다. 무색무취 지루하고 나른한 방송들이 이어지고 있었다.

괜한 불안, 재휘가 피식 웃었다. 그때 엿가락처럼 늘어져 있던 여자 아나운서 목소리에 힘이 들어갔다. 화재 사고였다. 후암동 골목길, 한 식당에서 시작된 불길을 잡고 있다고.

재휘가 차를 멈췄다. 멀리 사이렌 소리가 들리는 곳을 가늠했다. 겨울나무들 사이로 시커먼 연기가 솟구치고 있었다.

저기? 저기 어디쯤… 라벨르가 있었다. 그곳에 완이가 있었다.

재휘가 도착했을 때는 이미 주방에서 시작된 시뻘건 불길이 라벨르 전체로 옮겨 붙고 있었다.

소방관들이 일제히 뿌려대는 물줄기에도 오래된 나무 건물에서 시작된 불길은 쉽게 사그라지지 않았다. 몰려든 취재진들과 인근 주민들로 라벨르 주변은 혼란했다.

재휘가 완이 이름을 불렀다. 사람들을 뚫고 들어가 그녀의 모습을 찾았다. 보이지 않았다. 어디에도 완이 모습은 보이지 않았다.

-일요일 5시, 그때 대답해줄게.

5시? 시간을 확인했다. 10분, 10분이 지나 있었다. 기다리고 있을 것이다. 불길 속, 그녀는 자신을 기다리고 있을 것이다.

제지하는 소방관들을 밀어내고 재휘가 건물 안으로 뛰어 들어갔다. 연기와 불길에 휩싸인 홀에도 주방에도 완이 흔적은 보이지 않았다. 2층 계단으로 뛰어 올라갔다. 막 번지기 시작한 불길이 재휘 앞을 가로막았다. 그때 열린 대표실 문이 눈에 들어왔다.

"완아!"

그녀의 이름을 부르며 재휘가 대표실 문을 박차고 들어갔다.

불길 속 완이가 앉아 있었다. 창문 앞 덩그러니 의자에 앉아 울고 있었다.

"이완!"

재휘가 다시 그녀의 이름을 불렀다.

"거기 서! 오지 마!"

죽음보다 더 깊은 절망을 담아 그녀가 소리쳤다.

재휘의 두 발이 그 자리에 붙박였다. 그녀 주변으로 어지럽게 떨어진 사진들이 불에 타고 있었다.

몸을 비틀며 타들어 가는 사진들을 노려보던 그녀가 자리에서 일어났다. 그녀의 치마 자락에도 나풀대는 머리카락에도 불이 들러붙었다. 그러나 완이는 피하려고 하지 않았다. 오히려 더 깊은 불길 속으로 걸어 들어갔다.

"와, 완아?"

그녀를 잡기 위해 재휘가 불길 속으로 뛰어 들어갔다.

순간 완이 머리 위로 불기둥 하나가 떨어졌다. 순식간에 번진 불이 완이를 집어 삼키고 대표실 가득 화염을 만들었다.

-완아!

재휘 입에서 단말마가 터졌다. 병상에 누워 있던 재휘가 번쩍 눈을 떴다.

"환자분?"

간호사가 달려왔다. 어지러웠다. 팔과 다리, 어깨와 가슴까지 붕대로 뒤덮여 있었다. 공포에 질린 재휘 얼굴이 식은땀으로 흥건했다.

"괜찮아요. 병원이에요."

며칠 만에 눈을 떴다고 했다. 그사이 몇 차례 수술이 있었다고. 재휘가 힘겹게 몸을 일으켰다.

"그 아이는?"

"네?"

"그 아이는 어떻게?"

재휘 질문에 간호사가 고개를 갸웃 기울였다. 초점을 다 찾지 못한 재휘 눈이 불안하게 흔들렸다.

＊＊＊

연우가 재휘 집 현관문을 밀었다.

텅 빈 집.

집안 가득 들어찬 어둠이 연우의 앞을 가로막았다.

걸음을 멈춘 연우가 한동안 움직이지 않았다. 시간이 필요했다.

온몸의 감각들이 어둠에 익숙해질 시간.

복잡하게 얽힌 시신경들이 어둠을 뚫고 사물을 인지할 시간. 소리 없이 나타난 고양이가 부드러운 털을 흔들며 발목을 간질일 것만 같았다.

서재 책상, 엉덩이를 기댄 채 재휘가 밖을 내다보고 있을 것만 같았다. 그러나 그곳, 어디에도 그들은 없었다.

"한연우 씨?"

익숙한 목소리 하나가 연우를 둘러싸고 있던 어둠을 깨뜨렸다.

연우 시선이 목소리의 주인을 찾아 공중을 헤맸다. 거실 소파, 누군가 앉아 있었다.

"장세영 이사님?"

여자가 일어났다. 거실 바닥 커다랗게 늘어져 있던 그림자가 연우를 향해 걸어왔다.

"어, 어떻게?"

"이곳으로 오면 한연우 씨 볼 수 있을 줄 알았어요."

"…?"

"아, 비밀번호 정도는 나도 알고 있으니까."

못 본 사이 길었던 세영의 머리가 짧게 잘려 있었다.

울기라도 한 것인가? 지워진 화장이, 퀭한 눈과 까칠한 낯빛이 연우 시선을 잡아끌었다.

평소의 그녀답지 않았다. 한 올의 흐트러짐도 한 치의 허점도 용납할 것 같지 않던 완벽주의자. 그녀를 지탱하고 있던 균형에 균열이 나 있었다.

"머리가?"

"잘랐어요. 어때요, 어울려요?"

세영이 웃었다. 공허했다. 연우는 따라 웃지 못했다. 어둠이 그런 두 사람 사이에 더 깊은 골을 만들었다.

"그날, 저 때문에 대표님이…"

"사과하지 말아요."

"…?"

"내가 더 비참해질 것 같아서…. 그러니까 사과는 하지 말아요."

언제 어디서나, 누구 앞에서나 당당했던 세영이었다. 함께 있는 사람들을 주눅 들게 하고 작아지게 만들던 사람. 그러나 지금, 세영의 두 눈은 슬퍼 보였다.

지쳐 있었고 자신도 어찌할 수 없는 사랑을 끌어안은 채 힘겨운 싸움을 하고 있었다.

"재휘 수술 잘 끝났어요. 의식도 돌아왔구요. 어깨부터 가슴까지… 흉은 사라지지 않을 거래요. 그래도 얼굴은 크게 상하지 않았어요."

환자 가족에게 환자 상태를 설명하는 의사처럼 세영의 목소리는 건조했다.

"궁금할 것 같아서…. 나라도 그럴 테니까."

마른침을 삼키는 연우의 목 안쪽으로 뻐근한 통증이 올라왔다.

연우는 재휘가 입원한 병원에 가지 못했다. 아니, 갈 수 없었다. 그의 가족들은 그녀를 허락하지 않았다. 병실 밖에서 번번이 돌아섰다.

"재휘 멋지죠? 까칠하게 굴지만 따뜻한 친구예요."

흐릿한 주방 불빛이 세영의 표정을 더욱 침울하게 만들었다.

"내가 한연우 씨였다고 해도… 재휘, 좋아하게 됐을 거예요."

방금 물을 부은 찻잔 속 국화 꽃잎을 바라볼 뿐, 연우는 고개를 들지 않았다. 세영의 눈을 볼 자신이 없었다.

"재휘가 처음 우리 곁에 왔을 때 어땠는지 알아요?"

"…."

"꼬질꼬질 때가 묻은 운동화를 신고. 철지난 점퍼를 입고. 자르지 않은 머리는 삐죽삐죽. 겁에 질린 짐승처럼 온몸에 가시를 곤두세우고, 까만 눈을 번득이고 있었어요. 금방이라도 달려들 것처럼, 손이라도 내밀면 날카로운 가시로 찔러버릴 것처럼 잔뜩 겁을 주고 있었지만, 정작 겁먹은 사람은 재휘 자신이었어요."

세영이 국화꽃이 만개한 찻잔을 입으로 가져갔다.

"겁에 질린 그 눈빛이 잊히질 않아서…. 그래서였을 거예요. 재휘가 자꾸만 신경 쓰이기 시작한 건."

식물도 겁을 먹으면 인간을 위협한다. 그들이 가진 단 하나의 무기는 향기.

인간의 손길이 닿을 때마다 짙은 향기를 뿜어내 물리치려 하지만… 안타깝게도 그들은 알지 못한다. 자신들이 뿜어내는 향기가 인간을 유혹해 더 큰 위험으로 몰고 간다는 사실을.

연우는 어린 재휘를 상상했다. 겁에 질린 채, 웅크리고 앉아 있는 어린 소년을. 그가 뿜어냈을 지독한 외로움을, 털어내고 싶었을 공포를.

"다르다는 건 공격의 이유가 되죠. 재휘는 달랐어요. 우리가 속한 세상. 그곳의 어떤 아이들과도 외로웠을 거예요. 그의 이복형인 서 대표… 끊임없이 재휘를 궁지로 몰았거든요."

재민에게 재휘는 자신의 모든 것을 빼앗은 존재, 그에 대한 질투와 열등감이 재민을 망가뜨리고 재휘를 불행하게 만들었다. 그러나 누구도 재민을 제지하지 않았고 재휘를 위로하지 않았다. 세영도, 친구들도, 그의 아버지까지도.

"서 회장 냉정한 사람이거든요. 그 모든 상황들…. 그것까지도 재휘가 견뎌야 할 몫이라고 생각했어요. 결국 재휘는 그런 아버지를 버렸죠. 아니 그럴 수 있다고 믿었어요. 바보같이…."

기대하지 않으면 실망하는 일 같은 건 없을 것이다. 사랑하지 않으면 증오할 일 역시 없을 것이다. 그러나 인간은 알면서도 기대하고 누군가를 사랑한다. 살기 위해서…. 어리석은 줄 알면서도

284

인간은 그렇게 기대하고 사랑하며 삶을 버틴다.

"이미 알고 있겠지만 서재민 대표와 나… 결혼까지도 생각했던 사이예요."

연우가 고개를 떨어뜨렸다. 라벨르 와인 창고…. 다투던 세영과 재민의 모습이 떠올랐다.

"웃기죠? 이해하기 어려울 거예요. 서 대표와 내 관계. 그리고 재휘에 대한 내 감정. 서 대표랑은 어린 시절부터 함께 자랐어요. 자연스럽게 연인이 됐죠. 그게 사랑이었다고는 생각하지 않아요. 결혼을 해도 좋겠다고 생각했지만 가슴이 뛰어본 적은 없었어요. 그래야 하니까 지속되는 관계… 뭐, 그런 거예요."

"…."

"재휘가 나타난 후로 달라졌어요, 내 마음이. 마음이라는 게 마음먹은 대로 되지는 않잖아요?"

세영은 끝내 재민의 청혼을 거절했다. 그는 상처 받았고 서 회장의 요구대로 서둘러 다른 사람과 결혼식을 올렸다.

세영은 재휘를 만나기 위해 프랑스로 떠났고, 재민은 서울에 남았다.

"그곳에 그녀가 있었어요, 이완."

이완? 세영을 보던 연우의 눈빛이 흔들렸다.

"그녀 앞에서 재휘가 웃고 있었어요, 그 사람과 함께 크루아상을 굽고 그 안에 크림을 채우고. 크림 속에 체리를 끼워 넣으며 웃고 또 웃고…. 처음이었어요. 그런 재휘 얼굴."

어지럽게 얽힌 실타래들이 물에 녹아 내리 듯 한순간 선명해지는 순간이 있다. 재민과 재휘 사이, 복잡하게 얽혀 있던 세영의 감정이 그 순간 명징해졌다.

"질투였어요. 서 회장에게 그녀의 존재를 알린 것도. 서 회장이 그녀의 친모를 찾아내도록 한 것도. 그날, 불길 속에 그녀를 버려둔 것도."

연우 손에 들려 있던 찻잔이 기어이 소리를 내며 떨어져 내렸다. 노랗게 우러난 국화 꽃물이 연우의 손등으로 쏟아졌다. 뜨거웠다. 그러나 연우는 미동도 하지 않은 채 세영의 두 눈을 보고 있었다.

"나, 그곳에 있었어요. 그날…."

재휘보다 먼저 도착했고 타들어가는 불길 속에 완이가 있다는 것을 알고 있었다. 그러나 세영은 누구에게도 말하지 않았다.

"그녀가 재휘 곁에서 영원히 사라져주길 바랐거든요."

"…?"

그날, 잿빛 하늘에선 금방이라도 함박눈이 쏟아질 것처럼 보였다.

먼지를 품은 건조한 바람이 뺨을 스치고. 옷 속을 파고드는 추위는 스산했다. 세영은 재휘를 불러냈다.

그의 생일, 두 사람은 함께 점심을 먹었다. 오랜만에 만난 세영 앞에서 재휘는 내내 들떠 있었다. 비밀스런 눈빛으로 뭔가를 말할 듯 망설이다 집어삼켰다.

-강재휘, 말해! 뭔데?

세영이 먼저 물었다. 쑥스러운 듯 재휘가 낮게 속삭였다.

-나 결혼하려고.

-결혼?

-응.

-누구? 그 사람?

재휘가 고개를 끄덕였다. 순간 세영의 눈앞이 아득해졌다.

그러나 절망을 하기엔 아직 일렀다. 축하의 말도 성급했다. 세영이 시간을 확인했다. 지금, 서 회장이 완이를 만나고 있을 시각. 그녀가 아는 서 회장이라면 재휘와 완이 관계를 파국으로 이끌 것이었다.

"그날, 재휘는 그녀에게 줄 선물을 찾으러 가야 한다고 했어요. 그를 보내고 혼자서 라벨르로 향했어요. 잔인하게도 나, 그들의 파국을 직접 확인하고 싶었거든요."

세영이 라벨르에 도착했을 땐, 서 회장의 자동차가 막 빠져나가고 있었다. 라벨르 간판이 보이는 도로 맞은편, 정차를 하고 시간을 확인했다.

그때 라벨르 주방에서 폭발음이 들렸다.

불길이 치솟았고 시커먼 연기가 하늘을 뒤덮었다. 사람들이 몰려들었고 멀리서 요란한 소방차 소리가 들리기 시작했다.

"알리지 않았어요. 안에 사람이 있다고. 구해야 한다고. 낡은 목조 건물, 삽시간에 불이 번져 오르는 것을 보면서도… 사람들이 몰려들고, 소방관들이 도착했는데도… 난, 난 그냥 그곳을 도망쳐 버렸어요."

진실을 안다는 것은, 그것에 대해 침묵해야 한다는 것은 살아있는 기억의 세포들을 박제하는 것이다.

박제된 기억 속 딱딱하게 굳어버린 진실의 조각들이 심장을 뚫고 나와 피가 흘러도 죽을힘을 다해 인내해야 하는 것이고 그런 자신의 모습을 감추기 위해 더 높은 거짓의 성들을 쌓아 올려야 하는 것이다.

　그럼에도 한 번은, 한 번쯤은 누군가에게 고백하고 싶었다. 그런데 왜? 왜 하필 그 사람이 한연우인가! 세영의 입가에 허허로운 미소가 번졌다.

　"이사님…."

　세영을 부르는 연우 목소리가 떨렸다.

　"나가 줄래요?"

　"…?"

　"나 그렇게까지 하면서… 힘들게 여기까지 왔어요."

　완이를 닮은 연우의 웃음, 그녀의 요리. 흔들리는 재휘 눈빛.

　이미 세영은 이 모든 상황을 예감하고 있었다.

　"한연우 씨 보는 재휘 눈빛… 내내 신경 쓰였어요."

　"장세영 이사님?"

　"나가줘요, 이곳에서. 그리고 재휘 마음에서."

　자리에서 일어난 세영이 굳게 닫혀 있던 커튼을 걷어냈다. 대문 밖, 카메라를 든 기자들이 서성댔다.

　"한연우 씨는 강재휘 미래가 돼줄 수 없어요. 저기 있는 기자들 호기심 거리일 뿐이죠."

　"…?"

　"당신은 결국 재휘한테 또 다른 상처가 될 거예요. 그를 더 큰 궁지로 몰고 가겠죠. 그녀가 그랬던 것처럼…"

확신에 찬 세영의 눈빛은 말하고 있었다. 결국 연우는 재휘 곁을 떠나게 될 거라고. 언제나 그랬듯 재휘 곁에 남는 사람은 자기 자신이 될 거라고.

아니라고 말하고 싶었다. 그러나 연우는… 끝내 그 말을 하지 못했다.

# 그럼에도 사랑한다는 것은

재휘 병실 앞, 티셔츠에 달린 후드를 깊게 눌러쓴 연우가 서 있었다.

복도를 지나가던 사람들이 호기심 가득한 눈으로 연우를 힐끔댔다. 지난 수일, 라벨르 화재 사고는 뉴스 메인 화면을 장식했다.

약혼식장에서 파혼을 선언한 재벌가의 후계자, 그때 발생한 화재. 사고 현장에서 예비 신랑이 구해낸 한 요리사.

자극적인 뉴스들은 사람들 호기심을 부추기고 호기심에 더해진 상상과 억측이 입과 입을 타고 흘러 넘쳤다. 두려웠다. 사람들의 시선이, 그들의 따가운 눈초리가.

서진의 집에 자신을 가둔 채 시간이 흐르기를 기다렸다. 사람들의 호기심이 잦아들기를, 그들의 기억에서 잊혀 지기를.

느리고 지루하게 흘러가는 시간을 바라보며 연우는 애가 탔다.

"누구세요?"

그때 병실 문이 열리고 안에서 간호사가 나왔다. 놀란 연우가 주춤 뒷걸음질 쳤다.

"문안을…."

"막 잠들었어요. 진통제 때문에…."

"기다릴게요."

간호사는 더 이상 묻지 않았다. 연우 손에 들린 쇼핑백에 잠시 눈길을 주고 옆으로 비켜섰다. 연우가 안으로 들어갔다.

온통 새하얀 병실, 덩그러니 놓인 병상. 그 위에서 재휘는 잠들어 있었다.

복도를 걸어가는 간호사의 발소리를 들으며 연우가 재휘 곁으로 다가갔다.

어깨에도, 팔에도 칭칭 감겨진 붕대가 불속에서 겪었을 고통을 말해주고 있었다.

재휘 주치의는 천운이라고 말했다. 불구덩이 속에서 살아난 것도 몇 차례 수술을 이겨낸 것도. 회복은 더디지만 점차 기력을 찾고 있다고. 의사의 낙관에도 연우 마음이 따끔댔다. 생채기 하나 남지 않은 자신의 몸이 미안했다.

잠든 재휘를 내려다보던 연우가 이마 위로 흘러내린 머리카락을 가만히 쓸어 올렸다. 드러난 얼굴이 수척했다. 평소 날카롭게 빛나던 콧날도 독설을 뿜어내던 입술도, 깊은 잠에 빠진 채 고요했다. 새근새근 내쉬는 고른 숨소리를 따라 긴 속눈썹이 물결치듯 흔들렸다.

-강재휘 미래가 될 수 없어요, 한연우 씨는.

재휘에게 또 다른 상처가 될 거라는 말이, 재휘를 궁지로 몰아넣고 말 거라는 세영의 독한 말들이 연우를 흔들었다.

떨리는 연우 손끝이 재휘 얼굴을 가만히 쓸어내렸다.

"고마워요. 살아있어 줘서…."

화낼 때마다 잡히던 미간의 주름도, 웃을 때 끌려 올라가던 눈꼬리도 그리울 것이다. 기대고 싶게 만들던 그의 온기도 묵묵히 지켜봐 주던 눈빛도….

연우 눈에서 눈물 한 방울이 툭하니 떨어졌다.

연우가 자리에서 일어났다. 잠든 재휘를 깨우고 싶지 않았다.

"한연우?"

그때 잠들어 있던 재휘가 연우를 불렀다. 놀란 연우가 천천히 돌아섰다.

막 잠에서 깬 재휘 두 눈이 연우를 보고 있었다.

꿈속을 다 빠져 나오지 못한 공허한 눈, 그래서 슬픈 눈. 처음 만났을 때도 재휘는 저런 눈을 하고 있었다. 연우가 재휘 곁으로 다가갔다.

"깼어요?"

"한연우?"

"왜 자꾸 불러요."

아이처럼 눈물을 닦아내며 연우가 퉁명스럽게 대꾸했다.

"기다렸어."

의식을 찾은 재휘의 머릿속에 처음으로 떠오른 얼굴은, 연우였다.

불길을 뚫고 달려 나오는 내내 죽을까 봐, 다시는 웃는 연우 얼굴을 보지 못할까 봐 두려웠었다.

"건강해서 다행이다."

재휘가 엷게 웃었다. 차오르는 눈물을 참으며 연우가 따라 웃었다.

"오지 않을까 봐, 걱정했어."

"바빴어요. 그래서… 사실은 더 빨리 오려고 했는데…"

가슴 밑바닥 켜켜이 쌓여 있던 통증들이 솟구쳐 기어이 참고 있던 눈물을 밀어냈다. 목이 멨다. 위로하듯 재휘가 연우 손을 잡았다.

따뜻한 손, 다정한 손, 주저앉고 싶을 때마다 일으켜 세워준 손.

"괜찮아. 이렇게 내 앞에 있잖아, 한연우. 그럼 된 거야."

그러나 연우는 괜찮지 않았다. 당신이 아파서, 당신이 다쳐서… 내 마음이 엉망이라고 말해주고 싶었다.

"바보같이…"

"…"

"죽을 뻔했잖아요. 나 때문에 당신이 죽을 뻔했다구요."

기어이 연우 입에서 악다구니가 터져 나왔다. 아무리 두 눈을 부릅떠도 한번 시작된 눈물은 제어되지 않았다.

"당신 죽을까 봐, 얼마나 가슴 졸였는지 알아요. 몇 차례나 수술을 하고, 며칠 동안이나 깨어나지 못하고."

"…"

"나 때문에… 나 때문에 당신 죽을 뻔했다구요."

아이처럼 껄껄대는 연우 손을 재휘가 가만히 끌어당겼다. 연우 몸이 재휘 품속으로 끌려 들어갔다.

"너, 내가 궁금하긴 했던 거야?"

"뭐라구요?"

발끈한 연우가 몸을 일으켰다.

"찾아오지 않아서… 조금 섭섭했거든. 텅 빈 병실에서 매일 널 기다렸어."

"…!"

달려오고 싶었다. 하루에도 몇 번씩. 그때마다 세영의 말들이 연우 앞을 가로막았다.

"죽어버리면, 끝까지 따라가서 따지려고 했어요. 왜 그랬냐고? 바보같이… 왜 날 구하려고 했냐고."

"살아있잖아. 나 지금 네 눈앞에 살아있다고. 그러니까 이제 그만 울어."

재휘 손이 연우 눈물을 닦아냈다. 잡고 싶었다. 재휘의 두 손. 그러나 연우는 차마 그 손을 잡지 못했다.

\*\*\*

타다다닥, 기분 좋은 소리를 내며 수염이 잘려 나갔다.

면도 크림을 덕지덕지 바른 채 아이처럼 눈을 감은 재휘 얼굴을 면도기로 훑어 올라가며 연우는 숨을 죽였다.

날카로운 면도날이 혹 생살을 가르지는 않을까 온 신경이 곤두섰다.

"한연우?"

"방해하지 말아요. 잘못하면 대표님 얼굴에 치명적인 상처가 남을 수도 있어요."

"내 두 손, 멀쩡하거든."

연우에게 몸을 맡긴 채 휠체어에 앉아 있던 재휘가 두 손을 들어 보였다.

"환자잖아요. 절대 안정. 대표님 친구 분이 그렇게 말했어요. 흥분하면 몸에 해롭다고."

"그 친구 신경정신과 전문의야. 지금 나완 전혀 상관없단 얘기지."

"쉿! 그래도 의사잖아요."

"뭐?"

어이없어 하는 재휘 손을 뿌리치고 연우가 다시 면도기를 들이밀었다.

긴 목을 따라 면도기가 끌려 올라갈 때마다 기분 좋은 소리를 내며 수염들이 잘려나갔다. 툴툴거리면서도 고분고분 얼굴을 내밀고 있는 재휘를 보며 연우가 피식 웃었다. 재휘가 한쪽 눈을 치켜떴다.

"비웃는 거야?"

"귀여워서요."

"뭐야? 칭찬인가? 아니면 조롱?"

"마음에 드는 쪽으로 선택하세요."

면도를 끝낸 연우가 수건으로 남은 면도 크림을 닦아냈다. 재휘가 손을 내밀며 거울을 요구했다.

"잠깐만요."

연우가 재휘 얼굴을 빤히 들여다보며 빙그레 미소를 지었다. 재휘가 인상을 찡그렸다.

"뭐하는 거지?"

"잘생긴 얼굴 조금 더 봐두려고요. 감상하는 거예요."

"꼬시는 거야?"

연우가 피식 웃었다.

"넘어 올래요?"

"그럴 필요 없어. 그러니까 거울이나 내놔."

"왜요? 왜 필요 없어요?"

발끈한 연우가 들고 있던 거울을 휙 감췄다.

거울을 뺏으려는 듯 재휘가 팔을 뻗었다. 연우가 한발 뒤로 물러났다.

은근히 약이 오른 재휘가 휠체어에서 몸을 일으켰다. 그러나 붕대로 감겨 있던 한쪽 다리가 삐긋, 균형을 잃은 재휘 몸이 앞으로 고꾸라졌다.

연우가 재빨리 쓰러지는 재휘를 잡아 세웠다.

순간 익숙한 향기가 연우 몸속으로 파고들었다. 초록 숲을 떠도는 바람을 닮은 향기, 뜨거운 햇살 아래 부서지는 짙푸른 파도를 닮은 시원한 향기. 연우가 크게 숨을 들이마셨다.

"한연우, 뭐하는 거야?"

까칠한 재휘 목소리에 연우가 번쩍 눈을 떴다. 가늘게 두 눈을 치켜 뜬 재휘가 연우를 들여다보고 있었다.

"너 혹시?"

"네? 아… 아닌데요."

연우가 잡고 있던 재휘에게서 얼른 몸을 뺐다.

"뭐가?"

"네? 뭐가요?"

"야한 생각이라도 하다 들킨 사람처럼 왜 그래?"

"헐! 뭐, 뭐래? 야, 야… 야한 생각… 그게 뭔데요?"

온몸이 벌겋게 달아오른 연우가 버벅댔다. 그런 연우 모습이 재미있는 듯 재휘 얼굴 가득 유쾌한 미소가 번졌다.

"널 처음 만났을 때… 그때부터였어."

도로 한복판, 넘어진 채 울고 있는 연우를 그대로 버려둘 수 없었던 건…. 절뚝이던 그녀의 다리 때문도, 라벨르 로고가 박힌 이름표 때문도 아니었다.

자신을 올려다보던 막막한 눈. 두려움과 분노로 일그러진 그녀의 눈이 재휘 자신의 것과 닮아 있었다.

"넘어갔다고, 내가. 한연우한테. 꼬실 필요 같은 거 없다는 말이야."

무심한 말들로 고백을 하는 재휘 앞에서 연우 눈에 또, 눈물이 고였다.

뜨거운 햇살과 소독되지 않은 공기는 재휘 환부에 감염을 일으킬 수 있다고 주치의는 경고했다. 그럼에도 재휘는 고집을 부렸고 연우는 결국 굴복했다.

"딱 한 번뿐이에요."

연우가 다짐하듯 못을 박았다. 짓궂은 사내아이처럼 재휘가 고개를 끄덕였다.

결국 두 사람은 의료진의 감시가 가장 느슨해지는 시간을 택해 병실을 탈출했다. 긴 복도를 지나고 엘리베이터를 타고. 사람들의 눈을 피해 휠체어를 탄 재휘를 데리고 연우가 옥상으로 올라갔다.

뜨거운 해가 떨어진 하늘이 저녁놀로 새빨갛게 물들고 있었다. 두 사람의 입에서 낮은 탄성이 터졌다. 어디선가 선선한 바람이 불어왔다. 한 계절이 또 다른 계절로 바뀌어 가는 시기. 옥상 정원에선 성질 급한 코스모스가 꽃잎을 흔들고 있었다.

그때 벤치 아래 부스럭대는 소리가 들렸다.

"화이트?"

놀란 재휘 품으로 화이트가 달려들었다.

"여긴 어떻게?"

"그 아이 요즘 시위 중이거든요. 먹지도 않고 자지도 않고, 대표님 보고 싶다고 울기만 해요."

안쓰러운 듯 재휘가 고양이 등을 부드럽게 훑어 내렸다.

주인의 손길만으로도 행복한 듯 고양이 눈이 가늘어졌다. 그렁대는 고양이 응석을 받아주며 재휘가 중얼댔다.

"말랐어."

"구박했거든요."

연우의 괜한 심통에 재휘가 고개를 들었다.

"이곳저곳 어지르면 화장실에 가둬버리고 가끔 밥도 굶겨요. 부르는데 안 오면 쫓아가서 쥐어박기도 하고…."

"한연우?"

자신을 부르는 재휘 목소리에 연우가 고개를 돌렸다. 저물어 가는 노을빛이 재휘 얼굴을 물들이고 있었다.

"고맙다."

"…?"

"그 사람이 키우던 고양이야."

그 사람? 이완, 재휘가 사랑했던 여인.

"네게 메일 보낸 사람도… 그 사람이었어."

멀리서 날아온 바람이 재휘 목소리를 흩트리고 지나갔다.

바람결에 흩어진 소리를 잡으려는 듯 연우가 천천히 몸을 돌렸다.

"…?"

"배고픈 사람들의 허기를 채우고 싶다던 요리사 지망생, 그 친구에게 메일 보내준 사람 내가 아니었어."

"그럼…."

"그러니까 엄밀히 말하면… 네가 멘토로 생각하는 사람, 내가 아니라는 거야. 그런데, 한연우?"

재휘가 연우 이름을 불렀다.

"이런 나라도 괜찮다면… 네가 말한 요리 대회 함께 나가보자."

재휘는 언제나 연우 앞에 있었다. 떠나려는 연우를 막아서고 주저앉으려는 연우를 일으켜 세웠다. 밀어내고 외면하고 쌀쌀하게 등을 보이면서도 정작 연우 곁을 지킨 건 재휘였다.

연우 눈에서 눈물 한 방울이 툭하니 떨어졌다. 그러나 재휘는 알지 못했다. 이미 옥상 가득 내린 어둠이 연우 얼굴을 가리고 있었다.

*** 

퇴원 수속을 마친 세영이 병실 문을 열었다.

환자복을 벗고 가벼운 스웨터를 걸친 재휘가 창밖을 보고 있었다.

"강재휘?"

"…."

"그만 가자."

세영이 큰소리로 재휘를 불렀다. 다가오는 발소리도 듣지 못한 채 저만의 생각에 빠진 재휘를 세상 밖으로 끌어내고 싶었다. 재휘가 그런 세영을 향해 돌아섰다.

"서 회장님 기다리고 계셔. 서 대표도 그쪽으로 오기로 했어. 우리 부모님도…."

재휘 시선을 외면한 채 세영이 부지런히 짐을 챙겼다. 재휘는 그런 세영의 모습이 안쓰러웠다.

"미안하다 세영아."

"…?"

세영이 재휘를 향해 돌아섰다.

"사과 하지 마 강재휘, 달라진 거 아무것도 없으니까."

"…?"

"우리 다시 시작하는 거야. 미안하다는 니 말 진심이면, 지금부턴 내가 하자는 대로 해."

세영이 짐을 챙겨 들고 밖으로 나갔다. 재휘가 말없이 그녀 뒤를 따랐다. 병실 밖에도, 병원 밖에도 몰려든 사람들이 두 사람을 지켜보며 수군댔다. 세영은 보란 듯 그들 사이를 뚫고 지나갔다.

"약혼식은 하지 않기로 했어. 결혼식은 최대한 간소하게 할 거야."

세영이 조수석에 앉아 있는 재휘를 향해 말했다. 창밖으로 고개를 돌린 채 재휘는 생각에 잠겨 있었다.

"서 회장님 양평 별장 말씀하시던데, 아버진 제주도에서 하자고 하셔. 넌 어때?"

"…."

"강재휘?"

세영의 목소리가 날카롭게 갈라졌다. 그제야 재휘가 세영을 향해 고개를 돌렸다.

"요리대회 포기하겠다는 메모 한 장 남기고 사라졌어."

"너 설마? 한연우 씨 말하는 거야?"

재휘가 고개를 끄덕였다. 세영의 눈에 분노와 절망이 지나갔다.

"나 가봐야 할 곳이 있어, 세영아."

"강재휘, 너 미친 거야?"

"나 때문에 그 아이 꿈, 포기하게 할 수가 없다."

"도대체 너한테 그 사람이 뭔데?"

더 이상 참지 못하고 세영이 소리를 질렀다.

"좋아해, 내가."

"…?"

"세영아, 내가 한연우를 좋아해."

세영이 핸들을 꺾었다. 갓길로 방향을 튼 자동차가 요란한 마찰음을 내며 정지했다. 한차례 숨을 고른 세영이 재휘를 향해 낮게 중얼댔다.

"소용없어, 강재휘!"

"…?"

"그 친구 앞으로 네 앞에 나타나는 일, 없을 거거든."

세영의 목소리는 단호했다. 그리고 확신에 차 있었다. 그 순간 재휘는 모든 것을 알아버렸다. 연우가 요리대회를 포기해야 했던 이유 뒤에, 자신의 곁을 떠날 수밖에 없었던 이유 뒤에 세영이 있었다는 걸.

"강재휘?"

세영을 남겨둔 채 재휘가 차에서 내렸다.

연우를 만나야 했다. 그리고 약속을 지켜야 했다. 자신을 위해 요리를 해주면 함께 대회에 나가주겠다고, 멘토가 되어 주겠다고 했던 약속들.

이젠 재휘 자신이 지킬 차례였다.

제주도에 내려온 지 벌써 2주.

주방 앞에 붙어 있는 달력을 넘기던 연우가 한동안 멍, 지나버린 시간들을 되짚었다.

아빠는 언제나 그랬듯 아무것도 묻지 않았다.

달랑 캐리어 하나만 들고 내려온 딸을 위해 밥을 챙겨주고 이부자리를 살펴주고.

밤늦도록 잠을 이루지 못하는 딸을 멀리서 지켜볼 뿐, 온 종일 잠에 빠져 일어나지 않는 딸이 깰까 발소리를 낮춰줄 뿐….

더 이상의 것들을 요구하지 않았다.

기다려주는 사람이 있다는 것은 참으로 가슴 따뜻한 일이다.

어린 시절 연우의 오랜 방황은 이곳, 좁은 주방을 지키며 자신을 기다려준 아빠가 있었기 때문에 가능했는지도 모른다.

가게 출입문과 창문을 활짝 열어젖혔다.

아침 일찍 아빠는 먼 친척 혼사에 참석하겠다며 집을 나섰다. 아빠의 아내, 연우의 새 엄마… 그녀도 동행했다. 연우가 아는 한 처음이었다. 집안 행사에 두 사람이 함께 참석한 것은.

'오늘은 휴업' 간판을 입구에 내걸고 실내에 갇혀 있던 화분들을 테라스로 옮겼다.

뿌리까지 흥건히 젖을 만큼 물을 뿌리고 가게 안 구석구석 묵은 먼지를 털어냈다. 바닥에 물걸레질을 하고 주방 식기들을 모조리 꺼내 반들반들 윤을 냈다.

몸을 움직이지 않으면 꾸물꾸물 기어 나오는 재휘에 대한 기억들을 주체할 수 없을 것만 같았다.

청소를 끝낸 연우가 주방으로 들어갔다. 배가 고팠다. 법랑 냄비에 라면 물을 올리고 찬장 문을 열었다. 그때 찬장 안에 들어 있던 상자 하나가 툭 바닥으로 떨어졌다.

"…?"

분명 지난밤 쓰레기통에 버린 상자였다.

상자에 없던 발이라도 돋은 게 아니라면 아빠일 것이다. 딸이 버린 물건들을 차마 모른 척 외면할 수 없었던 건.

상자 뚜껑을 열었다. 새 조리복과 토크, 그 위에 요리대회 접수증과 레시피 목록이 가지런히 놓여 있었다.

-접수는 내가 했다. 이런 멘토라도 괜찮다면, 함께 나가보자.

상자를 내밀던 재휘 모습이 떠올랐다.

핼쑥한 얼굴에 번지던 미소가 다정하게 바라봐주던 눈빛이….

-식재료의 조화 그리고 맛, 모든 요리대회가 그렇듯 첫 번째 평가 요소야. 다음은 조리의 난이도와 독창성. 너무 쉽거나 일반적 조리법은 안 돼. 조리과정도 볼 거야. 식재료를 고르고 다루는 법만 봐도 요리사 실력 나오거든. 완성된 요리의 사이즈와 디스플레이도 중요해. 물론 한연우가 가장 잘하는 것 중에 하나지.

-…?

-마지막은 실용성. 어차피 요리는 전시용 예술품이 아니거든. 먹을 수 있어야 해. 그 말은 곧 팔리는 상품이 돼야 한다는 뜻이지.

요리대회 심사 과정을 설명해주던 재휘의 진지한 표정들….

접수증을 들여다보던 연우 눈에 그리움이 매달렸다. 그러나 이젠 모두 부질없었다. 재휘를 향한 마음도, 대회에 대한 미련도.

끓는 물에 라면을 넣고 휘휘 저으며 쥐고 있던 접수증을 쓰레기통에 던졌다. 더 이상 흔들리고 싶지 않았다.

그때 닫혀 있던 출입문에서 풍경 소리가 들렸다.

연우가 주방 밖으로 고개를 내밀었다.

한 무리의 낚시꾼들이 왁자하게 가게 안으로 몰려들어 왔다.

"국수 되죠?"

"죄송해요. 오늘 영업 안 하는데… 저어기, 간판!"

창밖으로 보이는 '오늘은 휴업'이라는 간판을 가리키며 연우가 미안한 웃음을 지었다.

"왜요? 문도 열어놓고?"

"셰프가 외출중이거든요."

셰프라는 말에 낚시꾼들이 키득댔다.

"진짜 셰프는 여기 있는 거 같은데?"

그때 사내들 중 한 명이 머리에 쓰고 있던 모자를 벗었다.

모자에 눌려 지저분하게 엉클어진 머리카락과 덥수룩하게 자란 수염만 아니라면 어디선가 본 듯한 얼굴이었다. 연우가 갸웃 고개를 기울였다.

"우리 구면인데. 한연우 씨, 맞죠?"

"…?"

"나 아직도 그때 먹었던 푸아그라 맛 잊지 못하고 있어요."

그제야 남자 얼굴이 떠올랐다. 재휘가 자신의 집에 초대했던 유일한 친구. 주치의라고도 했던가. 깡마른 몸과 유난히 예민해 보이는 눈을 가졌던 사람.

"여긴… 어떻게?"

놀란 연우를 보며 지석이 환하게 웃었다.

연우가 끓여준 국수를 국물까지 모두 비운 동료들을 먼저 보내고 나서 지석이 가게로 다시 돌아왔다.

의문으로 가득한 그의 두 눈을 보며 연우가 찻물을 올렸다.

물이 끓는 동안 테이블을 정리하고 곧 자신에게 쏟아질 지석의 질문들에 대한 답을 생각했다.

"마셔요. 귤차예요."

새콤한 향이 퍼지는 찻잔을 내려놓으며 연우가 지석 앞에 앉았다. 심문관이라도 마주한 듯 입술이 말랐다.

"재휘 잃어버렸던 미각, 연우 씨 덕분에 찾았어요."

"…?"

한동안 침묵을 지키던 지석이 뜻밖의 말을 했다. 연우는 선뜻 이해되지 않았다.

"강재휘, 사고 이후 어떤 맛도 느끼지 못했어요. 몸에는 이상이 없었는데도… 사랑하는 사람을 죽게 했다는 죄책감이 미각을 빼앗아버린 거죠."

덤덤히 뱉어내는 지석의 말들을 믿을 수 없었다. 재휘는 연우 요리에 대해 연우 자신보다 더 정확히 분석하고 평가했다.

"그런데 재휘, 연우 씨 만난 이후부터 맛을 찾기 시작했어요. 믿기지 않겠지만 재휘 병, 연우 씨가 고친 거예요."

말도 안 되는 소리였다. 현대 과학도 하지 못한 일이었다. 그런데 자신이 뭐라고? 자신에게 대체 무슨 힘이 있다고?

"지금 그 친구에게 가장 필요한 사람, 한연우 씨예요."

"…?"

"아픈 영혼을 치료하는 건 의학이 아니라 사람이거든요."


가슴에 커다란 상자를 끌어안은 연우가 택시를 타기 위해 무단 횡단을 하고 달려오는 차들을 향해 정신없이 팔을 휘저었다.

그렇게 한참, 두 발을 동동대는 연우 앞으로 택시 한 대가 미끄러지듯 다가왔다.

"뭔데 그렇게 꼭 안고 있어요, 아가씨?"

공항을 향해 한참을 달리던 운전사가 연우 가슴에 안긴 상자에 관심을 보였다.

"아, 이거요? 중요한 거요."

"중요한 거?"

"그런 게 있어요."

해안가 도로를 따라 택시는 빠르게 제주공항으로 향했다. 다행히 도로는 한산했다.

연우가 다시 한 번 시간을 확인했다. 초조했다. 그런 연우를 보며 운전사가 속도를 높였다.

"아가씨, 이거!"

"…?"

택시에서 내리는 연우를 향해 뭔가가 날아왔다. 반사적으로 팔을 뻗은 연우 손아귀에 작은 비닐봉지 하나가 잡혔다.

"행운을 빌어요. 무슨 일인지는 모르겠지만."

쿠키였다. 행운의 쿠키.

연우가 떠나는 택시를 향해 손을 흔들었다. 서두르면 시간 안에 대회장에 들어갈 수 있으리라. 그러나 거리와 달리 공항 안은 사람들로 북적였다. 매표소에도 긴 줄이 늘어서 있었다. 젠장!

"당일 표 매진이구요. 내일 오전 표 가능하세요."

항공사 여직원의 친절한 입술이 연우가 부여잡고 있던 마지막 희망의 끈을 싹둑 잘라버렸다. 눈앞이 아득해졌다. 30여 분 버티고 서 있던 다리에 힘이 풀렸다.

그때 한 무리의 여행객들이 연우 곁을 스쳐 지나갔다.

무리에 섞여 장난치며 뛰어다니던 사내아이 한 명이 연우를 밀치고 지나갔다. 균형을 잡지 못한 연우 몸이 앞으로 고꾸라졌다.

안고 있던 상자가 바닥으로 떨어졌다. 안에 들어 있던 물건들이 우루루 쏟아졌다.

사람들의 바쁜 발이 바닥에 흩어진 조리복과 토크를 아무렇게나 짓밟고 지나갔다.

하얀 조리복 위에 누군가의 발자국이 찍히고 빳빳하게 주름이 잡혀있던 토크가 무참히 뭉개졌다.

"계속 그러고 있을 거야?"

그때였다. 익숙한 목소리 하나가 연우에게 말을 걸었다. 소리 나는 곳을 향해 연우가 고개를 들었다.

"앗!"

순간 연우 입에서 낮은 비명이 터졌다.

"대표님…?"

"한연우?"

재휘였다.

"여, 여기서 뭐하는 거예요?"

귀신이라도 만난 사람처럼 연우의 두 눈이 툭 튀어나왔다.

"보면 몰라? 너 데리려 왔잖아."

한쪽 무릎을 굽히고 떨어진 물건들을 주워 담으며 재휘가 한심하다는 듯 쏘아붙였다.

"대회 시간까지 딱 두 시간 삼십 분 남았다."

"네?"

"안 갈 거야?"

"저요? 표가…?"

시무룩해진 연우를 보며 재휘가 주머니에서 비행기 표 두 장을 꺼내 흔들었다.

놀람과 기쁨으로 연우의 두 눈이 동그랗게 커졌다.

"그 요리대회인지 뭔지 때문에 퇴원까지 앞당겼는데, 표 때문에 못 간다면 말이….."

재휘 말이 채 끝나기도 전에 달려온 연우가 재휘 목에 매달렸다.

놀란 재휘가 엉거주춤 연우를 끌어안았다.

"하… 한연우?"

"내가 말했나요?"

"…?"

사랑한다는 것은 얼마나 어리석은 짓인가. 또 얼마나 소모적인 일인가.

누군가를 사랑한다는 것은 자신이 가진 감정과 시간과 비용을 기꺼이 지불하는 것이다. 더 많이 사랑하는 쪽에서 반드시 지고 마는 싸움이라는 것을 알면서도 경기장에 오르는 것이고, 만신창이가 되어 피를 흘리면서도 먼저 끝낼 수 없는 싸움을 지속하는 것이다.

실패로 끝날 것을 뻔히 알면서도 떠나는 모험 같은 것이고, 실패에 실패를 거듭하면서도 번번이 희망을 품는 것이다.

"무슨 말?"

그럼에도 사랑한다고, 당신을 사랑하고 있다고 말하고 싶었다.

"보고 싶었어요."

"충분히 본 것 같은데…. 이제 좀 떨어지지. 다른 사람들도 보고 있어서 말야."

"상관없어요."

사랑한다는 것은 방황하던 마음이 쉴 곳을 찾는 것이다.

상대를 위해 져줄 수 있는 여유를 배우는 것이고, 실패해도 다시 일어설 수 있는 용기를 만들어내는 것이다. 또 사랑한다는 것은 상대를 통해 끊임없이 자기 자신을 들여다보는 것이고, 매일같이 달라지는 자기 자신과 마주하는 것이다.

그래서 사랑한다는 것은 항상 새롭고 설레는 것이고 마지막까지 포기할 수 없는 것이다.

"나 다시 시작해보려구요."

"뭘?"

"요리요! 그리고 대표님 사랑하는 거요!"

밀어내는 재휘 목을 연우가 더 깊이 끌어안았다. 사람들 시선 따위 이젠 상관없었다.

〈끝〉